내 이야기
어떻게 쓸까?

내 이야기 어떻게 쓸까?

한뼘자전소설 쓰기의 이해와 작법

처음 펴낸 날 | 2014년 2월 24일
세번째 펴낸 날 | 2015년 6월 11일

지은이 | 한국미니픽션작가모임

책임편집 | 박지웅

주간 | 조인숙
편집부장 | 박지웅
편집 | 무하유
마케팅 | 한광영
펴낸이 | 홍현숙
펴낸곳 | 도서출판 호미
등록 | 1997년 6월 13일(제1-1454호)
주소 | 서울시 마포구 동교로 41길 32 (연남동 1층)
편집 | 02-332-5084
영업 | 02-322-1845
팩스 | 02-322-1846
전자우편 | homipub@hanmail.net

디자인 | (주)끄레 어소시에이츠

ISBN 978-89-97322-16-9 03800
값 | 14,000원

ⓒ 한국미니픽션작가모임, 2014

(호미) 생명을 섬깁니다. 마음밭을 일굽니다.

내 이야기
어떻게 쓸까?

한뼘자전소설 쓰기의 이해와 작법

한국미니픽션작가모임 지음

초미

차례

자기 삶에 대한 객관적 시각과 성찰을 얻는 작업

황창연 | 신부, 천주교 수원교구 성필립보생태마을 관장

지금 우리 사회는 아날로그의 문화 환경에 익숙한 기성세대는 물론 에스엔에스SNS, 인터넷, 스마트폰을 통한 활발한 소통과 교류를 마치 자신의 정체성인 듯 받아들이는 젊은 세대까지도 단절과 고립이란 병증에서 대체로 자유롭지 못하다. 그 단적인 예로 우울증과 절망감, 패배 의식, 소외감을 거치면서 자살이라는 가슴 아픈 선택을 하는 남녀노소 인구가 급증하고 있거니와, 대한민국은 2004년부터 2013년까지 9년 연속 오이시디OECD 국가 가운데 자살률 1위를 기록하고 있다.

'소통'이라는 치료약이 무엇보다 필요한 때다. 외부와의 소통은 물론 자기 자신과의 소통 또한 중요하다. 특히 자기를 들여다보고 이해하고 성찰하는 자기 자신과의 소통이 더욱 절실한데, 그것은 그를 토대로 외부와의 원활한 소통과 교감이 가능하기 때문이다.

자기 자신을 들여다보고 이해하기 위한 여러 방법 가운데 글쓰기만큼 효과적인 방법은 없다. 자신과 소통하는 글쓰기라면 우선 일기를 꼽을 수 있다. 그날그날 자기를 돌아보는 좋은 방법이다. 나아가, 자신의 경험이나 삶을 돌아보는 수기나 자서도 있다. 그런

데, 여기 '한국미니픽션작가모임'에서 다년간 연구하고 모색한 끝에 우리 앞에 내놓는 책 「내 이야기 어떻게 쓸까?」는 새롭고 흥미로운, 그러면서 누구나 쉽게 시도할 수 있는, 자신과 소통하는 글쓰기 방법을 제안한다. 바로 '한뼘자전소설 쓰기'이다. '한뼘' 정도의 짧은 글로, 자신의 삶의 한 지점을 소설 형식으로 풀어내 보자는 것이다.

'한뼘자전소설 쓰기'라는 이 특별한 소통의 도구는 짧은 글 속에 자기 인생 이야기를 무한히 다채롭게 펼쳐 낼 수 있는 새로운 글쓰기 방식이다. 더욱이 이 책은 그러한 글쓰기를 일반인들이 쉽고 빠르게 익혀 활용할 수 있게 친절하게 안내하고 있어, 누구라도 자신의 이야기를 짧은 소설로 쓰는 일을 시도해 봄직하다.

자신을 주인공으로 삼아 소설을 써 보는 이 방법은 자신을 들여다보는 것뿐만 아니라, 나아가 당시 자신과 얽힌 주변의 사람과 상황을 이해하는 데에까지도 큰 도움을 줄 수 있다. 그것은 소설이라는 장치 속에서 자신과 주변의 이야기를 풀어 나가다 보면, 그 과정에서 자연스럽게 자신의 삶을 객관적으로 바라보고 다면적으로 성찰하게 되기 때문이다.

스스로 쓰는 자전소설을 통해 답답한 속마음을 풀어낼 수만 있다면 그 어떤 상담보다도 훨씬 더 많은 위로와 도움을 받을 수 있다. 게다가 자신의 이야기가 소설로 형상화되는 순간 자신의 삶이 특별해지는 선물도 받을 수 있다. 모든 사람들의 인생은 값지거니와, 어떤 평범한 사람이라도 그의 삶은 한 편의 드라마다. 다만 표현하지 않고 묻어 두기 때문에 드러나지 않을 뿐이다. 자신의 삶을 소설로 표현하는 일은, 그래서, 설레고 신바람 나는 위대한 작업이다. 사람은 자신의 존재를 스스로 존중할 때 비로소 존중받을 있는 법, 이 짧은 자전소설 쓰기는 자신이 먼저 자기 자신을 존중할 수 있게 만드는 작업인 것이다.

자신 안에 샘물처럼 솟아나는 영적 상념과 지혜들을 다양한 비유로 풀어내 가르친 예수는 한마디로 소통의 천재였다. 고금을 통해 최고의 한뼘소설 작가라 할 만하다. 그 소통이 이천 년 넘게 무한한 힘으로 우리에게 전해져 내려오고 있다. 평범한 사람들도 자신의 이야기를 풀어냄으로써 스스로와 타인에게 그 소통을 시도할 수 있다. 자기 자신만이 쓸 수 있는 짧은 파워 스토리, 한뼘자전소설 쓰기를 모두에게 권하고 싶다.

'한뼘자전소설'의 힐링 파워를 기대한다

김종길 | 김종길신경정신과의원 원장

물질은 전에 없이 풍요로운데 사람들의 삶은 그 어느 때보다도 각박하다. 밖에서 치열한 경쟁과 이전투구 속에서 살아남기 위해 자기를 돌아볼 겨를이 없고, 가정이나 가족도 예전처럼 안식과 위안을 주지 못한다. 그러다 보니 경쟁적이고 바쁜 일상에 피폐해진 사람들 마음속에 분노가 대책 없이 쌓이고 있다. 눈에 보이지 않는 분노가 흩어지고 폭발하면서 갈등과 적대감과 고통을 빚고 심지어 전쟁도 불사하게 만든다. 분노를 건강하게 소화하면 정의로운 힘으로 승화되어 세상을 살찌게 하건만, 내면에서 여과되지 못하거나 발효되지 못한 분노, 그 날것의 분출은 불행을 예고할 뿐이다.

자살하는 사람들이 너무 많다. 전년에 비해 자살률이 줄었다는 2013년 통계에 따르면, 우리나라에서 하루 평균 38.8명이, 한 해에 14,160명이 스스로 목숨을 끊었다. 부끄럽게도, 우리나라가 여러 해째 오이시디OECD 국가 중 자살률 1위다. 우리의 삶이 신산함을 증명하는 수치다.

그러나 삶이 아무리 각박하고 비루해 보일지라도, 삶은 귀하다.

이 세상에 하나뿐인 자기의 생명은 더더욱 귀하다. 어떤 상황에서도 자기의 삶이, 자신의 생명이 귀함을 깨닫게 하는 자존감을 회복하는 일이 급선무다. 그러려면 마음을 들여다보아야 한다. 마음속의 분노와 고통과 부정적인 억압을 들여다보고 해석하고 이해함으로써 마침내 그런 억압에서 자유로워져야 한다. 마음의 해방이야말로 진정한 웰빙으로 가는 길이다. 그러나 그것이, 특히나 요즘처럼 복잡다단한 사회에서는, 스스로 하기에는 좀처럼 쉬운 일이 아니어서, 우리는 정신분석, 심리분석 전문가를 찾고 종교의 가르침이나 정신건강학 같은 분야에 의지하고 있다.

그런데 그런 온갖 심리적인 통제와 억압에서 스스로의 힘으로 벗어나는 길이 있다. 바로 문학이다.

정신분석가에게 상담을 받으러 오는 환자는 예외 없이 "잘못 알고 있는 사실을 진실이라고 말한다"고 한다. 자기도 모르게 사실을 왜곡하거나 (무의식적) 거짓말을 하면서도 치료가 되는 것은 환자가 자신의 자존심을 보호하려는 방어기제로써 여과된 언어로 소통하기 때문이다. 증상은 암호다. 그 암호를 해독하여 해석해 주는 일이 치료자의 일이다. 가령 신혼의 아내가 밤마다 취하여 늦게 귀가하는 남편의 귀가를 맞이하는 순간 혼절하면, 그 증상은 '일찍 귀가하여 나를 챙겨 달라'는 신호다. 그러나 남편은 이것을 그냥 육체적인 병으로 인지해서 병원으로 달려간다. 심리 치료 전문가가 암호를 해독해 주지 않으면 마음의 병을 앓는 환자는 갈수록 병이 심해질 것이다.

문학을 통해서도 이러한 해석과 치료가 가능하다. 아다시피, 독서를 통한 간접 체험은 독자의 삶에 통찰의 기회를 제공한다. 사람에 따라서는 단 한 권의 책을 읽고도 자기 문제를 깨우칠 수가 있다. 그렇게 문제를 직시하면 그로써 자가 치유가 가능해진다. 그런데, 읽는 것에서 한 걸음 더 나아가, 글을 직접 쓰는 것은 훌륭한 치유를 경험하게 하는, 좀 더 적극적인 방법이 될 수 있다. 문학에서의 과장과 왜곡을 통한 숨기기, 흥미 유발을 위한 2차 가공 같은 글쓰기 기술이 심리 치료의 해석 과정과 매우 비슷하기 때문이다.

그런 점에서, 자신의 삶을 객관화시킴으로써 삶의 의미를 성찰하고, 그리하여 내면의 트라우마, 분노, 억압 등으로 인한 고립감, 불안감, 우울증, 자살 충동을 해소하자는 취지에서 비롯된 '한뼘 자전소설 쓰기'는 매우 고무적인 시도다. 짧은 자전소설을 쓰는 과정을 통해 스스로 자신을 해석할 수 있는 가능성이 열릴 수 있기 때문이다.

바쁘고 지친 현대인에게 긴 글을 쓰기란 부담스러워 접근이 어렵다. 그러나 '한뼘자전소설'이라는 이 새로운 시도는 짧은 만큼 누구나 쉽게 접근할 수 있거니와, 그 한 움큼의 짧은 소설 쓰기를 통해 자신의 삶을 다양하게 성찰할 수 있어서 깊은 힘이 있다. 진실로 자기 체험의 한 장면을 소설화할 수 있다면 그 과정에서 자신의 고통은 저절로 치유될 것이다. 자신을 좀 더 객관적으로 들여다보게 하는, 자전소설 쓰기는 무엇보다도 효과적인 자가 치유의 길이다. 더불어, 그런 과정을 거친, 다른 사람의 자전소설을 읽는 것 또한 자신의 문제에 눈뜨게 할 수 있다. 노벨문학상(2010) 수상자인 마리오 바르가스 요사는 "문학은 인간이 발명한 것 중에서 불행에 대처하는 가장 훌륭한 수단이라고 믿는다"고 했다.

정신건강학과 의사는 일 대 일의 인간적 대화로써 치료에 임한다. '상호주체성간(intersubjectivity)'의 대화로 문제를 풀어 가는 방법이. 달라이 라마는 자비를 베풀어야 한다고 주장하고, 기독교 성서는 하느님을 믿고 이웃을 사랑하면 구원받고 치료된다고 가르친다. 그런데, 가르침은 받되, 자비와 사랑을 실천하는 것은 스스로의 몫이다. 사람이 사람을 온전히 치료할 수는 없다. 종교든 심리 상담이든 정신건강학이든 그 어느 것도 완전한 치료를 담보하지는 못한다. 결국 치유의 완결은 스스로에게 있다. 자기 자신만이 자기를 온전히 치유할 수 있다. 자신의 이야기를 쓰되, 문학적 장치를 통해 객관성을 유지하는 '한뼘자전소설' 쓰기가 지금 이 시대에 기대되는 이유이다. '한뼘자전소설' 쓰기는 분노와 충동을 다스리고 자기 사랑을 회복하는 좋은 안내가 될 것이다.

한뼘자전소설, 미니픽션으로 쓰는 자서전

2004년 소설가, 시인, 수필가, 화가 등 각기 다른 창작 분야에서 활동하는 여남은 작가가 '미니픽션작가모임'을 결성했다. 당시 우리는 빠르게 세상을 변화시키고 있는 디지털 문화에 발맞춘 새로운 글쓰기인 미니픽션minifiction에 대해, 에이포A4 종이 한두 장 분량의 짧은 소설이라는 생각만으로 출발했다. 그러나 출발부터 우리는 미니픽션의 정의와 명칭에 대해 적지 않은 혼란과 논란에 부대꼈다. 미니픽션이란 도대체 어떠한 글쓰기를 말하는가? 미니픽션은 과연 우리가 추구하는 새로운 장르의 글쓰기에 걸맞은 것일까? '미니픽션작가모임'에서는 이런 물음에 대해 논의하는 워크숍과 세미나를 수차례 열고, 내·외부 참여자들의 의견을 정리해 자료집을 엮기도 했다. 지금도 이 논의는 여전히 진행 중이며, 결말을 내리지 않고 있다. 어쩌면 확실한 정의 같은 것은 애초에 필요하지 않았는지도 모르겠다. 다만, 중요한 것은, 텍스트 자체의 문학적 힘이라는 데에 모두가 의견을 같이 하고 있다.

미국 등 서구 문학계에서는 자전적 글쓰기를 '제4의 장르'라고 칭한다. 요즈음 평생교육원 등 사회단체에서 교육하는 자서전 쓰기는 한 개인의 삶을 순서적으로 정리하는 글쓰기이다. 일반인이 쓰는 자기 이야기는 어디까지나 고백적 글쓰기를 통한 자기 진실 알리기 또는 자기 성찰이나 자기 치유에 목적을 둔다. 그러므로 굳이 문학성에 대한 부담을 가질 필요는 없다. 자신의 이야기를 효과적으로 정리해서 전달하면 될 것이다.

하지만 '미니픽션작가모임'에서 생각한 미니자서전은, 일종의 공개 고백적 글쓰기인 만큼 개인적의 치부나 물의의 소지가 있는 부분은 허구적 장치를 통해 눙치거나 슬쩍 비켜 가거나 하는 카뮤플라주 기법도 활용할 수가 있다는 것이 지금까지의 자서전이나 수기적 글쓰기와의 차이다. 또 이러한 기법이야말로 소설 작가가 일반인 필자에게 지도해 줄 수 있는 글쓰기 요령에 해당된다.

그런 면에서 볼 때, 소설 작가가 쓰는 미니자서전은 일반인 필자의 글쓰기와는 다르다. 작가는 아무리 간단한 회고나 체험을 얘기하더라도 작가 본연의 기질로 말미암아 어떠한 구성과 장치, 관점, 철학, 묘사기법 등 다양한 문학적 요소들을 고민하고 활용하게 마련이다. 길이가 짧아 미니일망정, 아무리 진솔한 자기 얘기라도 문학적으로 환치하지 않으면 못 견디는 성질이 있다. 따라서 작가가 자서를 쓴다는 것은 '문학적으로 자기 삶을 풀어내는 작업'이다. 작가가 쓰는 미니자서전은 짧고 핵심적이어야 함은 물론이거니와, 문학적 장치를 활용함으로써 서사의 입체적 효과를 도모하게 된다. 다시 말해서, 작가의 시각으로 자기 삶을 돌아보는 것이다.

모름지기 작가의 자서전이라면 수기나 회고록 범주에 그치는

게 아닌, 실체험의 문학적 환치 효과를 보여주는 글을 작가 자신
도 독자들도 기대하게 된다. 작가의 미니자서전은 미니픽션의 문
학성을 분명히 갖추되, 자기 삶의 이야기를 종래의 픽션 작업에서
와 달리 좀 더 직접적이고 진솔한 형태로 드러내는 것이 되어야
한다. 픽션 문학의 허구적 장치를 활용할 수 있되, 실제를 왜곡하
거나 진실을 벗어나지는 않아야 하는 가이드라인을 가져야 한다.

　요즘 미국의 많은 대학에서 창작 논픽션(creative nonfiction)
수업을 하는데, 이는 미래의 작가들에게 자기 이야기를 문학으로
풀어내는 글쓰기를 가르치는 것이다. 작가들 사이에서는 이러한
글쓰기가 플래시 논픽션flash nonfiction으로 더 많이 통용되고 있
는데, 영미권에서 미니픽션을 일컫는 섬광 픽션, 즉, 플래시 픽션
flash fiction에서 유래된 용어이다. 섬광처럼 짧고 강렬한 허구의
이야기가 플래시 픽션인데, 플래시 논픽션은 섬광처럼 짧고 강렬
하되 지어낸 것이 아닌, 실제 이야기여야 하는 것이다.
　작가 또는 작가 지망생이 쓰는 미니자서전의 명칭은 '미니'나
'플래시'보다 좀 더 강력한 수사가 붙고, 일반 필자가 쓰는 자서전
과는 변별성 있는, 문학성을 드러낼 수 있는 용어로 구성되면 좋
을 것이다.
　또, '미니픽션작가모임'에서 쓰게 될 것이 결국, 자전적 미니픽션
인 셈인데 그 정체성을 분명하게 특정할 수 있는 명칭이 필요했다.
그동안 사석에서 미니픽션 작가들 입에 이따금 오르내린 '뼘'이란
순우리말이 '미니mini'를 잘 대체해 줄 수 있을 거라는 의견이 모
였다. '뼘'이란 것은 길이 단위를 나타내는 만큼 수량을 나타내는

관형사 '한'과 같이 짝지으면 짧음을 강조하는 효과가 배가될 것이다. 그리고 글의 형식이 픽션이므로 '소설'을 붙여 '한뼘자전소설'이라 정했다.

인간 본질에 관한 심리학 이론 중에 '도토리 이론'이란 것이 있다. 모든 개인이 하나의 규정된 이미지를 갖고 태어났다고 보고, 그것을 도토리 하나하나가 다 참나무가 될 완전한 성질을 지니고 있다는 사실에 빗대어 이름 붙인 이론이다.

도토리 한 알이 참나무 한 그루를 오롯이 품고 있듯이, 우리가 쓰는 한뼘자전소설도 우리 각자의 삶을 오롯이 읽어 내는 필요충분조건의 글쓰기가 되기를 바란다.

2014년 2월
한국미니픽션작가모임

한뼘자전소설의
이해와 작법

한뼘자전소설 시작하기

한뼘자전소설이 뭐지?

현재 지구상에는 70억이 넘는 사람이 살고 있다. 그중 가장 소중한 존재는 바로 '나' 자신이다. '나'는 태어나는 순간부터 남들과 다른 사연을 가지게 된다. 성장 배경, 사회적 배경, 가족, 친구, 내면의 상처 같은 여러 요인이 나를 만들고, '나'의 가슴속에는 살아간 날만큼 많은 행복, 슬픔, 아픔들이 차곡차곡 쌓여간다. 그 모든 것을 가슴속으로 담고 있는 '나'는 늘 힘겹다. 그 감정들에 눌려 힘들어지면 어딘가에 마음의 짐을 덜어내고 싶어진다.

남의 눈치 보지 않고 내 기쁨을 마음껏 드러내고 싶을 때도 있다. 남들의 비웃음을 두려워하지 않고 속 시원히 문제를 털어 내고 싶기도, 아프다고 비명을 지르고도 싶다. 때때로 '나'는 외로움을 느낀다. 그래서 '나'의 이야기를 들어줄 사람을 찾아 나서기도 하지만, 그 방황이 더 큰 외로움을 만들지나 않을까 두렵기도 하다. 일기장에 '나'를 털어놓을 때도 있다. 자서전을 써서 내 삶을 타인에게 이해받으려고도 한다. 또 소설을 읽으면서 남의 삶을 엿

보며 위로받기도 한다. 그러나 일기는 타인과의 소통이 없고, 자서전은 많은 노력과 글쓰기 기술이 필요하다. 소설은 읽기는 쉬워도 쓰기는 어렵다.

한뼘자전소설은 바로 이 모든 바람을 아우르면서 이런 수많은 '나'를 위해 문을 활짝 열어 두고 있다. 형식도 격식도 없고 수다떨듯 불쑥 이야기를 꺼내 한뼘만큼, 보여주고 싶은 만큼, 이야기하고 싶은 만큼 드러내는 '짧은 내 삶의 이야기'다.

이 세상에 이야기가 없는 인생은 없다. 누구나 자신만의 살아온 이야기가 있다. 지난 일을 돌이켜보면 즐거웠던 일도 있지 않지만, 비겁하고, 초라하고, 부끄럽고, 비참하고, 무섭고, 미칠 것만 같고, 죽을 것만 같았던, 억장이 무너지는 순간도 있다.

가족에게, 친구에게, 이웃에게 또 세상을 향해서, '나는 이렇게 살고 있어', '나는 이런 사람이야', '내 생각은 이래', '나는 이런 게 좋아', '사는 게 왜 이리 힘들지?', '사랑하고 사랑받고 싶어' 같은 속마음을 글로 차근차근 풀어 쓰는 것이다. 일기처럼 나를 돌아보면서도 남들과 소통할 수 있고, 자서전이지만 많은 시간과 노력을 쏟아 붓지 않아도 된다. 그러면서 특별한 글쓰기 기술이 필요한 것도 아니다. '한뼘자전소설'은 소설이지만, 자기 이야기를 하고 싶은 사람이라면 누구나 쓸 수 있다. 이 얼마나 멋진 글쓰기란 말인가.

'한뼘자전소설'은 '한뼘(짧다)'와 '자전(나의 이야기)'와 '소설(감추기 기능)'이라는 세 가지 요소를 갖추고 있다.

먼저, '한뼘'이라 함은, 삶의 한 시기, 사건, 체험, 문제, 상황 중에서 짧은 한 가지 소재나 주제를 잡아내므로 접근하기 쉽고, 이 한 뼘 글, 한 장면들이 차곡차곡 모이면 '나'의 인생 전체를 보여주는 그림이 될 수도 있다. 그리고 '자전'은, 과거에 벌어졌거나 현재 벌어지고 있거나 심지어 벌어질 수 있는 미래의 상황까지, 나에 대한 것, 나를 둘러싼 일들, 나로부터 시작된 사건들이라면 모두 쓸 수 있다. 끝으로, '소설'은 나의 삶을 진솔하게 쓰되, 다 드러내기 어려운 부분은 소설이라는 허구적 구성을 활용하여 살짝 피해나갈 수 있다. 단, 진실을 왜곡하지 않는 범위 내에서이다. '자전'이라는 기본은 지켜야 독자와 자신에게 신뢰를 줄 수 있기 때문이다.

한뼘자전소설, 왜 쓰는 거지?

한뼘자전소설을 쓰는 가장 근본적인 이유는 자기 자신을 들여다보기 위해서이다. 살아가는 동안 사람들은 즐거움과 함께 고통과 괴로움들도 겪는다. 때로는 상처들이 해결되지 않은 채 내 안에서 남아 있는 경우도 많다. 그것은 나도 모르는 부정적인 에너지가 되어 무의식적으로 나를 괴롭히거나 주위 사람들까지 힘들게하기 마련이다.

한뼘자전소설은 깊고 어두운 과거의 우물 속에 잠겨 있던 내 안의 상처를 건져 올리는 두레박질이며, 그것을 쓰는 시간은 나의 상처를 세월의 강물에 띄워 보내는 시간이다.

누군가에게 또는 나 자신에게조차 감추었던 지난 상처나 후회,

잘못 들을 드러내면서, 그동안 꼭꼭 누르고 참아 왔던 비명을 지를 수도 있고 위로를 얻을 수 있다. 그러면서 자신이 가진 근원적인 문제가 무엇인지 스스로 찾아내 치유를 할 수 있다. 또한 그렇게 써 내려간 글을 통해, 주변 사람은 그동안 몰랐던 '나'의 내면을 이해하게 하는 계기가 될 수 있다. 막혀 있던 소통이 시작되는 것이다.

삶은 지나고 보면 언제나 아쉽다. 남한테 내놓기 부끄러운 이야기에 스스로 실망할 수도 있다. 그래도 눈 한번 꼭 감고 용기 있게 세상 밖으로 내 놓아야 한다. 우리의 상처 대부분이 뜻밖에도 글로 쓰면 정리가 되는 것을 알게 될 것이다. 글쓰기의 치유력은 놀랍다. 치유와 위로, 격려와 자존감 회복을 경험하게 해 준다. 한뼘 자전소설은 자신을 들여다보는 여유를 주고 내 안의 짐을 숙성시켜 스스로 내려놓을 수 있는 힘을 키워줄 것이다.

자전소설이라는 낱말에 주눅 들거나 머뭇댈 필요도 없다. 나를 들여다보는 데 필요한 것은 글재주가 아니다. 진실과 정직하게 만나는 것, 욕망을 솔직하게 인정하는 것, 나는 사실은 이런 인간이야 하고 당당하게 말할 수 있는 것, 흥미 있는 것들 속으로 적극적으로 들어가는 용기와 자신감이 필요하다. 문장력이나 구성, 작법의 기술보다 더 필요한 것은 바로 그런 마음 자세다.

무엇을 써야 하는 거지?

살아온 날들을 생각하면서 무엇을 쓸 것인지 결정한다. 또는 쓰기도 전에 이미 쓰고 싶은 소재가 떠올라 있을 수 있다. 살아온 순간순간을 꼼꼼히 돌아보며 추억에도 잠겨 보고 그때 이랬더라면 어떻게 되었을까 하고 상상도 해 본다. 나를 중심으로 한 것이라면 과거의 사건, 현재 일어나는 일, 미래의 바람 모두 가능하다. 쓸거리는 내 삶 곳곳에 숨겨져 있다. 그것을 차근차근 끄집어내면 된다.

하나, 나의 삶 중 7정(기쁨, 분노, 사랑, 즐거움, 슬픔, 미움, 욕망)에 해당하는 사건이 무엇이 있었는지 떠올려 본다.

둘, 남에게, 심지어 자신에게도 말하고 싶지 않아 꼭꼭 숨겨둔 것도 글로는 풀어낼 수 있을 것이다. 후회스런 이야기, 너무 아파 묻어 두었던 이야기를 조심스레 꺼내 본다.

셋, 나의 의기소침이나 자신감 부족은 어디에서 기인한 것인지, 내 슬픔이나 분노는 어디서 출발했는지 생각하는 시간을 가져 본다.

넷, 부끄러워서, 혹은 남들이 좋아하지 않을 것 같아 말하지 못한 나의 자랑거리나 아무도 알아주지 않지만 스스로는 만족하고 있는 나만의 멋을 당당하게 세상에 드러내 본다.

다섯, 물질적으로 부족하지만 정신적으로 풍요로움을 느꼈던 때, 풍요로움 속에서 허전함을 느꼈던 이중적인 경험을 떠올려 본다.

여섯, 내가 좋아하는 사람과 싫어하는 사람, 나를 행복하게 해 주었던 사람, 나를 힘들게 했던 사람에 대한 이야기. 나와 비슷하거나 정반대이거나, 달라서 서로 보완이 되는 사람들과의 어떤 일들이 있었던가?

일곱, 잊을 수 없는 장면(아름다웠거나, 무서웠거나, 놀라웠던)을 목격한 적은? 그것이 내게 미친 영향은?

여덟, 나의 가치관, 인생의 목적이 결정적으로 바뀐 시점이 있었던가? 그렇다면 그 동기는 무엇이었나?

아홉, 현재 내 모습과 미래 내 모습은 어떻게 달라질까? 세월이 아무리 지난다 해도 버릴 수 없는 미래의 꿈은 어떤 것인지?

열, 과거와 현재 내 모습을 비교했을 때 어떤 부분이 같고 어떤 부분이 달라졌는가?

열하나, 지금 내 나이를 백 살이라고 가정하고, 삶을 어떻게 마무리할 것인지를 생각해 볼 수도 있다. 내가 원하는 마지막은 어떤 모습일까?

한뼘자전소설, 어떻게 쓸까?

1. 많은 이야기를 담으려 하지 마라

한뼘자전소설은 장편소설이 아니다. A4지 한두 장을 넘기지 않는 선에서 글을 마무리해야 한다. 원고 분량이 제한되어 있으므로 여러 이야기를 복합적으로 구성하기보다는 하나의 이야기에 집중하여 글을 꾸려야 한다. 짧은 글에 욕심을 내어 이것저것 담으려고 하면, 정작 글쓴이가 말하려는 것이 무엇인지 알 수 없게 된다. 이는 작은 방에 많은 짐을 몰아넣은 것과 같아서, 글쓴이의 글재주가 아무리 뛰어나다 해도 독자는 글쓴이의 의도를 헤아리기 어렵다. 쉽게 생각하자. 한뼘자전소설은 작은 접시와도 같다. 거기에

단 하나의 이야기만 올리면 된다.

예를 들면, 흥부놀부전에 나오는 놀부 같은 '나'의 형에 대한 이야기를 할 때, 이야기 초점을 형의 탐욕에 맞출 것인지, 형 때문에 내가 받은 피해에 맞출 것인지를 정해 집중해야 한다.

2. 어떤 문장 형식에 담을지를 결정하자

어떤 이야기를 할 것인지를 정했다면, 이제 그 이야기를 어떤 형식에 담을 것인지를 정해야 한다. 한뼘자전소설을 담는 글 형식은 일기체, 서간문, 대화체, 희극, 동화, 수필, 시 등 자기가 쓰기 편하고 쉽게 접근할 수 있으면 어떤 형식이든지 가능하다. 다만, 정해놓은 하나의 형식 안에서 이야기를 진행하는 것이 좋다.

물론, 필요에 따라 두 가지 이상의 형식을 복합하여 쓸 수도 있다. 가령, 서간문이나 수필 안에 시를 넣어 화자의 심정이나 당시 상황을 효과적으로 전하는 방법이 있다. 한뼘자전소설은 하나의 형식 안에 글을 담는 것을 원칙으로 하되, 글 흐름에 따라 두 가지 형식이 필요하다면, '하나의 형식에 담으라'는 원칙에 갇히지 않고 자유롭게 형식을 넘나들 수도 있다.

3. 작가가 직접 설명하지 말고 묘사하자

글의 배경은 등장인물이 처한 환경이나 대화, 행위 등을 통해 자연스레 풀어나간다. 시간이나 장소 같은 배경을 작가가 직접 설명해 주는 것보다 읽으면 자연스럽게 알 수 있도록 묘사를 하면 독자가 글에 흥미를 느낄 수 있다. 다음 두 문장을 보자.

'옛날에 흥부는 농촌에서 살았는데 가난했다.'

'흥부네 초가지붕에는 커다란 박이 주렁주렁 영글어간다.'

문장은 다르지만, 사실은 같은 이야기를 하고 있다. 어느 글이 더 독자들의 관심을 끌어당기며 다음 이야기에 흥미를 느끼게 만들어 줄까. 어떤 점이 같고 어떤 점이 다를까?

앞의 글은, 시간(옛날)과 공간(농촌) 배경, 등장인물(흥부)과 상태(가난)를 작가가 직접 설명한다. 독자가 상상력을 동원할 여지가 전혀 없다.

뒤의 글은, 흥부의 살림살이에 대해 작가가 나서서 설명하지 않았다. 대신 독자가 상상할 수 있는 단서를 던져 주고 있다. '초가지붕'이라는 단어로 이야기의 배경이 옛날의 농촌이며 넉넉지 않은 살림살이를 떠오르게 하였고 '지붕 위의 박'에서 정겨운 옛날 농촌의 풍경도 머릿속에 그리게 해 준다. 그러면서 '박'이라는 앞으로 전개될 이야기의 중요한 도구를 자연스레 등장시키고 있다. 독자는 스스로 상상력을 동원하게 되고 자연스럽게 글에 빠져들게 된다.

4. 짧은 일대기를 쓸 때에도 주제는 한 가지로 통일하자

유아기, 청소년기, 장년기, 노년기 등 시간의 변화에 따라 일대기를 써 나가도 되지만, 이때 달라지는 것은 시간뿐, 다루는 주제는 같아야 한다. 예를 들어, '흥부는 어려서부터 형인 놀부에게 장난감을 모두 빼앗겼다. 부모가 돌아가시자, 놀부가 재산을 모두 차지했다. 흥부의 박에서 보물이 쏟아져 나오자 놀부는 형인 자기가 가져가야겠다고 생떼를 부렸다'는 문장을 보면 시간 흐름에 따라 썼지만, '욕심 많은 형에게 늘 빼앗기는 동생'이라는 한 가지 주제로 통일되어 있다.

5. 관념적이거나 현학적인 글은 금물이다

자전적 이야기는, 좁게는 글쓴이가 살면서 경험한 이야기를 쓰는 것이지만, 넓게는 자기의 마음이나 머릿속에 숨어 있던 고민, 갈등, 행복한 상상이나 고민 같은 것도 포함되는 넓은 뜻이다. 그러나 틀에 박힌 상념을 나열하거나 현학적 글은 피해야 한다. 나만이 할 수 있는 내용이어야 하고 진실성이 담겨 있어야 한다. 어려운 말로 멋 부린 글은 어느 누구에게도 감동을 줄 수 없다.

6. 나만의 이야기를 찾아보자

남들에게는 평범한 사건이라 하더라도 전혀 눈치 볼 필요 없다. 자기 삶에 어떤 계기가 되거나 의미가 있으면 그것으로 충분하다. 남의 삶이나 기준에 따라 특별한 이야기를 찾는 것이 아니라, 나만의 이야기를 찾는 것이 중요하다. 같은 일을 겪어도 사람마다 그 일을 받아들이는 느낌은 다르다. 특별한 사건이 글감이 되는 것이 아니라, 내 가슴속에 오래 남아 있는 것이 가장 좋은 글감이다. 자신 있게 시작하는 것이 중요하다. 그것이 내게 의미가 있었던 심리의 밑바닥까지 파헤쳐 보자. 쓰는 동안 자신도 몰랐던 나의 내면을 깨닫고 스스로 위로를 얻게 될 것이다.

7. 곁가지는 과감히 잘라 버리자

삶의 한 장면만 쓰는 것이므로 분량은 A4 용지 한두 장 정도의 길이가 좋다. 더 짧아도 더 길어도 상관은 없다. 대신 짧을수록 함축성과 무엇을 말하고자 하는지 강한 전달력이 있어야 한다. 반대로 너무 길어질 경우는 이야기하고자 하는 부분에 대한 집중도가 떨어질 우려가 있으므로 글이 장황해지지 않도록 주의해야 한다. 하고 싶은 말이 많아도 한 가지 주제에 초점을 맞추고 나머지 곁가지는 과감하게 잘라 버리는 결단성이 있어야 좋은 글을 쓸 수 있다.

8. 자료를 수집하자

필요하다면 내가 쓰려는 주제의 자료를 수집한다. 그런 적극성이 글을 한층 풍성하게 만든다. '이름 모를 꽃' 같은 막연한 표현은 좋지 않다. 모르면 이름을 알아보려는 노력이 필요하고 그래도 알기 어려우면 내가 본 것을 독자가 머릿속에서 그려 낼 수 있도록 그 꽃의 모양을 묘사해 주는 것이 좋다. 작가는 '이름 모를 꽃'의 모양을 떠올릴 수 있겠지만, 독자는 전혀 알 수 없기에 글에 몰입할 수가 없다. 또한 과거의 이야기 같은 경우 그 시대에 대한 자료를 조사하여 배경을 묘사해 주면 글이 더욱 생생해질 수 있다.

9. 메모하는 습관을 기르자

사람의 기억력이란 한계가 있기 마련이다. 방금 전에 떠오른 생각이나 단어가 잠깐 사이에 잊혀 아무리 해도 떠오르지 않는 경우도 허다하다. 평소에 떠오른 글감이나 이야기를 이끌어가는 핵심어 등을 생각나는 즉시 메모하는 것이 중요하다. 아울러 간단하게나마 메모로 밑그림을 그려 두면 글의 구성이 구체화되어 글을 쓸 때 많은 도움이 된다. 그림을 그릴 때 밑그림을 그리듯이 사건이나 등장인물, 시대적 공간적 배경 등을 메모해 두고 필요한 부분에 대한 자료를 찾아서 시작하면 글이 풍부해진다.

한뼘자전소설? 까짓 거 나도 쓸 수 있다

1. 한 장면을 잡아라

1) 영화 한 장면처럼

한뼘자전소설은 내 인생의 어느 순간, 한 장면을 포착하는 것이다. 비겁했더라도 이야기고, 초라했더라도 이야기고, 비참했더라도 이야기고, 미칠 것 같았어도 이야기고, 죽을 듯이 힘겨웠어도 남아 있는 건 이야기뿐이다. 하지만 내 마음에 찍혀 있는 그 한 장면이 처음부터 술술 이야기로 나오지는 않는다. 처음에는 그 장면이 흐릿한 그림으로 떠오른다. 그 그림을 천천히 돌려보는 일, 이 과정 속에서 그림 속 '인물'이, 그림 속 '사건'이 외마디처럼 한 마디씩 내지르는 소리가 들리고, 가슴속에 어둠으로 남아 있던 장면들이 동굴 밖으로 나와 작가에게 말을 걸기 시작한다. 즉, 이야기가 시작된다. 이야기는 '사람(누가)'이 있고, '사건(무엇)'이 있고, '시간(언제)'이 흐르고 있고, 그 일을 지켜본(겪은) '내가(시점)' 있다.

"새벽에 일찍 일어나면 산꼭대기까지 데리고 가겠다." 할아버지는 그러나 깨워 주겠다고는 하시지 않았다. "남자란 아침이 되면 모름지기 제 힘으로 일어나야 하는 거야." 그렇지만 할아버지는 자리에서 일어나신 후 여러 가지 시끄러운 소리를 내셨다. 내 방 벽에 쿵 부딪히기도 하고, 유난스레 큰소리로 할머니에게 말을 걸기도 하였다. 덕분에 한발 먼저 밖으로 나간 나는 개들과 함께 어둠속에 서서 할아버지를 기다릴 수 있었다. "아니, 벌써 나와 있었구나!" 할아버지는 정말 놀랍다는 얼굴로 말했고, "예, 할아버지." 내 목소리에는 뿌듯한 자랑이 묻어 있었다.
 - 포리스트 카터의 「내 영혼이 따뜻했던 날들」 중에서

"할아버지와 내가 있다."(인물)
"어릴 적 새벽이 있다."(시간)
"새벽에 제 힘으로 일어나야 하는 일, 할아버지 교육법이 있다."(사건)
"할아버지의 놀란 얼굴과 뿌듯한 자랑이 묻어 있는 내 목소리가 있다."(시점)

아홉 살이었다. 난생 처음 혼자 샤워를 막 마친 때였다. 그 일이 일어났을 때, 나는 귀가 가려워서 면봉을 찾으려 했다. 상비약 상자에 달린, 김이 뽀얗게 서린 거울에서 나 자신을 힐끗 본 것이

다. 그 일은 마치 자동차를 타고 가다가 작은 동물을 치는 순간처럼, 갑자기 일어났다. 나는 가까이 다가가 수건으로 김을 닦아내고, 흐느끼기 시작했다. 내 얼굴이, 지난 주 사회 시간에 보았던 내셔널지오그래픽 영화에서 본 아프리카 사람들과 영락없이 똑같았기 때문이었다.

— 제니 C. 라이트의 「한 혼혈 소녀의 회상」 중에서

- 아홉 살 내가 있다.
- 처음으로 혼자 샤워를 한 때였다.
- 거울을 통해 내 얼굴을 보고 흐느껴 울었다.
- 내가 미개인이라고 생각한 아프리카 사람들과 내 얼굴이 똑같은 게 슬펐다.

한뼘자전소설을 쓸 때 가장 큰 선물은 바로 자기 자신을 사실적으로 바라보게 되는 관조의 힘이 살아나는 것이다. 소설적 요소들을 갖춘 내 생애의 '한 장면'을 영화처럼 볼 수 있고, 소설처럼 읽을 수 있는 객관적인 거리를 확보할 수 있기 때문에 자신을 있는 그대로 받아들이는 여유가 생긴다. 객관화된 소설 속 인물이 처한 상황에 감정이입해 읽는 동안 공감이 이루어지기 때문이다. 그 공감력은 누군가를 위로해 주고 치유해 주는 선물이 되어 퍼져나간다.

2) 이야기를 잡아라

여: "신도림역에서 영숙이를 만났어."

남: "그래서? 밥 먹었어?"

여: "아니, 만났다고."

남: "그래서? 차 마셨어?"

여: "아니, 만났다고."

여자는 계속 만났다고 말한다.

여자가 여자 친구들에게 문자를 보낸다.

1초도 안 되서 응답이 날아온다.

"어머, 영숙이 만났어?"

"너, 영숙이 만났다며?"

"세상에, 영숙이를 어떻게 만났어?"

이 대화는 유튜브에 올라온 '여자대화법'이라는 주제로 남자가 여자들의 대화를 이해하는 법을 설명하며 예를 든 것이다. 강사가 한 대목씩 이야기할 때마다 좌중은 웃음바다가 된다. 여기서 한 장면을 잡아 보자.

죄다 웃는데 나만 어리둥절하다

내 인생에도 이런 한 장면 있다. (죄다 웃어도)나만이 할 수밖에 없는 것, 나만이 했던 것, 이것을 한 장면으로 잡으면 된다. 왜? 왜? 거기에는 분명 남과는 다른 '나만의 사연, 이야기'가 있기 때문이다. 감이 오는데 그걸 어떻게 쓰냐고? 전혀 꾸밀 필요가 없다. 상황 그대로 첫줄을 시작하면 된다.

'강사의 말에 죄다 웃는데, 나만 어리둥절해서 두리번거렸다.'

얼마나 쉬운가. 그 다음 문장은 저절로 따라 나올 것이다. 그렇게 행동한 것은 나고, 내가 나의 행동에 대해 가장 잘 알기 때문이다. 왜? 어리둥절했어? 궁금증을 유발하는 첫 문장으로 한 장면이 시작된 것이다. 한 장면은 느닷없다 할 만큼 이야기 한가운데를 치고 들어가는 소설 기법이 효과적이다.

그래서 짧은 한 문장이지만, 일단 시작하면 반은 성공한 셈이다. '천릿길도 한 걸음부터'라는 비유는 낡고 낡았지만 결코 사라지지 않을 것이다. 한 걸음부터라는 '사실적 힘'이 있기 때문이다. 한 걸음일지언정 걸음을 뗀 것과 멈춰 있는 것은 전혀 다른 사실인 것이다.

단, 첫 문장은 짧을수록 좋다. 자칫 의식 과잉으로 문장이 늘어지는 걸 막을 수 있고, 속도감이 나는 다음 문장을 가져온다. 자전소설은 자신이 잘 알고 있는 이야기라고 생각하여 시간의 흐름을 따라가는 나열식이 되기 쉽다. 나열식은 리듬감을 상실해서 자칫 밋밋하고 지지부진한 이야기로 전락할 수 있다.

3) 이야기는 아직, 아직, 시작되지 않는다 [1]

첫 문장을 써 놓았지만, 글쓰기 훈련을 받지 않은 사람들은 '영숙이 대화법'으로 흐르기 십상이다. '강사의 말에 죄다들 웃는데 나만 어리둥절해서 두리번거렸다.' 그래서? 어리둥절했다고. 왜? 어

---

1 『연필로 고래잡는 글쓰기』, 다카하시 겐이치로

리둥절했다니까, 하면서 다음 문장을 이어가기 어렵다. '영숙이 대화법'은 영숙이를 만난 것 자체가 사건이고 의미가 되지만 그 '사건' 그 '의미' 안에 들어 있는 이야기는 아직, 시작되지 않는다. 하지만 남자는 왜 그랬는데, 그래서? 어떻게 된 건지 이야기가 더 궁금하다. 이 간극을 어떻게 메울 것인가.

여: 어디선가 여우가 우는 저녁이었어.[2]
남: 그래서? 여우에게 물려갈 뻔했어?
여: 여우가 울었다고.
남: 그래서? 여우가 울어서 도망갔어?
여: 그냥 여우가 울었다니까.
남: 여우가 울어서 어떻게 되었냐고.
여: 무서웠어! 무서워 죽는 줄 알았어.

마침내 여자는 외마디처럼 '무서웠어!'라고 소리친다. 여자가 떠올린 '한 장면'은 '무서움' '외로움' '불안'한 느낌으로 가슴속에 남아 있던 흐릿한 그림일 뿐이다. 이 그림이 글/소리로 바뀌어 나오려면 그 장면을 계속해서 들여다보는 시간이 필요하다. 곧, '나에게 일어난 일'을 사실적으로 바라보는 용기가 필요한 시간이다.

왜냐하면, 그 사건의 '의미'는 내 안에 '싫다/좋다' 또는 '옳다/그르다'로 구분되어 무의식에 저장되었기 때문에 한 장의 그림으로 떠올리는 일은 만만치 않다. 아, 그때 그 일이 있었지, 하는 단상은

---

2 「곡도와 살고 있다」, 『일곱시 삼십이분 코끼리열차』, 황정은

비교적 쉽게 떠올라도 막상 이야기로 펼쳐 보려면 그 장면 속으로 잘 들어가지지 않는다. 그래서 한 장면을 떠올리며 돌이켜보는 일은 '싫다/좋다'에 길들여진 나 자신을 비우는 시간이 된다. 이 시간은 누구도 대신해 줄 수 없으며, 누구의 흉내도 낼 수 없다. 사실 이것이 한뼘자전소설을 쓰는 목적일 수도 있다.

　용기 있게 그 한 장면 속으로 들어가는 비법은, 곧 남자가 여자의 말에 '그래서?'라고 되묻던 것처럼 스스로에게 질문을 던져 보는 것이다. 그 장면에 내가 말을 걸어야 '마음속 그림'도 글/소리로 응답한다. 그동안 그림은 점점 선명해지면서 그 장면에 있었던 소리와 움직임, 느낌이 살아나기 시작한다.

　'내 삶의 어떤 순간'이 떠오른다는 것은 나에게 각별한 인상을 남긴 것들이다. 대개는 '편하다(좋았다)/불편하다(싫었다)'로 구분된다. 편안했던(좋다) 장면도 느낌만 남아 있어 구체적이기 어려울 수 있고, 불편했던(싫다) 장면은 두 번 다시 보고 싶지 않을 만큼 고통스러운 것들이라서 들여다보는 일 자체가 어려울 수도 있다. 용기를 내라고 스스로에게 말해 주어야 한다. 고통스러운 장면일수록 어렵긴 해도 들여다보고 이야기로 풀어서 보듬어야 할 것들이다. 그것이 상처로 남아 있든, 회한으로 남아 있든, 보람으로 남아 있든, 이야기로 써 보는 순간, 고통은 영화 한 장면처럼, 소설 한 장면처럼 객관적인 사실의 힘으로 지나가고, 한 장면에 들어 있는 이야기는 진정어린 한 인생의 삶의 의미를 드러내 준다.

2. 글 첫머리는 어떻게 잡을까?

첫 문장은 독자들을 이야기 속으로 데리고 들어가는 매우 중요한 임무를 맡고 있다. 어떤 문장으로 시작하느냐에 따라 전체 글이 살기도 하고 죽기도 한다. 이 점을 누구보다 잘 알기에 작가들은 첫 문장에 많은 생각과 시간을 쏟는다. 그렇다면 첫 문장을 어떻게 써야 할까?

다음 예를 살펴보자. 이 책에 수록된 작품에 나오는 대목을 글 첫머리의 예문으로 뽑아 본 것이다. 이 첫 문장을 읽는 순간, 독자는 '무슨 일이 있었던 걸까?' '다음 장면은 어떻게 될까?' 하는 궁금증에 사로잡히면서 빠르게 이야기 속으로 빠져들게 된다.

1) 대화체로 시작한다

대화체는 살아 있는 묘사가 되기 때문에 생생한 느낌을 주고 긴장감을 유발한다.

"덕구를 잡아먹은 거예요?"
"헝가리에서 사셨네요? 거기서 무얼 하셨어요?"

2) 남에게 들은 이야기로 시작한다

어떤 이야기가 전개될까? 궁금증을 증폭시켜 주고 이야기를 들으려고 하는 마음의 준비를 하게 한다.

"오래전 할머니가 들려준 이야기다."
"그럴 리가요. 당신이 잘못 들었을 거예요."

3) 사건의 발생으로 시작한다

무슨 일이 일어날 것임을 예시하고 이야기를 끌고 가는 힘을 실어 준다.

"범죄를 저지른 것은 이십대 초반이다."
"그림자가 따라다녔다."

4) 행동을 직접적으로 묘사하며 시작한다

행위 이전과 행위 이후의 궁금증을 자아내고 진정성을 느끼게 한다.

"저녁상에 굴비를 구워 놓고도 딸은 그것을 먹지 못했다."
"세수하다 갑자기 지독한 치통이 왔다."

5) 배경 풍경을 묘사하며 시작한다

이야기 속으로 독자를 끌어들이고 글의 분위기를 이미지화시킨다.

"우르릉. 초복이 지났는데도 장마는 그칠 기미가 없다."
"날이 산 밑부터 어두워진다."

만약 첫 문장을 쓰고 들어갔는데, 엉뚱하게 첫 문장과 관계없는 다른 일들이 떠오르고, 다른 글이 나온다고 해도 염려할 것 없다. 물을 건너면 뗏목은 강가에 두는 법이다. 첫 문장을 지우고 새로운 글을 쓰면 되는 것이다.

6) 모사나 필사도 좋다

이 책에는 각각 다른 주제와 다른 시간적 배경, 공간적 배경을 하고 있는 글들과 어린이 시점, 성인 시점, 남자 시점, 여자의 시점 등 다양한 종류의 한뼘자전소설이 있다. 글도 대화하듯, 일기 쓰듯, 고백하듯, 등등 여러 가지 방법으로 시작하고 있다.

자신이 편한 방법대로 시작하지만 여기 수록된 참고 작가들의 자전소설을 모사하거나 필사를 하는 것도 도움이 될 것이다.

쓰고 싶은 형식이나 공감 가는 내용의 글을 골라 등장인물의 이름만 바꾸고 베껴도 좋다. 그러나 일단 시작하면 자기 목소리가 나오기 시작할 것이다. 그래서 어느 순간부터 자기만이 가지는 독창적인 글이 탄생될 것이다.

3. 어디까지 써야 하나?

마음속에 합창하는 낮은 목소리를 오감을 통해 끄집어내야 한다. 내 마음속에는 '마음껏' 펼쳐내지 못한 수많은 소리가 갇혀 있다. 그 소리들은 늘 내가 귀 기울여 주기를 기다리고 있다. '문득 떠오른 한 순간'을 잡고 내면의 소리에 귀를 기울여 보자. 오감을 살려 세밀한 관찰을 살려 낸다.

눈으로는 빛깔을 보고, 귀로는 소리를 감지하고, 코로는 냄새를 맡고, 혀로는 맛을 구별하며, 피부로는 촉감을 생생하게 전할 것이다.

누구에게나 깊이 숨겨 둔 이야기가 있다. 가까운 친구나 가족한 테도 쉽사리 꺼내지 못한 이 이야기를 어떻게 풀어나가야 하는지 막막하다. 또 쓴다면, 그 노출 수위를 어디까지 할지 결정하기가 쉽지 않다. 하지만 어렵게 생각할 필요가 전혀 없다. 자신이 원하는 만큼만 노출하면 된다.

사실 우리의 기억은 부정확하다. 그러나 어느 한 순간의 기억, 전후좌우로 이어지지는 않지만, 선명하게 남아 있는 장면들도 있다. 어떤 계기를 통해 갑자기 떠오르는 것도 있다. 즐거운 장면이든 고통스러운 장면이든 그것을 그대로 글로 옮기면 한뼘자전소설이 된다.

처음에는 내 생각을 어떻게 써 내려갈까 고민하겠지만, 글은 스스로 생명력을 가진다. 스스로 나아가고 멈추며, 드러내고 감춘다. 용기를 내서 쓰면 알게 될 것이다. 자기 인생에 대체 뭐가 숨겨져 있는지를.

이제 당신은 한뼘자전소설을 쓸 준비가 되었는가?

글을 쓰기 전에 자기 자신에게 질문을 던져 보자. '나는 왜 이 글을 쓰고 싶은 마음이 들었을까?' 아마도 그것은 마음속에서 뭔가가 움트고 그것을 표현하고 싶은 마음이 생겼기 때문일 것이다. 글을 쓰는 것은 숨을 쉬거나, 말을 하는 것처럼 당신에게 자연스럽지만 그렇다고 해도 글 쓰는 일이 쉽지는 않다. 탁월한 글은 고사하고 하다못해 생일 카드 하나를 쓰더라도 머리를 쥐어짜고 고심에 고심을 거듭하니 말이다. 이런 혼란스러움을 조금이라도 막아 주는 것이 스스로에게 던진 질문, '나는 왜 이 글을 쓰고 싶은 마음이 들었을까?'이다. 이 질문은 당신이 쓰려고 하는 한뼘자전소설의 방향키 역할을 하게 될 것이다.

막상 글을 시작하려 하면 모든 게 혼란스럽다. 대체 무엇을, 어떻게 써야 할지 도무지 알 수 없다. 그런데 그것은 비단 당신만이 겪는 어려움이 아니다. 오랫동안 글을 써 온 박완서 선생도 매번 글을 쓸 때마다, 처음 같은 마음이어서 두렵다 했으니 말이다. 그러니 용기를 내어 한 글자 한 글자 시작해 보자.

우리가 글을 쓸 때, 시작이 어려운 것은 사실 처음의 질문, '나는 왜 이 글을 쓰고 싶은 마음이 들었을까?'에 스스로 정확한 답을 내리지 못했기 때문이다. 예를 들어, 사랑하는 사람에게 마음을 전할 편지(메일)를 쓰고 싶은데 쉽게 시작하지 못하는 것은 무엇 때문일까. 상대를 보면 좋고, 떨리는 건 확실한데 막상 그 감정을 글로 옮기려니 막막해 포기한 경험들이 한두 번은 있을 것이다.

좋다는 느낌은 사람이 느낄 수 있는 모든 감각과 감정이 한데 뭉뚱그려진 복합적 감정이다. 그런 복잡한 감정을 글로 표현하는 것은 쉽지 않다. 그저 감정을 느낄 때와는 다르다. '글자'는 객관화된 일종의 기호이다. 따라서 글로 자신의 마음을 표현하려면 준비 단계를 거쳐야 한다. 그(그녀)가 얼마만큼 좋은지, 왜 좋은지, 자신에게 어떤 존재인지 스스로 생각을 가다듬어야 한다. 눈을 감고 그(그녀)의 모습을 떠올려 보자. 어느 때 어떤 표정을 지었을 때가 가장 사랑스러웠는지 생각해 보자. 글쓰기는 여기에서부터 출발한다. 쓰고자 하는 대상을 응시하고 주목하는 일. 그런데 이상하게도 대상을 바라보고 있으면 대상을 바라보는 자신을 더 주목하게 된다. 좀 유식한 말로 하면, 서술적 주체인 자신의 눈을 의식하게 되는 것이다. 연암 박지원 선생은 이것을 사물을 바라보는 눈이라 했으며 좋은 눈을 갖기 위해선 독서가 중요하다고 강조하였다. 즉, 생각이 익은 눈을 가져야 좋은 글을 쓸 수 있다는 것이다. 이것은 평상시 일상생활에서 작은 일이라도 놓치지 않고 메모하거나 사진으로 찍어 두는 사람이 글을 쓸 때 유리한 것과 비슷하다.

다음으로는 성실성이다. 글쓰기는 고도의 집중력이 필요한 일이다. 짧은 분량이라도 다른 일보다 몇 배나 힘들다. 처음 시작부터 끝내겠다는 굳은 결심을 하지 않으면 안 된다. 잘 알려진 작가들 중 대다수가 글을 쓰기 위해 자발적 유폐를 감행하지 않은가. 성실성은 글을 쓸 때, 가장 필요한 덕목이자 마음가짐이며 또한 가장 지키기 어려운 약속이기도 하다. 시작하기 전 우리는 왜 이 글을 쓰고 싶은지 잘 생각해 보고 스스로에게 약속을 하는 것이다. 꼭 결말을 짓겠다고.

글이 막혔을 때 작가들은 어떻게 할까?

대강 얼개를 짜고 주제를 정했으면 이제 본격적으로 소설 쓰기를 시작해 보자. 그런데 시작부터 고전이다. 하지만 앞에서 밝혔듯 자기 자신에게 던진 질문에 의지해 글을 써 내려가면 된다. 첫 문장은 그 소설의 표정이다. 표정은 개성과 매력이 있어야 한다. 그래야 읽는 사람이 호기심을 가지기 때문이다. 오랜 시간 생각에 생각을 거듭해 첫 문장을 써 내려간 당신. 방법론은 앞에서 이야기했거니와, 여기서는 한 문장 한 문장 힘겹게 써 내려가는 당신을 위해 약간의 위로를 마련하였다. 아무리 대작가라 해도 한 번에 좋은 글을 쓰기란 어렵다.

모파상은 자신의 키 높이보다 더 많은 원고를 습작시절 썼고, 다른 대문호들 또한 그 만큼의 노력과 노고를 거쳐 불멸의 작가가 되었다. 처음부터 잘 쓰는 작가는 없다. 썼다 지우고 다시 썼다 지우기를 반복하는 당신처럼 유명한 모든 작가도 한 줄 쓰다 막히고 두 줄 쓰고 멈칫거린다.

그러면 작가들은 글을 쓰다 막히면 어떻게 할까? 밖으로 나가 몸으로 하는 일을 하는 작가들도 있고 더욱 안으로 침잠하는 작가들도 있다. 이미 글을 쓰기 시작한 작가인 당신은 어느 편을 더 선호하는가?

박경리 선생은 살아생전 글을 쓰다 막히면 밖으로 나가 몸으로 하는 일을 하셨다. 밭도 일구고 고양이 먹이도 주면서 몸을 움직였다. 소설가 김훈은 글을 쓰다 막히면, 자전거를 타고 하이킹을 한다. 무라카미 하루키는 특이하게도, 소설을 쓰다 막히면 기행문을 쓰고 기행문을 쓰다 지겨워지면 번역을 하고 그마저 지루해지면 마라톤을 하거나 아내와 영화를 본다고 한다.

이렇게 몸을 움직여서 슬럼프를 벗어나는 작가들이 있는 반면에 또 자기 자신의 내부로 침잠하는 작가들도 있다. 소설과는 전혀 관계없는 책을 읽기도 하고 레이먼드 카바는 다른 작가의 그럴 듯한 말을 카드로 만들어 벽에 붙이거나, 그 말을 음미하거나 또는 술을 마시고, 소설가 이기호는 막힌 글이 뚫릴 때까지 그 자리에 앉아 버틴다고 한다. 소설가 김연수처럼 쓰다가 막히면 쪽잠을 자는 경우도 있다.

어느 작가의 말처럼 글쓰기란 일종의 발견 행위이다. 그러니 앞서 말한 작가들의 슬럼프 극복 방식을 최상으로 여겨 따라하거나 마음에 담아 둘 필요는 없다. 당신도 당신에게 알맞은 당신만의 극복 방법을 새롭게 만들어 보라. 그 과정도 글쓰기의 일부이다.

작가들은 다양한 방법으로 힘겨운 순간을 버텨 낸다. 그리고 그들은 모두 똑같이 다시 책상으로, 컴퓨터 앞으로 돌아와 앉는다. 자신이 시작했던 소설을 혹은 글을 끝내기 위해. 이제 당신도 끝내지 못한 소설 앞으로 다시 돌아와 앉을 시간이다.

디지털 세상의 한뼘자전소설

우리가 하루 중에 가장 많이 눈길을 주는 곳은 어디일까? 아마 핸드폰 액정 화면일 것이다. 요즘 사람들은 핸드폰으로 사람들과 통화하고 문자를 주고받으며, 공과금을 내고, 쇼핑을 한다. 그리고 또 많은 시간을 컴퓨터 앞에 앉아 정보를 검색하고 얻고 블로그나 카페에 올라오는 글을 통해 소통한다. 그러나 핸드폰 액정이나 인터넷 화면에서는 긴 글을 읽기가 힘들다.

이러한 소통 방식의 변화에 따른 시대의 특성에 가장 알맞은 문학 갈래가 바로 미니픽션이 아닐까. 손바닥 한 뼘의 크기인 핸드폰

화면에 쏙 들어갈 정도로 짧은 소설이므로, 핸드폰이나 인터넷 화면으로 읽고 이해하기 적합하기 때문이다. 전철 안에서 혹은 카페에서 누군가를 기다리는 시간 동안 다른 사람의 글을 읽을 수도 있고, 스스로 짧은 이야기를 지어 낼 수도 있다. 미니픽션이 허구의 이야기라면, 한뼘자전소설은 지하철에 앉아 친구에게 핸드폰으로 보내는 카톡이나 메시지 같은 자신의 이야기다.

그것은 일기가 될 수도 있고, 편지가 될 수도 있으며 스스로와의 대화를 나눈 것일 수도 있다. 다른 사람은 알아차리지 못한, 어떤 순간에 대한 감상, 느낌일 수도 있다.

신비한 언어의 세계가 핸드폰과 인터넷을 만나 새로운 문학 형식을 이루어 내는 것. 그것이 바로 한뼘자전소설이다.

한뼘자전소설 마무리하기

쓰고 싶은 것을 썼나?

앞에서 서술된 바와 같이 '한뼘자전소설'은 자기 인생에 관한 소회를 문학적으로 압축하여 표현하는 것이다. 이 장에서는 한뼘 자전소설을 과연 어떻게 쓸 수 있을 것인가 하는 문제, 곧, 좀 더 기술적인 측면을 생각해 보게 될 것이다.

명심해야 할 것은 '쓰는 것은 결코 어렵지 않다'는 점이다. 인간 은 날 때부터 언어적 동물이다. 이 말은 생각과 언어가 거의 동시 에 이루어짐을 뜻한다. 가령 '삶'에 대해 생각을 한다고 가정해 보 자. 입으로 표현하거나 글로 쓰지 않아도 생각이라는 것 자체가 머릿속에서 이미 언어로 진행되고 있음을 알 수 있을 것이다. 문자 가 있는 시대건 없는 시대건 사람들은 언어라는 도구를 통해 욕 구, 감정, 생각 등을 표현해 왔다.

근원적인 글쓰기가 인간의 감정과 사상을 자유로이 표현하는 것으로부터 시작되었음을 감안할 때, 작법을 운운하는 것이 과연

타당한가 하는 의문을 제기하지 않을 수 없다. 문학은 언제나 누군가가 안다고 자부하는 문학보다 더 크게 마련이고, 그러한 문학을 결코 좁은 틀로 가둘 수는 없기 때문이다. 그러므로 한뼘자전소설은 무엇보다 쓰고자 하는 사람이 자신의 인생에 대해 쓰고 싶은 것을 쓰면 된다. 정해진 작법이라는 것은, 사실상 존재하지 않는다는 말이다.

그런데도 이런 저런 방법들을 제시하는 이유는 어디까지나 좀 더 편안한 마음으로 쉽게 자서전 쓰기에 다가가게 함이다. 여기서 언급되지 않은 다양한 방법을 더 동원할 수 있으며, 다만 '먼저' 써 본 작가들의 사례를 들어 '이런 방법도 있다'는 것을 넌지시 알려 줄 뿐이라는 사실을 다시 한 번 강조한다. 큰 범주들은 결코 절대적인 영역이 아니며, 커다란 갈래로 나누어 놓은 것은 어디까지나 작은 갈래를 설명하기 위한 방편일 뿐이다. 또한 갈래 사이사이에 무수한 다른 길들이 있고 그 길들은 상하좌우 어디로나 뻗어나갈 수 있으므로, 글을 쓰는 사람 스스로, 어떤 특정한 유형에 갇히지 않겠다고 다짐하는 것이 가장 중요하다.

누가 '나'를 썼나?

우리가 자주 접하는 글은 대부분 내가 나의 이야기를 하는 형태다. 그것이 설명문이 되었든 기행문이 되었든, 이야기를 하는 사람, 즉 화자가 1인칭인 '나'로서 자신의 생각, 느낌, 관찰 등을 서술하는 경우가 가장 많다. 1인칭이니 2인칭이니 하는 말들을 떠올리면 어쩐지 복잡해지는데, 간단히 이렇게 생각하자.

글을 쓰는 사람은 크게 '나'이거나 '나 아닌 다른 사람'이다. 문학적 기교를 부려서 나와 다른 사람을 마구 섞어 쓴다거나 나를 우리로 확장하기도 하는 경우는 일단 생각하지 말자. 지금은 단지 글 속에서 이야기를 하는 화자는 무조건 나 아니면 남이라는 사실만 염두에 두자.

1. 내가 나를 이야기하다

이야기하는 자, 즉 글 속 화자가 '나'이고 그 '내'가 자전소설을 쓰는 당사자 '나'에 관한 이야기를 하는 경우는 그다지 복잡할 것이 없다. 자전소설이니만큼 사건을 모두 알고 있는 사람으로서 자기 이야기를 끌어 나가면 되니까.

그러나 주의할 점은 '나'는 나에 관한 부분은 모두 알고 있지만, 다른 사람에 관한 것은 부분적으로 모르는 것도 있다는 점이다. 가령, 내 부모가 내가 어렸을 때 이혼을 했다고 하자. 나는 이혼이라는 객관적 사실은 알지만, 어머니나 아버지의 마음을 속속들이 알지는 못한다. 다만, 내가 알 수 있는 것은 부모의 말을 통해 드러난 분위기이거나 주변 사람 혹은 정황 등을 통해 추측한 것뿐이다.

이때 추측은 당시 내가 가지고 있는 해석 능력의 한계 안에서 진행된 것이다. 그러므로 '나'가 이야기를 할 때는 다른 사람의 생각까지 내가 다 알 수는 없다는 사실을 전제해야 한다. 가령 "아버지는 어머니와의 결혼을 후회하였다"고 쓴다면, 내가 왜 그렇게 생각하는지에 대한 구체적인 근거를 밝혀야 한다. 1인칭 주인공, 1인칭 관찰자는 될 수 있어도 1인칭 전지자는 될 수 없다. 나는, 혹은 어떤 인간도 결코 신은 아니기 때문이다. 그러나 물론 내가 신이 되었다고 가정하고 쓸 수는 있다. 그러나 이때에도 글 쓰는 화자는 나 아닌 신인 '척'을 할 뿐이지 결코 진짜 신은 아니다.

2. 내가 남을 이야기하다

내가 남에 대해 이야기하는 척하지만, 사실상 그 '남'이 자서전을 쓰는 당사자인 '나'가 되는 경우이다. 즉 화자인 내가 어쩌어쩌한 남에 대해 이야기하는 형태로 나가는데, 사실상 '나'는 자서전을 쓰는 내가 만들어 낸 또 다른 나이고, 내가 이야기하는 '남'이 실제 내가 되는 것이다. 이는 내 이야기를 가족이나 친구 등 누군가 다른 사람의 시선으로 보는 것처럼 하고 싶을 때 쓸 수 있다. 가령 "내 아들은 자주 친구들과 싸우고 들어왔다"라고 쓰면서 아들에 관한 일화를 쭉 들려준다고 하자. 여기서 말하는 화자 '나'는 아버지로 마치 그가 자전소설을 쓰면서 아들에 대한 이야기를 하는 것처럼 보이지만, 실은 내가 언급하는 아들이 자전소설 당사자인 것이다.

주의할 점은 이때의 화자 '나'가 이야기되는 인물보다 더 부각되어서는 안 된다는 점이다. 사건은 어디까지나 자전소설을 쓰는 실제 당사자인 '아들'에 관계된 것이어야 한다.

'나'는 '우리'라는 1인칭 복수로도 구성될 수 있다. 우리나 너 혹은 너희가 주체가 되어 이야기를 끌어가는 형태는 또 다른 새로운 문학적 장치로써, 최근 다양하게 시도되고 있다. 이때에도 잊지 말아야 할 점은 우리나 너희는 그저 이야기를 끌어가는 화자로서, 자서전의 당사자를 이야기하는 전달자에 지나지 않는다는 것이다. 초점은 언제나 자서전을 쓰는 본인에 맞춰져야 한다.

3. 남의 목소리를 통해 나를 이야기하다

'누군가'가 '너는 어떻다'고 서술하는 형태이다. "너는 키가 작고 못 생겨서 아이들로부터 놀림을 받았다"는 문장에서 '너'는 실제로는 이 자서전을 쓰는 당사자이다. 이때 '너'를 말하는 '나'는, 당사자가 만들어 낸 '화자로서의 나'이지 '실제의 나'가 아니다. 간혹 2인칭 '너'로 이야기를 전개하는 글을 2인칭 화자로 오해하는 경우가 있는데, 엄밀히 말해 2인칭 화자는 있을 수 없다. 가령, "너는 바람에 일렁이는 구름을 보았다"고 쓴다면, 이야기 되어지는 작중 인물이 '너'인 것이지 이야기하는 사람이 '너'는 아니기 때문이다.

예를 더 들어보자면, 왕따를 당했던 나의 어린 시절을 이렇게 묘사할 수 있을 것이다. "너는 친구들이 아무도 함께 놀아 주지 않아 외로웠다. 너는 네가 키가 작아서 혹은 못 생겨서가 아니라, 아버지가 장의사라서 그렇다는 사실을 알고 있었다." 이때 너를 묘사하는 화자인 '나'는 전면에 드러날 수도 있고, 계속 누군가로 숨어 있을 수도 있다. "너는 언젠가 화장실에 갇힌 적이 있다. 너는 울부짖었고, 나는 도와주고 싶었지만 그럴 수가 없었다"라고 한다면, 화자인 내가 '너'의 친구로 설정되어 있는 경우지만, 내가 누구인지를 이야기 전경에 꼭 드러낼 필요는 없다. 어쨌든 이야기 되어지는 너, 즉 자서전을 쓰는 당사자로서의 너에게 초점을 맞추면 된다.

4. 남이 남을 이야기하다

남이 '남인 척 하는 나'를 이야기한다는 말이다. 이야기하는 자가 '나'가 아닌 경우는 익명의 누군가인 3인칭이 된다. 즉 아무개가 아무개를 이야기하는 형식이다.

1) 남이 나의 모든 것을 알고 있다. - 이야기하는 자가 3인칭으로 모든 것을 알고 있는 전지자인 경우

구체적인 근거, 즉 물증이 없어도 확증이 있는 경우가 있다. 예를 들어, 여자 친구가 바람을 피운다는 증거는 없지만, 이를 확신하고 그렇게 이야기를 쓰고 싶을 때에는 '나 아닌 다른 사람'이 되어 쓰는 방법은 유용하다. 이때 나 아닌 다른 사람은 모든 사건을 훤히 알고 있는 전지자가 되므로 내용을 자유로이 전개할 수 있다. 이야기하는 자가 전능자이므로 사건을 모두 알고 있다는 전제하에 가령 "여자는 남자의 모든 것이 점점 싫어졌다" 같은 문장을 쓸 수가 있다.

이때 '나'는 등장인물 중 하나인 철수나 영희 같은 고유명사가 될 수도 있고, 그 혹은 그녀 같은 대명사로 불릴 수도 있으며, 선생님이나 제자 혹은 여자나 남자 등의 보통명사가 되기도 한다. 어쨌

든 화자가 모든 것을 다 알고 있는 것을 전제하고 쓰는 경우이므로 나를 대신하는 인물은 물론 그 인물과 관계한 주변인의 심리상태나 생각, 느낌 등을 구체적으로 드러낼 수 있다.

2) 남이 나의 모든 것을 알고 있지는 않다. - 이야기하는 자가 3인칭으로 단지 관찰한 상황만을 서술하는 경우

자전소설에서 3인칭 관찰자 시점이 되면 나의 이야기지만, 매우 객관적인 거리를 유지할 수 있게 된다. '나'는 등장인물 중 한 사람일 뿐이며 이야기를 하는 사람도 나의 내면은 모르기 때문에 오로지 드러나는 사건이나 정황만을 기술할 뿐이다. 그러므로 읽는 사람들은 전체적인 내용을 통해 주인공의 내면을 유추하고 짐작하게 된다.

'나'를 완전히 드러내지 않는 방법은 내면을 세세히 기록하는 것보다 때로는 나의 상태를 더욱 강하게, 서정적으로 암시할 수 있다. 가령, 자전소설을 쓰는 당사자를 소녀로 설정하고 "소녀는 누덕누덕 기운 옷을 입고 다녔다"라고 묘사하면, "소녀는 몹시 가난해서 마음이 힘들었다"고 구체적으로 적는 것보다 더욱 진한 감동을 일으킬 수 있다.

'무엇'을 쓰고 싶었나?

한뼘자전소설에서 가장 중요한 단어는 '자전'이다. 자기 자신에 대한 사실적 기록인 것이다. 이때 사실事實이라는 것은, 생각이든 느낌이든 사건이든, 말 그대로 허구가 아니어야 함을 뜻한다. 소설 기법을 빌려 쓰는 것과 소설을 쓰는 것은 분명히 다르다. 한뼘자전소설이 자기 성장, 자기 치유, 자기 정화를 목표로 함을 감안할 때, 쓰고자 하는 이야기는 이야기를 풀어나가는 동안 자신을 어루만져 주고 고양시켜 주는 '자기 자신에 대한' 내용이어야 한다. 그것은 한 번쯤 짚고 넘어가지 않으면 안 되는 상처일 수도 있고, 적절하게 순화시킬 필요가 있는 자랑일 수도 있다. 어쨌든 내게 특별한 의미를 주었던 사건이 떠오른다면 그것이 자전소설의 소재가 될 수 있다.

한편, 나의 인생이라는 것은 나 혼자 살면서 이루어진 것이 아니다. 가족이나 친구, 연인, 스승 등 주변의 수많은 사람과 관계하여 지금의 내가 만들어진 것이다. 그러므로 자전소설을 쓰는 가장 쉬운 방법 중 하나는 나를 둘러싼 사람들과 나와의 관계를 이야기하는 것이다.

누구에게나 잊을 수 없는 사건과 사람이 있다. 상처가 되었든 영광이 되었든 뇌리에서 떠나지 않는 사건이나 사람이 있다면, 그것을 구체적으로 떠올려 보자. 하나의 사진으로부터 그 사진의 정황을 떠올리고, 사진 속에 등장한 인물들 간의 맥락을 이해한 후 짧게 정리할 수 있다면, 정확히 '한뼘'인 자전소설을 쓸 수 있게 된다.

1. 긴 생애를 줄여서 한뼘 속에

그야말로 태어나고 성장하여 지금에 이르기까지 있었던 주요한 사건들을 간략하게 모두 쓰는 방식이다. 유아기, 소년기, 청년기, 장년기, 노년기 등 시간의 흐름에 따라, 혹은 다른 순서로라도 자기 생에 일어났던 중요한 내용들을 모두 써 보는 것이다. 결혼을 했다면 그 결혼이 자신에게 어떤 의미가 되었는지, 아이를 낳았다면 어떤 감정이 되었는지 하는 것 등을 짧게 쓰되 그 속에 핵심이 녹아 있도록 써야 한다. 다시 한 번 강조하지만, 자전소설은 자신을 미화하기 위한 글이 아니다. 진솔하게 쓸 때, 그 누구보다 자신에게 감동을 준다.

또한 일대기를 쓴다고 해서 구구절절 모든 이야기를 다 쓸 필요는 없다. 짧게 쓰되 핵심을 놓치지 않는 것에 한뼘자전소설의 묘미가 있음을 잊지 말아야 한다.

2. 잊을 수 없는 사건을 한뼘 속에

1) 확실히 기억하는 사건

기억력이 좋은 사람은 어머니 뱃속에서 나올 때의 순간도 기억한다고 한다. 믿거나 말거나지만, 사람의 기억력이 매우 다양한 층위를 갖고 있다는 점은 사실이다. 시기에 상관없이 어떤 사건은 매우 생생하게 기억하는 반면, 어떤 사건은 주변에서 듣거나 사진을 보고 겨우 기억을 더듬을 뿐이다. 그런데 생생하게 기억한다는 것은 의미를 정확히 해석할 수는 없을지라도 어떻게든 자신에게 영향을 미쳤음을 뜻한다.

필자는 어린 시절 이웃집 할머니의 심부름으로 막걸리 주전자를 들고 시골길을 오갔던 기억을 떠올렸다. 심부름 끝에는 설탕 탄 막걸리 한 사발을 보답으로 받았으므로 매우 행복했다. 그런데 그 사건을 한참 생각하다 보니 그냥 심부름만 다녀온 단순한 기억이 아님을 알게 되었다. 매일 가족도 아닌 할머니의 심부름을 한 것은 어린 시절 나를 돌봐주었던 사람들이 없었다는 것과 그나마 이웃집 할머니가 심부름을 시켜주어서 덜 심심했다는 것을 뜻했다. 행복하다는 느낌 밑에는 그다지 행복하지 않았다는 느낌도 함께 있었던 것이다.

짧은 일화이고 작은 사건이지만, 그 속에 어린 시절 전체 혹은 그 뒤의 성장 과정에 영향을 미쳤을 단초가 숨어 있을 수 있다. 좋은 일이든 나쁜 일이든 어떤 일이 뚜렷하게 떠오른다면 왜 떠오르는지를 잠시 생각해 보자. 한뼘자전소설의 좋은 소재가 될 것이다.

2) 확실히 기억하지 못하거나 정확히 알지 못하는 사건

본인이 기억하지 못한다 해도 자신에게 강한 영향을 미쳤을 수 있는 사건들이 있다. 성장하여 주변으로부터 나중에 들은 이야기거나 사진이나 기록 등을 통해 본 것, 혹은 여러 가지 정황으로 유추한 사건 등에 대해 씀으로써 자신에 대한 이야기를 보다 효과적으로 전개할 수 있다. 나는 기억하지 못하지만, 분명 나의 성격 형성이나 성장 과정에 영향을 미쳤을 사건들을 떠올려 보자. 짧은

일화로 전체를 드러내는 것은 한뼘자전소설의 가장 큰 장점 중 하나이다.

기억이 과거를 지향하고 있다면 상상은 미래를 지향한다. 미래의 내 모습은 현재의 내가 정확히 알지 못한다. 하지만 미래의 내가 어떻게 되어 있다거나 전생의 나, 혹은 내세의 나를 상상하여 그리는 것이 '나'를 표현하는 것이 될 수 있다. 주의할 점은 여러 시간대의 사건을 통해 그리는 '나'는 과거부터 현재까지의 나를 가리키기 위한 장치라는 점이다. 자전소설이 아닌 그냥 소설로서의 공상을 뜻하는 게 아니라 오로지 '나'를 표현하기 위해 소설적 기법을 통해 다른 시간대의 사건을 설정할 수 있다는 뜻이다.

3. 잊을 수 없는 사람들을 한뼘 속에

1) 가족에 얽힌 일화

'나'를 돌아보고자 할 때, 가장 먼저 떠올릴 수 있는 구성원은 가족이다. 부모, 형제자매, 배우자, 자녀 등은 나와 직접적으로 또 깊게 얽혀 있는 사람들이다. 그들을 떠올릴 때 그들로 인해 생긴 자부심이나 사랑, 상처, 자괴감, 분노, 공포, 편견, 강박, 연민 등이 자연스럽게 함께 떠오를 것이다. 오늘의 '나'를 있게 한 가장 영향력 있는 사람과의 관계를 돌아보면서 진정한 '나'를 만날 수 있다.

2) 영향을 주었던 주변 인물

가족에 버금가는 영향을 끼친 주변 인물들이 있다. 긍정적인 영향을 미쳤을 수도 있고 부정적인 영향을 끼쳤을 수도 있다. 친구, 친척, 스승, 선배, 첫사랑, 동료, 이웃 사람 등과 갈등하거나 다투거나 의지하거나 화합했던 사건들을 떠올려 보자. 일화를 통해 내가 가진 가치관, 느낌, 생각 등을 표현할 수 있다.

4. 잊을 수 없는 사물이나 장소를 한뼘 속에

자신에게 특별한 의미를 부여하는 사물이나 장소가 있을 수 있다. 어머니가 물려준 반지일 수도 있고, 길에서 우연히 주운 행운의 동전일 수도 있으며, 나와 떼려야 뗄 수 없는 숫자일 수도 있다. 애착을 가지는 음반이나 책일 수 있으며 콤플렉스와 관련된 옷이나 가방일 수도 있다. 먹는 음식일 수도 있고, 사는 집일 수도 있으며, 여행지나 방문지처럼 장소가 될 수도 있다. 눈에 보이는 것, 귀에 들리는 것, 손이나 발에 닿는 것, 입으로 맛보는 것, 코로 냄새 맡아지는 것 등 오감이 허용하는 모든 것들 가운데 나와 특별한 의미를 주고받은 것이 있다면 자전소설의 소재로 선택할 수 있다.

어떤 것이든 '나'를 표현하는 데에 효과적이라면 그것과 얽힌 일화든 관념이든 상상이든 모두 쓸 수 있다. 단, 주객이 바뀌어 특별한 그 어떤 것이 자서전의 당사자보다 더 부각되어서는 안 된다. 대나무의 기상과 비길 만한 나의 절개를 쓰고 싶다면, 대나무의 형상이나 속성 묘사가 오로지 나를 드러내기 위해 이루어져야 함을 잊지 말아야 한다. 내가 대나무에 못 미치건 대나무가 나에 못 미치건 중심은 내가 되어야 한다는 말이다. 엉뚱하게 대나무에 매달린 판다곰을 강조하는 일은 없어야 한다. 나의 성격이나 성장 과정을 상징적으로 보여주거나 그것과 얽힌 외로움, 고통, 절망, 희망, 기쁨 등 나의 내면까지도 충분히 드러나도록 써야 한다.

5. 내 생각, 내 느낌을 한뼘 속에

한뼘자전소설이 소설적 구성을 가지는 이유는 문학적 장치를 통해 지나친 폭로를 자제하고 감정을 순화시키기 위해서이다. 그러나 그러한 구성이 굳이 필요하지 않다면 단순히 감정의 상태를 서술하여도 된다. 물론, 최소한의 사건을 언급하면서 그에 대한 느낌을 기술하여야 쓰는 당사자도 정리가 되고 읽는 사람도 대강의 상황을 짐작하게 된다.

한뼘자전소설은 일기와 유사한 면도 있고 확연히 다른 면도 있다. 먼저, 당사자가 쓰면서 자기 인생을 돌아보고 정리할 수 있다는 점에서는 일기와 크게 다르지 않다. 하지만 그것을 타인과 공유한다는 전제 속에 객관성을 유지하는 점은 일기와는 확연히 다른 점이다. 내 입장에서는 분명히 억울하고 과분했던 사건이라 할지라도 그것을 쓰는 과정 혹은 읽는 과정을 거치면서 자기 주관에 치우치지 않고 사건의 전후좌우 사정을 균형 있게 바라보는 통찰을 획득할 수 있기 때문이다.

생각이나 느낌을 효과적으로 기술하기 위해서는 그 생각이나 느낌에도 기, 승, 전, 결 등의 과정이 있음을 염두에 두어야 한다. 아무런 연결성도 없이 토막토막 끊어지는 상념을 그냥 던지는 것은 아무 글도 아닌 것이 되기 쉽다. (물론, 지나치게 실험성이 강한 글이라고도 할 수 있다.)

어떤 방법으로 썼나?

한뼘자전소설이든 어떤 글이든 가장 쉽게 쓰는 방법은 사건의 발생부터 전개를 거쳐 결말에 이르기까지, 시간의 경과에 따라 상황을 있는 그대로 쓰는 것이다. 그러나 글을 쓸 수 있는 방법은 사실상 무한하다. '어떻게'라는 이야기로 틀을 한정할 필요가 없음을 다시 한 번 강조한다. 기본적인 방법은 '무엇을 쓸 것인가'에 이미 상세히 기술하였다. 이 장에서는 '소설'이라는 문학적 장치를 통해 적절한 노출과 정화를 원할 경우에 유용한 몇 가지 방법을 소개하기로 한다.

1. 나 아닌 척, 사람 아닌 척 – 우화, 알레고리로 표현하기

국립국어원 표준국어대사전에 의하면, '우화'는 "인격화한 동식물이나 기타 사물을 주인공으로 하여 그들의 행동 속에 풍자와 교훈의 뜻을 나타내는 이야기"이고, '알레고리'는 "어떤 한 주제 A를 말하기 위하여 다른 주제 B를 사용하여 그 유사성을 적절히 암시하면서 주제를 나타내는 수사법"이다. 사전적 의미로 보았을 때, 상황 전체를 포괄하는 알레고리가 우화보다 조금 넓은 의미임을 알 수 있다. 어찌되었든 우화나 알레고리는 하고자 하는 이야기를 다른 상황으로 우회하여 표현하므로, '자전'이 가지는 노출 수위를 조절하는 적절한 방법이다.

한뼘자전소설에서 쓰는 우화 기법은 반드시 풍자와 교훈을 지

향할 필요는 없다. 그냥 '나'의 이야기를 좀 더 편안하게 하기 위하여 나 아닌 다른 사물이나 동물을 등장인물로 설정하는 것일 뿐이다. 고려 말 조선 초에 사물의 이치나 이념에 관심을 가졌던 신흥사대부들은 동식물이나 사물을 의인화한 소설로 '가전假傳'을 등장시켰다. 술이나 지팡이, 종이 등이 주인공이 되어 그 속성이나 효용 등을 서술하는 한편 시대상을 빗대어 상황을 비판하거나 개선 방안을 제시하기도 하였는데, 이러한 가전체 소설은 나중에 심성을 주인공으로 한 심성 가전으로 발전하기도 하였다.

한뼘자전소설에서 '소설'은 상상력을 마음껏 발휘하여 표현하고 싶은 영역을 최대한으로 확장시킬 수 있다는 것을 뜻한다. 우화와 알레고리는 자신의 이야기를 보다 자유롭게 할 수 있도록 하기 위한 가장 효과적인 장치 중 하나이다.

2. 그저 한밤의 꿈! - 꿈이나 상상력을 동원해 쓰기

김만중의 「구운몽」처럼 '깨고 보니 한갓 꿈'이더라는 구성을 취할 수 있다. '꿈'을 통해 자전소설을 쓰는 당사자의 강박 관념이나 소망, 스트레스 등을 드러낼 수도 있다.

완벽하게 한 편의 소설을 창작해도 좋다. 미래의 일이든 현재의 일이든, 또 사후의 일이든 그야말로 한 편의 이야기를 만들어 내는 것이다. 단, 그 속에서 자서전을 쓰는 당사자의 이야기가 모호하지 않게 드러나야 한다. 진실이 들어 있어야만 한다는 말이다. 다 감추려면 자전소설이 아니라 소설을 써야 한다.

3. 다함께 한뼘 커지다 - 다른 영역의 장치를 빌려오기

한뼘자전소설은 시, 기행문, 수필 등 다른 문학의 기법을 모두 동원하여 쓸 수 있다. 사실 문학은 태생적으로 경계의 제한이 없다. 서술자가 소설 속으로 적극 개입하는 메타 픽션의 기법부터 예술 외의 영역까지도 모두 포괄하는 최근 소설의 동향을 감안할 때, 한뼘자전소설의 지경은 무한하다.

또한 문학이 아닌 다른 매체의 활용도 가능하다. 그림이나 사진, 음악은 물론 대중 매체의 광고나 신문 기사, 논설문, 설명문은 물론 유명한 노래의 가사 등도 모두 활용하여 자전소설을 쓸 수 있다.

'글'의 자리는 더 이상 활자로 인쇄된 '책'에 한정되어 있지 않다. 거슬러 올라가 문학이 구비전승 되던 시기를 돌이켜 보면, 문학은 오히려 늘 다른 예술과 함께였음을 알 수 있다. 노래로 가창되기도 하였고, 춤이나 몸짓 속에 서사가 숨겨져 있기도 하였으며, 그림과 함께 시너지 효과를 누리기도 하였다. 시, 서, 화가 균형을 갖추고 있는 것에 경의를 표했던 시절 또한 우리는 기억하고 있다.

한뼘자전소설이 짧다는 점을 최대한 활용하여 사진이나 그림을 곁들인다면 내용을 좀 더 풍부하게 보완할 수 있다. 마치 먼 과거의 기억이나 이국에서 날아온 엽서처럼 아련한 느낌을 줄 수 있다.

음악과 편지, 혹은 시와 음악 등 음악의 삽입 또한 그동안 카페나 블로그를 통해 지속적으로 전개되어 왔음은 주지의 사실이다. 한뼘자전소설은 문학과 협력할 수 있는 그 어떤 매체도 거부하지 않는다. 단 주인공은 늘 '자전소설'임을 잊어서는 안 된다.

이런 것도 한뼘 주의 – 그밖에 고려해야 할 사항

1. 결국, '이야기'를 하다 – 문체

문체 또한 자유롭게 구사하면 된다. 제3자의 관점에서 옛날이야기를 하듯 시작한다면 편안한 글이 될 테고, 일기체나 고백체의 글이라면 진솔하게 느껴질 것이다. 누군가에게 마음을 터놓듯이 쓰는 편지글도 좋으며 대화체를 쓴다면 상황을 좀 더 생동감 있게 전개할 수 있을 것이다. 희곡처럼 써도 좋고 드라마 대본처럼 써도 좋다.

고려 말 조선 초 신흥사대부들이 즐겨 썼던 경기체가 형식은 명사나 한문 단형구만을 나열했다. 물론, 그 때문에 세밀하고 정치한 묘사는 할 수 없었지만, 나름의 멋이 있었다. 문학은 어떤 시도도 허용한다. 명령문이나 감탄문, 의문문 일색이라 해도 내용을 표현하는 데 무리가 없다면 시도해 볼 만하다.

2. 시간은 흐르지만 – 시제

한뼘자전소설을 쓸 때, 가장 일반적으로 선택하는 시점은 과거 시점이다. "과거에 내게 어떤 일이 일어났고 어떻게 전개되었으며 그래서 지금의 내가 이렇게 되었다"고 쓸 때, 가장 무난하게 쓸 수 있는 것이 바로, 과거 시제이다.

그러나 좀 더 긴장감을 주고 싶다면 현재 시제를 쓰는 것이 적절하다. 가령, 이런 문장을 열거한다고 하자. "철수는 라면을 끓이기로 한다. 어린 동생이 배고파하기 때문이다. 가스불은 파랗게 이글거리고 냄비의 물은 뽀글거리기 시작한다." 한 장면을 묘사하면서 지속적으로 쓰는 이러한 현재형 문장은 긴장감을 유발한다.

미래 시제도 쓸 수 있다. 예문을 들자면 이러하다. "아기는 곧 울음을 터뜨릴 것이다. 이제 걸음마를 시작할 것이고, 맘마 혹은 엄마라는 단어를 시작으로 말문도 열 것이다."

하지만 이 모든 시점들이 마구 뒤섞여서는 안 된다. 시간은 흐르게 마련이지만, 미래에서 과거로 흐르지는 않는다. 시제의 선택은 반드시 내용에 무리가 가지 않는 한도 내에서 해야 한다. 그 어떤 기교도 자전소설 자체보다 더 중요하지는 않다.

3. 이밖에 또 한뼘, 한뼘 - 기타 유의사항

1) 어디까지나 자서전

한뼘자전소설의 '소설'적 장치는 어디까지나 자서전을 효과적으로 쓰기 위한 방편이다. 너무 모호하게 하여 피상적으로 흐르거나 지나친 기교를 동원하다가 자서전이 아닌 다른 장르처럼 보이지는 않는지 점검하여야 한다. 역량이 된다면 동원한 문학적 기법이 주제와 충분히 상관관계를 가지는지도 살펴보아야 한다.

2) 어쨌든 나의 이야기

단순한 사건을 써도, 긴 이야기를 짧게 써도 한뼘자전소설 속에는 '나의 생애'가 충분히 녹아 있어야 한다. 내가 누구인지, 나는 어떤 상처를 안고 여기까지 왔는지, 그래서 앞으로 어떻게 살 수 있는지에 관한 모든 것을 포괄할 수 있어야 한다.

3) 쓰려던 이야기에 집중 또 집중

자서전을 쓰다 보면 새록새록 떠오르는 것이 있다. 그래서 처음에 의도했던 방향과는 달리 여러 가지가 덧붙여져 나중에는 무슨 글을 쓰려고 했는지 오리무중이 되기도 한다. 떠오르는 게 더 있다면 다른 글로 쓰자. 처음에 쓰려고 했던 이야기를 끝까지 놓치지 않아야 한다.

4) 엉뚱한 제목은 가라

제목이 전체 내용을 대표할 수 있는지 살펴보아야 한다. 처음에 의도했던 내용과 글이 다르게 흘러갔다면, 제목도 이에 적절하게 수정하여야 한다. 내용이 큰 제목은 포괄하는 범위가 넓지만 너무 거창하게 보일 수도 있고, 구체성이 떨어진다. 반면, 너무 작은 제목은 내용이 타이트하게 제목을 중심으로 전개되어야 하므로 제약이 따른다.

5) 인용문 가라사대

마음에 남는 문장이나 평소 인용하고 싶었던 문장을 인용하더라도 반드시 내가 쓰고자 하는 이야기와 관련이 있는지를 먼저 살펴야 한다. 독립된 인용문은 멋있지만, 전체 내용과 아무런 연관이 없다면 그야말로 사족이 되고 만다. 그리고 인용문을 잘못 알고 있지는 않은지 반드시 검토해 보아야 한다. 널리 알려진 잘못된 인용문의 사례가 엄청나게 많다.

6) 기본은 사전

기본적인 맞춤법이나 문장 호응, 띄어쓰기 등은 사실 가장 어려운 부분 중 하나다. 작가들도 이 부분에서 자신 없어 하는 경우가 태반이다. 그러나 요즘은 스마트폰의 앱이나 컴퓨터 등을 활용하여 문법에 관계된 문제를 재빨리 해결할 수 있다. 사투리와 비속어 등도 필요한 경우가 아니면 자제해야 한다. 영어만 사전을 찾아야 하는 것이 아니다. 국어사전을 적극 활용하자.

7) 경우에 맞고 사리에 맞고

사투리와 비속어를 쓰는 경우 점검하고 또 자제해야 한다. 일부러 사투리를 쓰는 경우, 독자가 왜 그 부분에서 사투리가 등장하는 것인지 이해할 수 있도록 해야 한다. 물론, 쓰는 사람이 사투리인지도 의식하지 못하고 쓴다면 다른 방법은 없다. 주변에서 알려주는 수밖에.

욕설이나 비속어를 쓸 때도 순화의 과정을 거쳐야 한다. 실제로 삶의 과정에서 등장했던 언어라 하여도 읽는 사람이 거부감이나 혐오감을 느낀다면 어떤 수위로 쓸 수 있을 것인지를 고민해야 한다. 자전소설은 자신을 돌아보고 다듬기 위한 방편이지 하수구나 쓰레기통은 아니기 때문이다.

8) 사실이냐 허구냐

우화나 알레고리로 표현할 경우 어디까지를 사실로, 어디까지를 문학적 장치로 설정할 것인가를 고려해야 한다. 한뼘자전소설은 자유로운 표현이 가능하지만, 자서전에서 출발한 것임을 잊지 말아야 한다. 비사실적인 내용이 무절제하게 나오거나, 사실적인 내용이 비사실적인 내용과 마구 뒤섞여 버리면 원래의 의도는 전혀 알 수 없게 되고 만다. 자전소설이 아니라 자서전도 아니고 소설도 아닌 것이 되지 않도록 적절한 균형을 유지해야 한다.

한뼘자전소설을 다 쓴 뒤 글다듬기

글을 다듬는 것을 퇴고라고 한다. 당나라 때의 시인 가도賈島가 말을 타고 길을 가다가 문득 좋은 시상詩想이 떠올라 시를 짓다가 결구를 결정하지 못해 고민하고 있는데 한유라는 고관을 만나 좋은 결구를 얻게 되었다. 이 고사에서 유래한 '퇴고'는 글쓰기의 마지막 단계이다. 퇴고 단계는 글쓰기보다 좀 더 전문적인 과정이라 할 수 있다. 글을 얼마나 충실히 다듬느냐에 따라 좋은 '한뼘자전소설'이 될 수도 있고 그저 그런 글이 될 수도 있다. 퇴고는 불필요한 부분을 삭제하는 '빼기', 불충분한 내용을 보완하는 '보태기', 단락이나 문장을 논리적으로 자연스럽게 배치하는 '순서 바꾸기'라는 세 가지로 요약할 수 있다.

1. 퇴고할 때 유의점들

하나, 띄어쓰기, 맞춤법 등을 바로잡는다. 요즘에는 워드 프로세서의 성능이 향상되어서 자체적으로 수정해 준다. 의심나는 것들은 인터넷의 사전 검색 등을 통해 확인한다.

둘, 복문이나 중문의 경우 가능한 한 단문으로 고쳐 준다. 요즘은 복문이나 중문보다는 단문을 선호한다.

셋, 문장에서 주어, 목적어, 서술어 사이가 제대로 호응되고 있는지 검토한다. 초보 작가들이 자주 범하는 오류가 주어와 서술어를 일치시키지 않아 비문이나 오문이 많이 생긴다.

넷, 접속어가 글의 흐름에 맞게 사용되었는지 점검한다. 접속어의 남발은 글의 흐름을 방해하고 내용을 왜곡시키기도 한다.

다섯, '한뼘자전소설'이 완성되었으면 주변 사람들에게 평을 들어본다. 작가의 의도가 제대로 전달되었는지 알 수 있다.

2. 한 편의 '한뼘자전소설'을 완성한 당신은 처음의 약속을 지킨 성공한 작가다

수많은 시행착오와 수정을 거쳐 완성된 글은 당신의 빛나는 보석이다. 헤밍웨이는 글쓰기 과정이란 빙산이 바다에 떠오르는 과정과도 같다고 했다. 빙산이 머리를 내밀기 위해서는 나머지 10분의 9는 차가운 바다 속에 잠겨 있고 글로 표현된 것은 나머지 1정도라는 것이다. 훌륭한 작품은 갑자기 나타나는 것이 아니다. 많은 시간과 노력이 뒷받침되어야 한다. 오랜 시간의 고통을 이겨 낸 사람만이 자기 목소리로 삶과 시대를 이야기할 수 있다.

소설쓰기 이론

1. 소설의 3요소

일반적으로 소설은 주제, 구성, 문체로 이루어져 있고 한뼘자전
소설도 여기서 크게 벗어나지는 않는다.

1) 주제

하나의 소재로 글을 쓸 때 주제를 무엇으로 잡느냐에 따라 여
러 가지의 종류의 글이 나올 수 있다. 이 세상에서 가장 소중한
사람인 '나'는 누구의 눈을 빌리지 않고 내 눈으로 세상을 볼 권리
가 있기 때문이다.

사람마다 하는 생각은 주관적이다. 그 생각을 드러낸 글도 당연
히 주관적이다. 그러나 주관성이라는 것은 보편성을 바탕으로 하
는 것을 명심해야 한다. 주관성이 나만이 가지는 독특함이라면 보
편성이란 대부분 사람들에게 적용되는 상식선이다.

작가의 주관에 따라 놀부는 욕심쟁이가 될 수도, 절약하며 열심
히 돈을 모으는 알뜰한 놀부로 표현될 수도 있고, 흥부는 가난하

고 착한 이가 될 수도 있고, 무능하고 형에게 구걸이나 하는 자존심도 없는 흥부가 될 수도 있다. 흥부와 놀부를 작가의 주관에 따라 얼마든지 다른 사람으로 만들 수는 있지만, 그 다른 상황을 독자들이 충분히 공감할 만한 보편성도 담겨 있어야 한다. 많은 이들의 마음을 움직이게 만들거나 감동을 주는 글은 주관적이면서 보편성도 가지고 있는 글들이다.

2) 구성

구성의 3요소로는 인물, 사건, 배경이 있다. 즉, 소설은 누구에 의해(인물) 언제, 어디서(배경) 무슨 일(사건)이 일어났는지를 써 나가는 것이다.

인물 한뼘자전소설은 짧은 글이므로 꼭 필요한 최소의 인물들이 등장해야 한다. 많은 인물이 등장하면 글이 어수선해지고 내용에 집중할 수가 없다.

사건 사건은 한 종류만 선택해서 집중적으로 다룬다. 이때 사건이란 행동만이 아니라 심리 변화도 포함된다.

배경 사건이 일어난 시간과 공간을 말한다. 글의 내용과 맞는 시간과 공간을 택해야 이야기가 실감이 나고 그 흐름을 도우면서 분위기가 살아날 수 있다.

• 시간이란 과거, 현재, 미래나 현재 상태에서 과거를 회상하거나 미래를 상상하는 경우까지 모두 포함될 수도 있다.

• 공간은 이야기가 전개되는 일정한 장소를 말한다.

3) 문체

화가 나면 목소리가 높아지고 거칠어지지만, 행복하면 목소리가 따뜻하고 차분해진다. 문체란 바로 이러한 글쓴이의 개성과 성격이 드러나는 목소리와 같다. 좋은 말을 하려면 한 번 더 생각하듯이 글을 쓸 때도 깊고 폭넓게 생각하고 마음을 가다듬으면 좋은 문체가 나올 수 있다. 그러니 좋은 글을 쓰려면 많이 쓰고, 많이 읽고, 많이 생각하는 것이 최상의 방법이다.

2. 시점

누구의 눈과 감정으로 이야기를 이끌어갈 것인가를 시점이라고 한다. 똑같은 사건이라도 보는 각도와 입장에 따라서 그 내용이 다르게 바뀔 수 있다. 이를테면, 도둑질을 한 사람과 도둑질을 당한 피해자와 같이 입장이 정반대인 사람으로 시점을 달리하면 주제도 달라지고 독자도 전혀 다른 각도로 받아들이게 된다. 도둑 시점에서 쓴 글을 읽게 되면, 독자는 도둑이 범죄의 길로 들어설 수밖에 없었던 사정과 아픔을 이해하게 되어 도둑에게 동정과 연민을 느끼고 잡히지 않고 도둑질도 성공하기를 바라게 된다.

반면, 피해자 시점에서 쓴 글을 읽으면, 피해자가 그 물건을 잃어버림으로써 겪는 상실감과 분노를 독자들도 도둑에게 같은 분노를 느끼며 반드시 그 도둑을 잡아 억울함을 풀길 바라게 된다. 이렇게 시점을 누구로 하느냐에 따라 주제, 인물의 성격, 글의 효과 등이 달라진다. 드물게 2인칭 시점도 있지만 일반적으로는 1인칭 시점과 3인칭 시점으로 나눈다.

1인칭 주인공 시점 '나' 자신이 주인공이며 내 이야기를 보여주는 것이다. 내가 주인공으로 이야기를 이끌어가므로 내 심리나 행동은 드러내지만 다른 사람들의 심리나 상황은 알지 못한다.

예시글) "놀부가 흥부를 쫓아내는 것을 보고, 우리 아버지가 돌아가신 후 큰집에서 우리가 찾아가자 꺼려했던 일이 생각났다. 놀부만큼 욕심이 많던 큰 아버지였다."

＊ 내가 주인공이고 흥부와 놀부는 나의 이야기를 하기 위한 주변 인물일 뿐이다.

1인칭 관찰자 시점 '나'는 소설 속 화자일 뿐 주인공은 다른 인물을 내세워 가까이에서 이야기를 들려준다.

예시글) "흥부 놀부는 우리 집 옆에 살고 있었는데 어느 날 흥부가 놀부에게 쫓겨 나가는 것을 보았다. 욕심 많은 놀부가 결국 재산을 다 차지한 것이었다."

＊ '나'의 시점이고 이야기하는 화자도 '나'이지만 이야기를 이끌어 나가는 인물은 흥부 놀부이다.

2) 3인칭 시점

전지적 작가 시점 작가가 신이 된 듯 작품내의 세계관을 아우르는 것은 물론이거니와, 글 속 모든 인물의 생각과 감정 등을 꿰뚫고 인물들 간의 내면심리를 직접적으로 다룰 수가 있다. 작가가 모든 것을 다 이야기해주므로 등장인물들은 무슨 생각을 할까, 라고 생각해 볼 독자들의 상상력을 제한하여 흥미를 떨어뜨릴 수도 있다.

예시글) "홍부는 박 속의 보물을 보고 기뻐서 어쩔 줄을 몰랐고 놀부는 홍부의 횡재에 샘이 났다. 하지만 그 욕심이 큰 화가 될 줄은 알지 못했다."

* 홍부의 속마음, 놀부의 속마음도 알고 있고 신처럼 앞으로 무슨 일이 일어날지도 알고 있다.

작가관찰자 시점 보이는 부분에 한해서 인물의 행동이나 전개를 서술할 뿐, 인물들의 속마음을 들여다 볼 수가 없다. 오로지 관찰자의 입장에서 짐작, 추측만 할 뿐이다. 인물의 내면을 직접 묘사할 수가 없다.

예시글) "홍부는 박속의 보물을 보고 눈이 휘둥그레졌지만 지켜보던 놀부의 얼굴은 일그러졌다."

* 작가는 겉으로 보이는 행동이나 말을 관찰하여 상황을 짐작하도록 할 뿐 그 속마음은 물론 다가올 일에 대해서도 묘사하지 못한다.

제한 전지적 작가 시점 3인칭 1), 2) 시점의 혼합이다. 전지적 작가 시점이지만, 모든 인물이 아니고 특정 인물에 한정되어 있다. 단 한 명의 인물의 시각으로 사건을 서술하고 그 인물의 내면을 보여준다. 주인공의 시각을 통해서 다른 인물들을 표현하므로 주인공을 제외한 다른 인물에 대해서는 3인칭 관찰자의 입장을 취하고 있다.

예시글) "홍부는 박 속에서 쏟아져 나오는 보물을 보고 기쁨의 환호성을 지르다가 놀부를 보았다. 놀부의 표정이 잔뜩 굳어 있었다. 또 무슨 심술이라도 부리려나, 흥부는 덜컥 겁이 났다."

　*작가는 오직 흥부에 한해서 전지적 시점을 가지고 있다. 그러
므로 흥부의 속마음은 묘사할 수 있지만, 놀부는 겉모습만 관찰
할 뿐 속마음은 묘사할 수 없다.

　3) 한뼘자전소설의 시점

　'나'의 이야기 이므로 1인칭 시점이 가장 쓰기 편하지만, 제3자
가 화자가 되어 나를 이야기하는 3인칭 시점을 이용할 수도 있고
나를 제3자인 것처럼 슬쩍 감출 수도 있다. 그러나 자신의 이야기
라는 기본은 지켜야 하므로 다른 사람의 속마음까지 다 아는 전
지적 작가 시점은 피하는 것이 좋다. 전지적 작가 시점은 고전소설
이나 장편소설에 주로 쓰인다.

3. 서사와 묘사와 대화

　1) 서사

　인물의 행동, 사건의 진행 등을 시간의 흐름을 바탕으로 이야기
를 진행시키는 것.
　예시글) "흥부가 뱀을 급히 쫓고 보니 제비 새끼 여섯에서 다섯
이 잡아먹히고 살아남은 제비 새끼 한 마리는 달아나다 대발 틈
에 발이 빠져 부러져서 거의 죽게 되어 있었다."

　2) 묘사

　눈으로 보거나 마음으로 느낀 것을 그림을 그리듯이 표현하는

것. 인물의 외양이나 배경 묘사, 심리 묘사 등이 있다.

예시글) "흥부네 집은 밖에서 이슬이 오면 천정에서 큰 빗방울 떨어지고 부엌에 불을 때면 방 안이 굴뚝이고 흙 떨어진 윗대 구멍에 바람은 살 쏜 듯했다. 곤한 잠에 기지개를 불끈 켜면 상투는 허물없이 앞 토방에 쑥 나가고 발목은 어느새 뒤안에 가 놓였다."

3) 대화

인물들이 주고받는 말. 인물들 간의 대화를 통해 그 인물의 성격이나 사건의 전개 과정 따위를 드러낼 수 있다.

예시글) "흥부야 네 처자를 데리고서 떠나거라. 만일 지체하여서는 살육지환이 날 것이니 어서 급히 나가거라."

"아우 하나 있는 것을 나가라 하나이까. 형님 오륜지의를 생각하여 십분 통촉하옵소서."

"당 태종은 천하를 다투어서 그 동생을 죽였으며 조비는 영웅이나 그 아우를 죽였으니 나 같은 초야 농부가 우애지정을 알겠느냐."

한뼘자전소설 모음

나는 힘이 세다 1

올봄에는 저 철쭉들이 꽃을 피울까?

눈이 쌓인 대문 양옆에 초라한 철쭉 두 그루를 보면 나는 마음이 착잡해진다. 재작년에는 흐드러지게 꽃을 피워 내더니 갑자기 시름시름 말라 버렸다. 남편은 철쭉이 죽어 버렸다며 가지들을 몽땅 잘라 내고 밑동만 남겨 놓았다. 삼십오 년도 넘은 뿌리는 너무 커서 파내기가 어려웠다. 말라죽은 잎사귀 몇 개를 매달고 시커먼 밑동만 남은 철쭉을 보며 남편은 꽤 서운한 눈치였다.

"옮겨 심어 몸살을 하는 것이라면 옮긴 첫 해에 할 것이지, 그 추운 겨울도 버텨 내고 꽃이 만발하더니. 왜 그런지 몰라!"

혀를 차며 서운해하는 남편을 보면서, 나는 괜한 자책감에 빠졌다.

사실 철쭉들이 그렇게 말라죽은 이유는 모두 나 때문이었다.

"그러게 왜 철쭉을 파 왔어요? 산소에서 살던 걸 집에 들여놓을 건 뭐람?"

나는 돌아서며 남편이 들을까말까 한 소리로 중얼거리다가, 갑자기 열이 뻗치는 것을 참을 수 없어서 소리를 높였다.

"적어도 그런 걸 들여놓으려면 나에게 양해를 구했어야 하는 거 아니에요?"

목소리를 높이자 남편이 뜨악한 얼굴로 쳐다봤다.

"어디서 저렇게 실하고 예쁜 철쭉을 구할 수 있어? 저런 건 돈 주고도 살 수가 없어. 봄이면 어쩌나 꽃이 가득 피던지…. 난 그렇게 예쁜 철쭉은 본 적이 없어."

퍽이나 그랬겠다. 그 꽃이 그리운 사람이라고 생각하니 곱고 또 곱게 보였겠지. 차마 내뱉을 수 없는 말이라서 나는 하고 싶은 말을 꾹꾹 눌러 참았다.

"그래도 공동묘지에서 살던 나무를 집에 들이는 법이 어디 있어요? 이런 사람 저런 사람들 썩은 살을 삼키면서 큰 나무잖아요. 언젠가 무당이 하는 소리를 들으니 귀신들이 나무에 붙어 있다던데!"

잔소리는 했어도 제일 하고 싶었던 말은 애써 눌러 참았다. 그 말을 내뱉으면 속이 시원해지는 것이 아니라 오히려 내 자존심이 상처받을 것 같았다.

남편은 걸핏하면 산소에 가곤 했다. 골프를 치러 다니는 것도 아니고 친구들을 만나 술을 마시는 것도 아닌 남편이 휴일이면 자주 조상의 산소들을 둘러보며 벌초를 하고, 조경을 새로 하곤 했다. 다른 산소보다 유독 용인의 천주교묘지를 자주 들렀는데, 그곳에는 남편의 전처가 잠들어 있었다. 삼십오 년이나 지나서 이미 백골이 진토가 되고도 남은 세월이건만 남편은 요즘 더 자주 그곳을 다녀왔다. 핑계로는 새로 조경을 한 산소의 나무와 잔디에 물을 주러 간다는 것이었다. 산소로 향하는 남편을 보내는 내 마음은 슬며시 복잡한 것이 끼어들었다. 아름다운 서른셋에 눈을 감은 아깝고 그리운 첫 마누라를 보러가겠지. 게다가 첫사랑이라고 했다. 싸움 중에서 제일 이길 가능성이 없는 일이 죽은 사람과의 싸움이다. 없지도 있지도 않은 상대를 향해 미움의 주먹을 날릴 수도 없고, 질투의 화살을 쏘아 댈 수도 없는 일.

근검절약과 오기투지로 일생을 살아온 남편은 작년에 새로 집을 지었다. 전망이 좋은 산 중턱에 위치한 그야말로 '언덕 위의 하얀 집'이었다. 자신이 꼭 짓고 싶었던 집을 짓고 나자 고생하며 살다간 첫사랑 마누라가 애틋했겠지, 그렇게 너그러운 마음을 먹기로 했다. 그러던 어느 날 남편은 산소에 있는 철쭉 두 그루를 인부들을 시켜서 뽑아 왔다. 삼십오 년을 첫사랑의 피와 살을 먹고 무럭무럭 자란 철쭉들은 세 명의 인부들이 종일 파고 또 파도 뿌리가 끝이 없이 뻗어 있었다고 했다. 가을이라 마른 잎사귀들이 붙어 있는 시커먼 철쭉 두 그루가 대문 양옆에 심어지자 나는 파랗게 질렸다. 남편의 완강한 표정을 보아 제지할 수 없는 일이라는 것을 알았다. 나는 재빨리 성당으로 뛰어가 성수를 한 됫박 가져왔다. 하늘을 향해 머리채를 풀어헤친 두 철쭉 귀신들에게 성수를 뿌리고 또 뿌렸다. 철쭉을 심어 놓고 흡족한 남편은 샐쭉해서 눈을 흘기는 내 표정은 아랑곳하지 않고 즐겁다는 표정이었다. 그렇게라도 꽃처럼 예쁜 나이에 할 일과 아이들을 두고 떠난 아내를 새집으로 데려오고 싶은 남편을 이해하려고 했다.

그렇게 마무리되었으면 좋았을 텐데, 두 그루의 철쭉은 다음 해에 흐드러지게 꽃을 피워 냈고, 하필이면 그 나무들은 부엌의 개수대에 난 커다란 창에서 아주 잘 보였다. 게다가 나는 새집으로 이사 온 후부터 몹시 아프기 시작했다. 나는 병명을 찾을 수도 없는 통증으로 잠을 설쳤고, 그러면서도 크게 늘어난 살림을 주도해야 했다. 일은 많고 통증은 점점 심해지는데, 철쭉은 왜 그렇게 미친 듯이 꽃을 피우는지 알 수가 없었다. 나는 매일 개수대에서 우엉을 씻으면서, 주발과 접시를 닦으면서도, 미친 꽃들을 미워했다. 몸은 더 아파왔고 이제는 잠을 잘 이룰 수도 없었다. 모두가 저 미친 철쭉 때문이었다. 철쭉에 붙은 남편의 첫사랑 귀신 때문이었다. 나는 날마다 남편의 죽은 첫사랑의 육신을 먹고 자란 철쭉을 없앨 궁리를 했다. 하루는 들통에 소금물을 펄펄 끓여서 남편이 보지 않을 때 뿌리에 끼얹어야겠다고 마음먹었다가, 또 다음 날에는 흙 바로 아래에 있는 줄기 껍질을 남몰래 벗겨서 나무를 죽여 버리겠다고 결심하기도 했다. 아니면 나무를 죽이는 주사제를 사려고도 했다.

나의 미움은 철쭉꽃이 다 지고난 후에도 가끔 계속되었다. 어떤 방법이 가장 좋을지를 생각하며 설거지를 하고 우엉을 씻었다. 상상만 하고 실현할 방법을 찾지 못하면서 여름이 지나가고 있었다. 그런데 어느 날부터인가 철쭉들이 말라 죽기 시작하고 있었다. 내 미움 때문일까? 죽은 가지들을 쳐내 버려 밑동만 남은 볼썽사나운 철쭉을 보면서 나는 생각했다. 잔디에 풀을 뽑느라 등짝에 뜨거운 태양이 따사롭던 어느 날, 나는 죽어 버린 철쭉 밑동을 만져보았다. 푸르르 바람이 불었지만, 나무는 정말 죽어 버렸는지 미동도 하지 않았다. 하긴 잎도 가지도 모두 쳐냈으니 흔들릴 무엇도 없었다. 나는 철쭉에게 미안한 생각이 들었다. 철쭉에게 나 자신을 투사하여 스스로를 미워하던 나를 용서하고 싶었다.

미안하다. 정말 미안해.

두어 달 후에 나는 문득 철쭉의 밑동에서 가느다란 가지들이 뻗어 있는 것을 보았다. 가지에는 새잎들이 달려 있었다. 죽은 나무에서 새 생명이 탄생하고 있었다. 생각만으로 나는 나무를 죽이고 또 살린 것이 아닌가. 정말 나는 힘이 세다.

굴비

　저녁상에 굴비를 구워 놓고도 딸은 그것을 먹지 못했다. 대신에 기름기가 반지르르하고 노릇하게 구운 알배기 굴비를 부엌 창틀에 올려놓았다. 내가 떠난 지 벌써 석 달이 다 되어 가건만 딸은 부엌 창틀 위에 밥과 냉수를 올려놓는 것을 잊지 않았다. 무엇 때문에 너는 나를 놓지 못하느냐! 혹 자신의 설움을 옮겨 놓을 자리로 부엌 창틀을 택한 것은 아니냐? 언젠가는 딱히 쓸 곳도 없는 무채를 몇 시간씩 정성스레 썰어 놓고 커다란 함지에 가득 쌓인 그것을 보며 망연히 앉아 있던 딸의 모습을 본 적도 있었다.

　오늘 딸은 어두운 저녁 하늘을 뒤로 업은 창을 바라보며 우울한 그림 하나를 떠올리고 있다. 촉수 낮은 백열전구의 누런 불빛 아래에 둘러앉은 어린 시절 저녁 밥상의 그림이다. 딸이 크레파스와 겉표지가 빨간 동화전집을 아끼던 시절. 내 옷자락에서 맡는 쌔애한 가죽 냄새와 수구레 고기와 턱수염의 까칠한 감촉 같은 것들. 그것은 아마도 내가 수입된 미국산 소가죽을 깎는 일을 할 때의 기억이리라. 젖고 구부러진 상태의 소가죽을 펴고 말리고 다듬어서 신발을 만드는 가죽, 핸드백을 만드는 가죽, 의류용 가죽 등으로 구분하여 종이처럼 얇게 잘라 내는 일이었다. 내 손에서 아름답게 변신한 수십, 수백만 개의 구두와 지갑용 가죽이 유명 제화점으로 납품되었지만 정작 나는 그 제화점 상표의 구두나 벨트를 가져 본 적이 없었다. 새삼스레 그 일을 떠올리며 눈가가 젖어드는 딸을 보며 어렸을 때처럼 큰 소리로 녀석들을 불러 보고 싶다.

"이눔들아. 애비가 괴기 가져왔다. 공부하네?"

방바닥에 엎드려 숙제를 하던 아이들에게 턱수염을 비벼 대면 아이들은 술 냄새에 얼굴을 찡그리곤 했다. 고기 볶는 냄새가 요란하게 나면서 저녁상이 들어왔지만 딸은 고기를 먹지 않았다.
"니 왜 괴기 안 먹네? 배때기가 불렀구만. 저 아아는 뉘길 닮아 그리 입이 짧네? 손모가지는 황새가 아자씨 하자고 하게 생깃구만."
내가 가끔 집에 들고 들어가던 거무튀튀한 고기는 냉동된 수입산 소가죽에 붙어 있던 고깃덩어리였다. 그래, 함을 팔러 온 사위에게 그 내력을 알려준 기억이 난다.
"아, 그 코쟁이 놈덜이 배때기에 기름끼가 끼어서리 고깃덩이가 여기저기 붙어 있는 걸 가죽이라고 수출한 것이 아니겠? 냉동선에서 소가죽을 부리면 서로 먼저 달려들어 그 얼음덩어리를 헤집고 서리 고기를 막 썰어 담았디. 우리 큰 사위 마누라는 입이 짧아서리 먹디 않았디만, 우리 식구들은 그 수구레 고기 덕택에 살았디."
거나하게 취한 내 이야기를 들으며 사위와 그 친구들은 재미있어 했지만 딸만은 방부제 처리한 고기 먹은 이야기를 왜 하냐며 싫어했었다. 하지만 부모도 땅도 다 이북에 두고 온 사람들이 사는 것은 쉬운 일이 아니었다. 소도 언덕이 있어야 비빈다고 기댈 곳도 없이 세상 천지에 동그마니 내 몸뚱이 하나만 믿고 올망졸망한 새끼들과 살아왔다. 그래도 나는 그 고기를 먹을 때마다 고향 쪽을 향해 마음속으로 절을 했었다. 아바이, 나 지금 괴기 먹으요. 아바이는 딘디 드셨는기요? 하고.

그날 사위가 고개를 끄덕이며 맞장구를 치는 바람에 기분이 좋아진 내가 늦도록 이야기를 한 기억이 난다. 이북이 공산 치하가된 후 민초들이 겪었던 어려움과 지주였던 할아버지의 땅을 빼앗기고 숙청 대상이 되어서, 친척집 아궁이 속에서 삼 년을 숨어 지냈던 일들을 이야기했었다. 그때의 후유증으로 평생 풍치로 고생한 이야기를 하며 웃었으니, 세상일이란 그런 것인가 보다. 고통도 지나고 보면 즐거운 에피소드가 되고, 흰 구름 지나간 일처럼 여겨진다.

딸이 멍하니 창문 밖을 내다보고 있는 이유는 가끔 환청처럼 쏟아지듯 들리는 곡소리 때문만은 아니다. 아마도 거제도의 일을 마음에 두고 있는 듯하다. 인민군 군대 징집을 피하려고 단신 남하한 나는 가족들과 영영 헤어져서 만날 수 없었다. 그것만이 아니었다. 나는 남쪽에서 군대를 가고 이북에 남아 있는 나의 여섯 동생들 중 둘은 인민군이 되었다. 그것으로 끝났으면 그래도 나았으련만 시절의 배신으로 우리는 육이오를 맞았다. 전쟁터에서 동생들과 총부리를 겨누고 마주 서야 했던 불행. 전쟁이 지나고도 나는 밤마다 내가 쏜 총탄이 동생의 철모를 뚫는 악몽에 시달렸었다.

그렇다고 해도 지금에 와서 딸이 그 일을 떠올리며 슬퍼하는 것은 옳지 않다. 비록 내 바로 밑의 동생이 거제 포로수용소에서 한 많은 생을 마쳤다고 해도, 그 끈끈한 비통함이 대를 이어 딸의 가슴에 구멍을 뚫는 일은 좋지 않은 일이다. 아마도 딸은 굴비를 좋아한 그 동생 때문에 평생 굴비를 먹지 않은 나를 위해 저 창가에 굴비를 놓아두었을 것이다.

"아야, 그건 둏디 않다이."

아무리 이야기를 건네도 딸은 여전히 헛손질만 하고 있다. 종일토록 굴비는 냄새를 풍기며 그 자리에 있다.

그녀의 선택

1

따뜻한 봄볕 내리쬐는 툇마루에서 아가는 아빠 곁에 뒹굴뒹굴 놀고 있다. 그런데 윗동네에 왕진을 간 의사 엄마는 두어 시간이 지나도록 돌아오지 않는다. 아가가 칭얼거리기 시작하자 아빠는 아가를 품에 안고 달랜다. 그래도 아가는 계속 칭얼거리며 엄마를 찾는다. 폐가 아픈 시인 아빠는 짜증을 내며 아가를 마루에 도로 내려놓는다. 아가가 운다. 아빠는 뚝 그치지 못해, 하고 소리를 지른다. 아가는 더 크게 운다. 아빠의 커다랗고 앙상한 손이 아가의 엉덩이를 철썩 내리친다. 아가는 이제 온몸이 빨갛게 물들도록 자지러지게 울어댄다. 그때 엄마가 허둥지둥 달려 들어와 아가를 들쳐 안는다. 아직 말을 할 줄 모르는 아가는 더욱 숨넘어가게 울어 제침으로써 아빠에 대한 야속함을 엄마에게 호소한다. 엄마가 아빠에게 뭐라고 탓하는 말을 건넨다. 아빠는 버럭 화를 내며 대문 밖으로 나가 버린다. 거칠게 집을 나서는 아빠의 야윈 등 뒤로 목련 꽃잎 몇 개가 나풀나풀 떨어진다.

2

그 남자는 매주 토요일 오전 열시에 2층 아파트 베란다 아래 서서 '스위티' 하고 그녀를 부른다. 주말이면 늘어지게 잠을 자고 한없이 게으르게 지내고 싶은 그녀다. 하지만 그날도 그녀는 서둘러 운동복으로 갈아입고 내려가 함께 공원에서 조깅을 한 후 자연주의 레스토랑에서 점심을 먹고 오후엔 바닷가를 찾아 수영과 일광욕을 하고 저녁엔 클래식 연주회장을 찾는, 어김없는 일정을 앞두고 있다. 그는 매사 민주적으로 그녀의 의견을 먼저 묻지만, 모든 것을 결국 자기 뜻대로 정한다. 스무 살의 그녀는 열다섯 살이나 위인 남자 친구의 리드에 감히 저항할 생각을 못 한다. 비교적 젊은 나이에 박사학위를 딴 그는 무엇에서도 그녀보다 아는 게 많고 유능하다. 게다가 그는 그녀가 유학 와 있는 주립대학 교수이고, 백인이고, 금발에 푸른 눈을 한 장신의 미남이다. 지상낙원이라 불리는 그 섬의 북쪽 해안은 와이키키처럼 붐비지 않아 좋지만, 바닷물은 좀 더 차고 물살이 세다. 그가 먼 거리를 헤엄쳐 다녀오는 동안 수영에 서툰 그녀는 언제나처럼 고무튜브에 의지해 해변 가까이서 하릴없이 동동 떠 있다. 방금 전 저 멀리서 그의 금발머리가 물속으로 들어갔다 나왔다 하는 걸 본 것 같은데 다음 순간 누군가가 완강한 팔로 그녀를 뒤에서 끌어안는다. 엄마야! 저도 모르게 한국어로 외치며 몸을 돌린 그녀의 눈앞에 거인이 사파이어 눈빛으로 내려다보며 서 있다. 결 고운 창백한 금발이 짝 달라붙어 마치 알라딘의 램프에서 나온 민대머리 지니처럼 보이는 그에게서 쏟아져 나오는 날카로운 푸른 눈빛은 '아가씨, 평생 나한테 복속하겠다고 약속하면 소원 세 가지를 들어 주겠어' 하고 말하는 듯하다. 어떤 기시감이 솟구치면서 온몸에 소름이 좌르르 돋는다. 환갑 바라보는 아내를 무릎 꿇려 야단치던 아버지 모습도 떠오른다. 아무 말도 하지 않은 그에게 노오! 하고 벼락같이 외치며 그녀는 있는 힘을 다해 그의 품을 벗어난다. 해변으로 올라와 옷가지를 대충 챙겨 입고 그의 캐딜락이 있는 주차장 반대편의 버스정거장으로 뛴다. 그날 저녁 그가 흥분과 불안이 뒤섞인 목소리로 전화를 해 오자 그녀는 세 가지 소원을 또박또박 얘기한다.

날 내버려 둬요. 더 이상 연락하지 말아요. 마주쳐도 모른 척해 줘요.

3

신랑 친구들과 오빠의 반시간 남짓 끈 실랑이 끝에 드디어 함이 들어오자 미리 준비해 놨던 잔치 음식들이 교자상에 서둘러 차려진다. 친구들이 와글와글 떠들어대는 가운데 정작 주인공인 신랑은 처가 식구들이 어려운지 권하는 술 몇 잔을 받은 후 말없이 밥을 먹는데 많이도 먹는다. 예비 사위에게 밥을 세 공기째 퍼주고 난 어머니가 딸을 살짝 옆으로 부르더니 말한다. 너, 돈 많이 벌어야겠다. 저렇게 뱃고랑이 큰 걸 보니…. 딸이 받아친다. 엄만, 왜 나한테 많이 벌라고 해? 사위한테 그래야지! 어머니가 웃으며 대꾸한다. 예술가란 게 어디…돈 버는 직업이냐? 아무라도 벌어야지…. 그래도 몸 튼튼한 거 하나는 맘이 놓이는구나. 너희 아버지처럼 까다로운 스타일도 아닌 것 같고….

그러는 동안 취기가 돌기 시작한 신랑이 자청하여 가곡 한 곡을 멋들어지게 뽑는다. 우렁찬 박수 소리와 함께 앙코르 요청이 요란하다. 신랑은 그러나 고개를 푹 수그리며 가라앉은 목소리로 사양한다. 부끄럽습니다. 해 드릴 게 이런 거밖에 없어서…. 흰 수염에 한복 차림이 기품 있는 신부 아버지가 허허 웃으며 뜻밖에 화가 사위 편을 든다. 그래, 그래야 예술을 하지. 자기 붕괴를 할 줄 알아야 예술가 자격이 있는 거야. 치열한 반대를 겪으며 이태 만에 간신히 혼인 허락을 받은 신랑의 눈에 물기가 번진다.

4

어느 토요일 오전, 그녀는 청소기를 돌리며 소파에 지극히 편안한 자세로 앉아 신문을 뒤적이는 남편을 보며 함 들어오던 그날을 떠올린다. 자칭 페미니스트인 그는 한 주 내내 직장 일에 시달린 아내가 주말에 청소기를 돌릴 때면 소파에서 다리를 번쩍번쩍 잘 들어준다. 여전히 자기 붕괴도 잘 하여 이따금 같이 칵 죽어 버리고 싶게 만들기도 한다. 하지만 그와의 삶에는 시인 아버지도 벽안의 금발 지니도 수용하지 못했던 소통의 자유가 있다.

그녀는 아예 소파 위에 책상다리를 하고 앉은 그에게 소리를 버럭 지른다.

세계 미술사에 남을 걸작을 내놓든가, 신혼 때 약속대로 돈방석에 앉게 해 주든가 좀 하지!

그는 하나도 놀라지 않고 느긋하게 대답한다. 물론이지! 두 가지 다 할 테니 기다려. 그녀는 믿는다. 그가 그러리라고. 다만 그게 정확히 언제인지 모를 뿐이다. 어차피 신만이 아실 문제가 아닌가. 기분이 좀 나아진 그녀가 묻는다. 점심에 뭐 해 먹을까?

밝고 따스한 곳

그가 누군가를 기다리고 있는 늦은 저녁, 삼거리에는 승용차 하나가 도착했다. 문이 열리고 부부로 보이는 두 남녀가 내렸다.

그는 건너편의 공중전화 부스를 보고 있었다. 부스는 벽 한 면을 공유한 채로 두 개가 나란히 섰고 카드 전화기와 동전 전화기가 각각 별도의 부스 안에 설치되어 있었다. 천장에는 불 켜진 등이 은은한 빛을 흘리고 있어 안은 밝고 따스해 보였다.

여자가 슈퍼 앞 자동판매기 앞으로 다가왔다. 슈퍼에서 비치는 불빛으로 얼굴의 윤곽이 그런 대로 드러났다. 서른대여섯 살쯤 되어 보였다. 푸른색 잠바와 흰 바지 차림에 나이키 마크가 찍힌 운동화를 신었다. 여자가 동전 몇 개를 넣었다. 작동 표시등이 켜지지 않았다. 반환 레버로 동전을 빼냈다.

한 번 더 시도하다가 차에 기대선 남자를 뒤돌아보며 말했다.

"여보, 고장인가 봐요."

"안에 들어가 보지."

남자가 턱으로 환한 슈퍼 쪽을 가리켰다.

여자가 삼거리 슈퍼 안으로 들어갔다. 남자가 담배를 뽑아 물자 담배의 하얀 몸뚱이가 어둠 속에 드러났다. 치익, 성냥을 그었다. 남자는 빨간 불꽃을 손끝에 매달고 있다가 담배에 불을 붙였다. 금세 연기가 뿜어져 나왔다. 남자는 타고 있는 성냥개비를 획, 도로 쪽으로 던졌다. 잠시 드러났던 얼굴의 윤곽이 다시 어둠 속으로 지워졌다.

상가에서 흘러나오는 불빛 속에 도로의 아스팔트가 검게 빛났다. 고르지 못한 바닥에 물이 고여 있었고 성냥개비는 그리로 떨어져 이내 꺼졌다. 하늘이 다시 부슬부슬 비를 뿌렸다. 여자가 슈퍼 안에서 나왔다. 그녀는 캔 두 개를 손에 쥐고 불빛을 지나 어둠 속 남자에게로 갔다. 남자는 여전히 차에 기대어 있었다. 검은 윤곽으로 드러난 남자는 중키에 약간 뚱뚱했다. 나이는 전혀 짐작할 수 없었다. 여자가 그에게 캔을 건네주었다. 남자가 피우던 담배를 어둠 속으로 던졌다. 빨간 불이 포물선을 그으며 아까 성냥개비 떨어진 물구덩이 쪽으로 가 떨어지며 꺼졌다.

"어머, 비가 또 뿌리네."

남자는 여자가 건네준 캔을 받아들고 뽕, 소리가 나게 뜯었다. 남자는 익숙한 자세로 캔 속의 음료를 쿨렁쿨렁 비웠다. 여자도 캔을 뽕, 소리 나게 뜯고는 한 손을 허리에 갖다 대고 우아하게 서서 마셨다. 캔의 마지막 한 방울까지 마시려는 듯 고개를 뒤로 젖혔다. 하늘은 캄캄했다.

남자가 비운 캔을 여자에게 건네주고 차 안으로 들어갔다. 문이 열리자 실내등이 켜지며 차 안이 밝아졌다. 여자는 다시 슈퍼 불빛 쪽으로 걸어왔다. 빈 캔을 불 꺼진 자판기 옆 쓰레기통에 던져 넣었다. 그리고 흘낏 슈퍼 옆 등나무 그늘 속에 앉아 있는 그를 보았다. 순간, 그녀가 멈칫했다. 여자는 뒤돌아서 서둘러 차 속의 따뜻한 불빛 속으로 빨려 들어갔다. 차문이 쾅 닫히고 부르릉, 시동 거는 소리가 났다. 두 줄기 불빛이 어둠을 뚫으며 멀리멀리 뻗어나 갔다.

그는 어둠 속에 꼼짝도 않고 앉아 고갯마루를 넘어가는 불빛을 보고 있었다.

불빛이 완전히 사라지자, 갑자기 그의 두 눈에서 뜨거운 눈물이 솟구쳐 올라 볼을 타고 흘러내렸다. 지금 이 시각, 저녁 설거지를 하고 있을 천리 밖 그의 아내가 사무치도록 그리웠다. 그는 벌떡 일어나 불 켜진 공중전화 부스 속으로 다가갔다.

"여보세요."

아내의 목소리는 귓가에서 속삭이듯 들려왔다. 가슴이 먹먹했다. 한 번 더 아내의 목소리가 들려왔다.

"여보세요!"

알 수 없는 기대감과 불안감이 섞인 목소리였다.

그러나 그는 아무 말도 할 수가 없었다. 그의 집 전화는 도청당하고 있을 것이다.

"여보세요!"

다시 한 번 아내의 목소리를 들으며 천천히 수화기를 내려놓았다.

등나무 그늘 속으로 돌아온 그는 아까의 그 자세로 웅크리고 앉았다. 그리고 깊이 모를 어둠 속을 뚫어져라 바라보았다.

아버지의 손

바람이 차다. 손을 맞비비며 따뜻하게 열을 내었다. 언 손이 녹으며 그 손 안에 손바닥만 한 기억. 손금과 손금 사이에 골목길이 있었고 그곳을 걸어 나가면 짜장면 집이 있다.

거기를 향해 아버지와 아들이 손을 잡고 걸어간다. 그 뒤를 작은 아이 하나가 살금살금 따라간다. 뒤에서 누군가 따라오는 걸 눈치 챈 아들이 힐끔 뒤를 돌아보며 작은 아이를 향해 혀를 날름거리며 놀린다. 아들의 짓을 본 아버지가 뒤를 돌아본다. 뒤를 따르던 아이가 고개 숙여 인사를 하자 친구의 아버지는 끄덕하며 인사를 받았다. 작은 아이는 얼른 달려가 친구의 아버지 손을 잡는다. 그러자 친구는 제 아버지를 올려다본다. 작은 아이는 친구의 눈에 담긴 말을 알아챘다. 친구 아버지 손을 잡았던 손에 힘이 절로 풀렸다. 그리고 그 친구의 아버지도 큰 손에서 힘없이 빠져나가는 작은 손을 놓아 버리고 짜장면 집으로 아들과 함께 들어간다. 작은 아이는 전봇대 뒤에 숨어서 짜장면 냄새를 맡는다. 대나무 젓가락을 두 손에 한 개씩 나눠 쥐고 짜장면을 비빈다. 이리저리 비비고 섞을 때마다 잘 볶아서 고소한 짜장 냄새가 입안 한가득 단침으로 고였다. 꿀꺽 꿀꺽 고소해진 침을 많이도 먹었다. 면을 한 가닥씩 쪽쪽 빨아 먹기도 하고 젓가락에 둘둘 말아 한입에 가득 넣어 먹는다. 맛있는 짜장면이 자꾸 없어진다. 단무지를 집어 그릇에 남은 짜장마저 훑어 먹는데 아버지가 짜장면 한 젓가락 크게 집어 아들의 그릇에 덜어 준다. 아이는 좋아하며 그마저 다 먹고 끄윽 하고 트림을 한다. 아버지는 군만두를 시켜 아들의 손에 쥐어 준다. 친구의 아버지와 아들이 짜장면 집을 나오자 작은 아이는 냅다 어두운 골목 속으로 뛴다.

찬바람이 분다. 손바닥에 놓인 기억을 비벼 언 손을 녹인다. 따뜻한 손을 만들어 많은 사람들의 언 손을 잡아 주리라며 더욱 비빈다.

붉은 달이 떴다

내 나이 열다섯 살이다. 수돗물은 잠겨 있고, 대문 바로 앞 골목 길에도 아무도 지나가지 않는다. 바람도 없다. 죽기로 작정하고 굶기를 이틀째. 나는 마당 수돗가에 나와 앉아 발등을 따듯하게 비춰 주는 햇빛을 바라보고 있다. 햇빛은 어디에나 차별 없이 고루 비춰 준다는 일이 새삼스럽게 눈물겹다. 페인트칠이 벗겨진 낡은 대문도 환하게 비춰 주고, 대문 기둥 밑 사람 발길이 닿지 않는 곳에 핀 앉은뱅이 풀꽃도 환한 품으로 안아 주고 있다. 언제부턴가 꼬르륵거리며 배고픈 신호를 보내는 소리도 멎었다. 비밀 결사처럼 아무도 모르게 '굶어 죽기' 거사를 치른다는 우쭐함도 온데간데없다. 얼마나 굶어야 죽을까. 내일, 어쩌면 모레, 이 밝은 세상을 다시 보지 못할 것이라는 생각이 들자 햇빛이 더 찬란하게 빛난다.

아, 그런데 왜 이렇게 조용하지. 다들 어디로 간 것일까. 빈 집에 나만 홀로 놔두고 어디로 간 것일까. 아니 이 세상에 나만 홀로 놔두고 모두 어디로 간 것일까. 아니, 어쩌면 내 몸은 이미 죽었고, 지금 내가 보고 있는 것은 몸을 빠져나온 영혼이 내가 살던 곳을 보고 있는 것이 아닐까. 숨을 거두기 전 앉아 있던 수돗가에서 떠나지 못한 영혼이 조금 전 살아 있던 내 모습을 보고 있는 것은 아닐까. 눈을 감은 것처럼 귀를 감은 것 같아. 조용한 세상이 게 왜 이렇게 무서울까?

왜 살지? 영원한 의문이지. 유명한 사람들은 '왜? 무엇 때문에?' 이런 질문은 덧없고, 우스꽝스런 독소라고 했어. 그래, 맞아. 나는 독을 먹었어. 아니, 나는 아무것도 안 먹기로 했어. 수면제를 모으거나, 팔목을 긋거나, 밧줄로 목을 매거나, 그런 전통적인 죽음의 길도 알고 있었지만 사실 어느 것도 실행에 옮길 수 없는 것들이었어. 그래서 나는 그냥 굶기로 했어.

'나는 왜 이럴까.' 내 일기장의 첫 문장은 늘 똑같은 암호로 시작했어.

"나의 불행? 장남의 무참한 죽음, 차남의 망나니 짓, 딸의 불임, 나의 성적 불능, 변함없이 가난한 생활, 분쟁, 수차례의 고소, 편견의 대상이 되었던 일, 질병, 위험, 투옥된 경험, 아무런 공적도 없는 사람이 나보다 몇 배나 더 존경받았던 불공평한 현실. 하지만 다 아는 얘기는 이제 그만 접기로 하자."

책을 쓴 유명한 사람들은 다 아는 얘기니 그만 접자고 했어. 하지만 '죽음. 망나니짓, 불임. 성적 불능. 분쟁. 고소. 편견. 투옥. 불공평' 같은 사전에 나오는 어려운 말들, 나는 이런 걸 알 수는 없는 나이였어. 열다섯 살, 내가 아는 것은 변함없이 가난한 생활, 눈물, 술, 싸움과 같은 아주 단순한 것들이었어. 그런 것들은 내가 태어나서부터 알아온 것들이라 아주 익숙하지. 그거였어. 책에서 본 어려운 말들을 노트에 적어 끼고 살았지만 설명이 되지 않아서, 이해가 되지 않아서, 나는 굶어 죽으려고 작정을 했어.

굶고 지내는 하루는 너무 길다. 밥 먹는 시간은 불과 오 분도 안 되지만, 내 몸뚱이는 머리 꼭대기에서부터 발끝까지 '밥'이라는 시간으로 가득 차 있다. 다음날 낮에도 나는 수돗가에 나와 앉아 있다. 그때 처음 알았다. 수돗가가 우리 집에서 햇볕을 가장 오래 볼 수 있는 곳이다. 엄마는 빨랫감을 가지고 나와 함지박에 부려 놓고 수돗물을 튼다.

"비켜서라. 물 튄다."

나는 그 소리가 멀리서 책 읽는 소리로 들린다. 나는 꼼짝하지 않고 앉아 있다. 사실은 힘이 없어서 물이 튀든 말든 아무래도 괜찮은 것이었다. 어차피 죽을 거니까.

"왜? 어디 아프냐?"

나는 깜짝 놀라 나도 모르게 고개를 들어 엄마를 쳐다본다. 엄마는 큰 고무통에 빨래를 담그다 말고 나를 빤히 바라본다. 내가 죽기로 작정한 걸 우리 식구들은 아무도 눈치 채지 못하고 있다. 내가 말을 안 했으니까 모르는 건 당연하지만 그래도 어째 아무도 모를 수 있을까. 그런데 엄마가 처음으로 나에게 물었다. 나는 왜 그 물음에 그렇게 빠른 반응을 보인 걸까. 나는 아무 말 없이 방으로 들어와 팔베개를 하고 벽으로 돌아눕는다. 머리가 맑은가? 아니 머리가 욱신욱신거리는가? 아니 눈이 아픈가? 아무 일도 없이 눈물만 난다. 갑자기 세차게 쏟아지던 수돗물 소리가 뚝 끊겼다. 엄마가 방으로 들어온다.

"일어나, 옷 입어."

엄마는 다짜고짜 내 팔을 잡아당겨 스웨터를 내 앞에 집어던진다. 나는 아무 말 없이 스웨터를 팔에 꿴다. 대문을 나서는데 온 세상이 노랗게 환하다. 눈을 잘 뜰 수가 없다. 엄마는 화가 난 사람처럼 얼굴이 빨개져서 앞장서서 걷고 나는 고삐에 끌려가듯이 엄마 뒤를 쫓는다. 큰길에 있는 병원에 가려면 시장통 골목을 지나쳐야 한다. 나는 아무 잘못도 없었지만 시장 가게 아줌마들이 혹시나 나를 알아볼까 봐 고개를 푹 숙이고 걷는다. 어? 엄마 발걸음이 멎었다. 바로 시장 끝 골목에 있는 조산원 앞이다. 나는 아무 영문도 모른 채 교회에서 본 긴 나무의자에 쭈그리고 앉는다. 엄마가 웃으면서 원장실에서 나온다. 오 분도 되지 않아 내 얼치기 자살 소동은 끝난다.

엄마에게 내가 굶어 죽으려고 한 이유를 설명하는 것은 힘들었다. 내가 누렇게 뜬 얼굴로 엄마에게 털어놓지 못할 만큼 큰 고민을 하고 있는 것은 아랫방 주희 언니처럼 필시 사고 쳐서 애 밴 일밖에 없을 거라는 게 엄마 생각이었다. 조산원에 다녀와서 엄마는 미음을 끓여 주고, 몇 시간 있다 닭죽을 끓여 주고, 그리고 또 몇 시간 있다 김치에 밥을 주었다. 그날 밤 나는 벽도 없고 문도 없는 마루방 내 책상에 앉아 일기를 썼다. 처음 일기장 암호문이 바뀌었다. '죽느니 사느니 다 아는 얘기는 이제 그만 접자'고 쓰는데 울음이 북받쳤다. 안방 라디오에서 들리는 이미자의 '여자의 일생' 노래가 나를 더 구슬프게 했다. 내 심정이 정말 유행가 가사와 똑같다는 생각이 들었다. 창자가 꼬이듯 배가 아프더니 오줌을 지린 것처럼 아래가 축축하다. 내 몸에 처음 붉은 달이 떴다. 가슴이 두근거렸다. 여자가 된 것이다. 바람이 분다. 우주에서 신호가 날아온다. 내가 보낸 신호에 답을 보내오고 있다. '생명을 나르는 수레'라고 책에서 본 어려운 말을 내 일기장에 옮겨 적었다.

말바위

그 사람을 만나기 전 말바위는 그저 뒷동산 꼭대기였다. 누구나 흔히 오르는 곳이지만 연이에게는 무심한 곳이었다. 혼자 뒤쳐져서 약수터 주변을 얼쩡거리는 것을 당연하게 여겼다.

"왜? 왜 연이는 못 간다는 거야?"

그 반세기 전의 목소리를 연이는 기억한다. 그 목소리가 말바위의 세상을 열어 주었으므로. 친구들은 그를 짱구선생이라 불렀다. 그는 ㄱ고교 선생님인데 기동이네 하숙생이기도 하였다.

"기억핵교에 새로 발령받은 영어 선생이래우. 진 사무관 동창이라나. 우리 선옥이하고 연이 과외 안 시킬라우? 기억핵교 선생을 어디 가서 구해?"

선옥 엄마 설레에 연이 엄마가 솔깃해 했고 두 아이는 기동이네 문간방으로 과외를 받으러 다녔다. 기동네는 선옥이네와 연이네 중간쯤의 삼청교회 옆이었다. 짱구가 그 시절 영어를 잘 가르쳤는지는 기억나지 않는다. 다만 연이가 마주한 상황은 선옥이와 진 사무관이 이미 눈 맞은 사이였다는 사실이다. 5·16 직후인 그 시절 진 사무관은 당시 광화문통에 삐죽하게 솟은 두 건물 중 하나인 경제기획원에 다니는 송충이 눈썹의 공무원이었다.

공부를 하러 가면 조금 있다가 짱구의 윗방(그들은 문간방의 아래 윗방을 한 칸씩 사용하였다) 장지문이 스르르 열리고 진 사무관이 내려와 우물거리다가 선옥이와 슬그머니 사라지는 것이었다. 연이는 혼자 공부하고 배웅해 준다는 짱구와 어슬렁거리다가 함께 집으로 가곤 하였다.

짱구는 할머니가 내다준 떡 소반을 며칠 굶은 사람처럼 순식간에 비움으로서 환심을 샀다. 할머니는 어디서건 그를 만나면 붙들고 들어와서는 음식 소반을 안겼고 짱구는 가리지 않고 설령 그것이 막걸리에 돼지머리 삶은 것이든 밀가루 부풀려 감자와 함께 찐 범벅이든 깨끗이 비웠다. 무엇이건 볼이 미어지게 먹는 모습은 연이에게도 인상적이었지만 할머니는 혀를 끌끌 차며 하숙집에서 주는 밥이 오죽하겠냐고 군걱정을 하였다.

엄마는 아주 한참 지나서야 먹는 모습이 복스럽다고, 보기와는 다르게 식성 좋고 소탈한 성품이라며 경계의 시선을 늦추었다.

깡마른 선비풍의 그는 좀 날카로운 인상이었는데 성격이 활달하고 붙임성이 좋아 곧 가족들과 어울렸다. 특히 사내뿐인 아우들과는 바둑을 두고 장기내기를 하고 연날리기를 즐겼다. 그 시절 경복궁에서는 독일 서커스단의 공연도 하고 박람회도 열렸는데 그는 대장처럼 연이 남매들을 데리고 다녔다. 언제부터인가 삼청공원으로 저녁 산책 갈 때도 아우들의 손을 잡고 어울렸다. 보통 때는 솔숲 울창한 골짜기의 약수터까지가 산책 코스지만 공휴일엔 연이를 제외한 친구들이나 가족들이 말바위까지 오르곤 하였다. 심장이 성치 못한 연이가 약수터에서 기다리는 것은 당연한 일이었다. 그런데 짱구는 말도 안 된다는 듯 소스라치는 것이었다.

"누나는 숨차서 안 돼요. 큰일 나요."

"괜찮아 갈 수 있어. 숨이 차면 쉬엄쉬엄 가면 되는 거지. 난 누나 데리고 천천히 갈 테니까 너희들은 앞서 가."

그때까지 연이는 말바위에 올라보고 싶다는 생각을 하지 않았다. 출석일수 채우기에 급급한 처지에 약수터까지면 됐지 성한 아이들도 얼굴이 빨개져서 헉헉거리는 산꼭대기야 안 가 본들 어떠리 하였다. 그런데 짱구는 당치않다는 듯 연이의 손목을 잡았고 그리고 지옥이 시작되었다. 두 시간이 걸렸는지 열 시간이 걸렸는지 연이는 숨이 넘어가는 줄 알았다. 아무 정신없이 말바위에 이르렀다. 그러니까 연이는 열여덟 살이나 먹어 가지고 뒷동산 산정에 멍석을 펴 놓은 듯한 넓고 편편한 바위를 만난 것이다. 바위는 누워 있었고 말의 형상이 아닌 운동장 모양이었다. 이게 왜 말바위인가 싶었지만 숨이 차서 물을 수는 없었다. 고개를 드는 순간 숨이 멎었다. 한눈에 내려다보이는 서울의 전경이 그리 평화로울 수가 없었다. 고층 건물이 거의 없는 서울은 나직하고 넓고 조촐하였다. 정면으로 보이는 남산은 집 마루에서 보는 평범한 산이 아니었다. 벌거숭이산이건만 능선이 아늑해 보였다. 한강은 실처럼 반짝이기도하고 바다처럼 너르기도 했다. 동쪽 낙타산과 서쪽 인왕산도 절묘한 운치를 풍겼다. 가슴이 두근거리며 눈시울이 더워 왔다. 말바위에서 보는 세상은 새 세상이었다.

아마 그 다음부터였을 것이다. 누구와 어디를 가든 연이는 나는 못 가는 사람이라는 생각 대신 다른 사람보다 시간이 많이 걸리는 사람, 지옥의 시간을 거쳐야 하는 사람으로 고쳐 생각하게 되었다.

할 수 없는 일이 무던히 많았던 아이에게 말바위는 새로운 세상으로 통하는 삶의 문이었다. 연이는 짱구의 손을 단단히 잡았다.

바빴던 이유

헝가리에서 사셨네요? 왜? 거기서 뭘 했나요?

사람들이 그렇게 물어보면 나는 대충 얼버무리며 입을 닫는다. 헝가리에서 살았던 것은 남편의 직장 때문이었는데 거기서 뭘 했는지에 대한 대답은 뚜렷이 할 수 없기 때문이다. 사실 나는 아무것도 하지 않았다.

헝가리 한인 사회는 누구네 밥숟가락이 몇 개 있는지를 알 정도로 동네가 좁다. 만나는 사람은 사실상 거의 모두 자신이 아는 사람과 관련이 있을 수밖에 없으므로, 어쩌다 보면 그곳에 있는 한국인 전부를 알게 되고 만다. 그런데 나에게는 그것이 아주 큰 문제였다. 한국에서는 피해 갈 수 있는 사람들을, 좁은 닭장 같은 그곳에서는 도저히 피해 갈 수가 없게 되고 말았기 때문이다. 한 다리 건너면 애들 친구의 엄마였고, 또 한 다리 건너면 남편 회사 동료의 부인이었다.

나는 그렇게 많은 사람을 한꺼번에 알고 지낸 적이 없었다. 많은 사람을 알고 지낸다는 것은 무섭고 피곤한 일이었다. 게다가 나는 그들이 하자고 하는 일에 아무런 관심도 흥미도 일지 않았다. 정신이 나가지 않고서야 왜 땡볕에 쟁기 같은 것을 끌고 다니면서 구멍에 공 하나를 넣자고 죽을힘을 쓴단 말인가? 그것도 왕복 두 시간을 운전하고 교외로 나갔다가 다시 들어오면서까지 말이다. 쇼핑을 하는 것도 다르지 않았다. 오스트리아에 있는 아울렛까지 두 시간을 차 몰고 가서 무슨 상표인지 버젓이 광고하는 가방을 사 들고 오는 일이 내게는 '내 머리 텅 비었습니다'라고 알리기 위해 일부러 돈을 쓰고 기름을 쓰는 미친 짓이었던 것이다. 차를 마시는 것 역시 마찬가지였다. 아이들 교육 얘기를 비롯해 비슷한 레퍼토리들이 반복되는 것이 지루해서 견딜 수가 없었다.

나는 사람들과의 만남에서 빠지기 위해, 좁은 동네에서 말이 나지 않을 만한 변명거리를 찾기 시작했다. 그러다 발을 들인 것이 바로 미술관의 도슨트 일이었다. 일주일에 한 번 교육을 받다가, 몇 달이 지나면 역시 일주일에 한 번 미술관 안내를 하면 되는 것이어서 사실 그다지 바쁠 일이 없는 봉사활동이었다. 하지만 사람들은 내용을 모르니 좋은 핑계거리가 되었고, 나는 그것을 빌미 삼아 이런저런 약속에 빠지기 시작했다. 겨우 숨을 쉴 수가 있었다.

그런데 문제는 필요불가결하게 사람들을 만나야만 하는 자리에서도 계속 바쁜 척을 하다 보니, 허둥대는 것이 내 몸에 익고 말았다는 것이다. 나는 허둥대다가 그릇을 깼고, 교통사고를 냈으며, 전시용 쇼윈도에 머리를 찧곤 했다. 차분하기 이를 데 없었던 내가 점점 조심성이라고는 없는 인물이 되어 갔다. 잘 깨지지 않는다는 코렐 그릇을 거의 다 깨먹었을 무렵, 나는 자동차 보험회사로부터 계약 거부-내가 낸 사고의 횟수가 너무 많아 더 이상 그들이 감당할 수 없다는 이유였다-를 당했다. 사람들은 내가 너무 바빠서 그렇다고 말했는데, 이상한 것은 나도 그렇게 느껴졌다는 것이다. 분명 처음에는 바쁜 척을 한 것이었는데, 어째서 정말 바빠진 것일까? 어째서 만나는 사람을 대폭 줄였는데도 계속 바쁜 것일까? 어째서 나는 글을 쓰기 위한 단 한 시간도 만들지 못하고, 하루 종일 헐떡이며 뛰어다녀야 하는 것일까?

자주 건너다니는 다리가 있었다. 최초로 부다와 페스트를 이었다는 세체니 다리(Chain Bridge). 나는 다리 바로 앞에 있는 로터리를 차로 계속 돌면서 음악을 크게 틀고 울었다. 쳇바퀴 돌듯 뱅글뱅글 돌지만 언젠가는 다리를 건너가겠지. 끝없이 돌 것 같아도 열 바퀴를 돌고 나면, 혹은 열한 바퀴를 돌고나면 갑자기 그게 마지막이 될 수도 있을 거야. 바쁜 것들이 모두 끝나고 나면, 언젠가 나는 아무것에도 방해받지 않고 글을 쓸 수 있겠지. 언젠가는 다리에 진입할 수 있을 거야. 정말 그런 순간이 올 거야.

하지만, 한국에 오고서 알았다. 바쁘지 않은 날은 없었다. 날마다 무슨 일인가가 생기고 날마다 쳇바퀴를 돌고, 날마다 정신이 없었다. 그러니 바쁜 척을 하는 것은 소용없는 일이었다. 바쁜 척을 그만 두자 글이 써지기 시작했다. 더 이상 쫓기지 않았다.

내가 바빴던 유일한 이유, 바쁜 척을 했기 때문이었다.

섣달그믐 밤

1

섣달그믐 날이었다. 세찬 눈발이 좀처럼 그칠 기미를 보이지 않았다. 어스름이 내리면서 눈발의 형체는 더 굵어졌고 빠르게 내리꽂혔다. 오후 내내 차부 주변을 서성이던 그녀의 얼굴은 이제 톡 건드리기만 해도 울음을 터뜨려 버릴 표정이다. 잔뜩 눈물을 머금은 눈망울이 시리도록 투명했다. 어둠이 내리기 전에 십여 리나 떨어진 수리미재를 넘어가야 하는데. 그녀는 몹시 애가 타는지 입술을 앙다물고 줄곧 제자리걸음을 치고 있다. 막차가 들어오고도 벌써 반 시간이 더 지났다. 더 이상의 차편은 없다고 차부 아저씨는 그녀에게 어둡기 전에 고개를 넘어가라고 재촉했다. 그래도 그녀는 "언니가 꼭 올 건데요"라며 고집스럽게 서 있다. 이젠 발가락도 호주머니에 찔러 넣은 손가락도 감각이 없어 아픈 건지 시린 건지 구분이 가지 않았다. 이 혹한에 대여섯 시간을 노상에서 떨고 있었으니 오죽하랴. 온통 눈 속에 묻힌 세상은 차부조차 길을 잃고 섬처럼 떠 있었다.

2

아침 7시에 용산역을 출발한 호남선 완행열차는 간이역 하나도 빠뜨리지 않고 꼬박꼬박 정차하여 사람을 내려놓건만 기차 안은 여전히 콩나물시루다. 서대전역을 지나고 진잠을 지나면서 봉자는 내릴 준비를 시작했다. 아직 키가 덜 자란 봉자는 1.5센티미터가 모자라 대전에 있는 방직공장도 못 들어가고 영등포에 있는 나일론공장의 시다로 들어갔다, 그것도 나이를 속이고. 봉자는 재봉기술을 빨리 익히려고 틈나는 대로 미싱에 올라가 버려진 자투리 천을 박음질해 보았다. 기숙사에서 생활하는 그는 퇴근 후 공장에 몰래 숨어들어가 전등불을 천으로 가리고 밤늦도록 자투리 천을 이어 속치마도 만들고 바지도 만들어서 동생들 옷가지를 준비했다. 식구별로 나일론 양말도 한 켤레씩 샀고.

　연산역까지는 아직 두어 정거장을 남겨 둔 상태였다. 송곳 하나 꽂을 틈 없이 빼곡히 들어찬 인총들로 옴짝달싹할 여지가 없는 터라 미리부터 서둘렀다. 봉자가 커다란 보따리 두 개를 들고 씨름하자 옆자리에 섰던 중년 아저씨가 "아가씨 우선 몸이라도 먼저 빠져 나가요. 내가 창문으로 보따리를 내려줄 테니" 하고 보따리를 받아들었다. 봉자는 고맙다는 인사를 몇 번이고 하면서 "아저씨 개태사 지나고 연산에서 내려주세요" 하고는 핸드백 하나만 달랑 메고 앞으로 나아갔다. 젖 먹던 힘까지 다해 인총 숲을 헤치고 겨우 출입문 입구까지 진출했다. 이제 개태사역만 지나면 곧바로 연산역이다. 개태사에서도 예닐곱 명이 내렸다. 덜커덩 하고 기차가 출발신호를 내며 두 바퀴쯤 굴렀을 때 중년 아저씨는 창문밖으로 보따리를 잽싸게 떨어뜨렸다. "아뿔싸! 다음이 연산인데…" 분홍색 보자기로 싼 선물꾸러미 두 개가 나란히 철로 옆에 떨어져 눈발 세례를 받으며 멀어져갔다. 기차는 미련 없이 기적을 울리며 황산벌 산모롱이를 휘돌았다.

3

차부도 문을 닫은 적막한 시각. 눈발은 세상을 삼켜 버릴 것처럼 맹렬히 퍼부었다. 남폿불마저 꺼진 차부를 그녀 혼자 지키고 있다. 차부 안의 괘종시계가 11시를 알렸다. 길도 없는 눈 속을 뚫고 트럭 한 대가 달려왔다. 구린내가 진동하는 돼지를 실은 트럭이었다. 조수석 옆자리에 쭈그리고 앉아 있던 소녀가 문을 열고 펄쩍 뛰어내렸다, 안고 있던 새끼돼지를 운전수에게 건네주고는. 폭설에 양돈축사가 무너져 돼지를 긴급 이동시키던 트럭을 우여곡절 끝에 얻어 타고 온 것이다. 그녀는 언니의 손에 아무것도 들려 있지 않은 것을 보고 참았던 울음을 터뜨렸다. 차부가 떠나가도록 통곡했다. 언니는 보따리를 잃어버린 그 시간부터 내내 울어서 이젠 눈물도 말라 버린 상태였다.

4

손을 꼭 잡은 어린 자매는 신해년辛亥年 섣달그믐 밤을 걸어 수리미재를 넘고 있었다. 폭설 속에 갇힌 먼 마을에서 호롱불 하나가 잠들지 않고 깜빡깜빡 흐르고 있었다. 그녀는 이제 내일 아침 떡국을 먹으면 열한 살이 될 것이다.

* 어린 나이에 고향을 떠난 그녀는 작가가 되어 골짝 깊은 충청도 얘기를 수도 없이 우려먹고 있다. 아직도 그 고집은 여전하다, 어른들의 말을 신뢰하지 않는….

피아노 울림

여러분, 진정한 깨달음을 열 수 있는 우리의 타고난 본성은 본디부터 깨끗한 것입니다. 오직 마음을 제대로 씀으로써 당장에 완전히 부처가 되도록 해야 하오. 여러분, 어떻든 나의 경력과 깨달음을 얻게 된 사정을 들어보시오. 나의 아버지, 본관은 범양范陽, 좌천되어 영남嶺南으로 유배되어 신주新州의 백성이 되었습니다. 우리 불행은 그로써 그치지 않고 아버지가 또 일찍이 돌아가셨지요. 늙으신 어머니와, 아버지를 여읜 이 아들은 남해 땅으로 옮기게 되어 장거리에서 땔나무를 해다 팔면서 살림을 꾸려 나갔습니다. 하루는 땔나무를 살 손님이 나타나, 나에게 국영 여인숙까지 배달을 시켰지요. 거기서 그 손님은 땔나무를 받고 나는 나무 값을 받아가지고 대문을 나서자 어떤 사람이 「금강경」을 읽는 것을 보았습니다. 나는 그것을 듣자마자 문득 마음의 눈이 확 열렸습니다.
 – 중국 6대조 혜능惠能의 첫 강의 전문 중 일부

1962년
한옥과 오래된 일본 가옥, 슬라브 형태의 양옥집이 어우러진 영등포구 당산동, 집 문밖을 나가 오른쪽으로 50미터쯤 지나면 꽤 큰 십자로가 나타나는데, 그곳은 마을 공동 놀이터인 양 '어서 오라'며 아이들을 불러들였다. 일곱 살의 내 또래보다는 서너 살 많은 언니 오빠들이 고무줄놀이, 사방치기, 권총놀이, 구슬치기, 딱지치기, 술래잡기, 공기놀이 등 누가 가르쳐 주지 않아도 잘도 놀았다. 난 집에서도 막내였고 어린편이라 그 놀이에 끼어들 수는 없고 주로 관찰자로서 어슬렁거렸다. 그 놀이를 보는 것도 재미없어지면 혼자 골목길을 왔다 갔다 했는데 갑자기 들려오는 소리에 깜짝 놀라 소리를 따라가 보니 그 소리는 흰색 타일로 벽을 두른 집 창가에서 흘러나오는 피아노 선율이었다. 봄꽃들이 팡팡 피는 듯한 건반 소리가 매우 신기했다. 무슨 곡인지도 모른 채 그 영롱한 소리를 듣기 위해 매일 그 시간쯤에 그 집 앞을 서성거렸다. 그때는 피아노를 갖고 싶다거나 교습을 받고 싶다는 생각은 미처 하지 못했던 나이였지만, 그 소리는 51년이 지난 지금도 고스란히 마음에 저장되어 있다.

1981년

스물여섯 살, 회사 생활로 받은 월급을 모아 그 당시 오십여 만 원이었던 호루겔 피아노를 샀다. 퇴근 후 회사 근처 학원에서 피아노 교습의 기본 과정이었던 바이엘과 체르니를 엄벙덤벙 건너뛴 채 '즐거운 나의 집', '스와니 강', '은파', '엘리제를 위하여', '사랑의 기쁨' 등을 만나는 기쁨을 누렸다. 일곱 살에 만났던 그 첫사랑 곡은 알고 보니 작곡자 미상의 '고양이 춤'이었다.

1983년

결혼과 함께한 식구가 된 피아노를 연주하는 것은 벅찬 일이었다. 육아와 살림살이로 연주를 4, 5년 정도 쉬었다. 대신 세 아이가 돌아가며 10년 정도 두드렸는데 아이들이 커 가며 집 안에서 피아노 소리를 듣기가 어려워졌다. 피아노 소리는 다시 10년의 공백기를 보내야만 했다.

2013년

집 근처 학원에서 주 1회 반주법을 배우며 피아노와 재회했다. 피아노도 소유하고 연주까지 하게 된 오늘, 나의 피아노 사랑은 글머리에 인용한 혜능 스님이 「금강경」을 듣다 깨우친 것에 털끝만큼도 비할 바가 못 되지만 나도 피아노 선율을 통해 천상의 선물 같은 은혜로움을 알았고, 희로애락의 삶을 이어가는 지혜를 터득했다. 이제는 거울 앞에선 내 친구 같은 피아노. 나는 오늘도 기도하듯 겨울 설산에 피어나는 '에델바이스'를 노래와 함께 터치해 본다.

낡은 사진을 보다

석양이 붉은 옷자락을 거둬 사라지고 난 한참 뒤, 뒤뜰 툇마루 맞은편에 자리한 전나무 가지에 머물던 바람도 지쳐 제 갈 길을 가 버리자 살짝 작은 별빛 하나가 전나무 가지를 간질인다.

"안녕? 오랜만이야. 내가 없어도 이곳은 여전히 평화롭게 보여. 바람도 구름도 그리고 한가롭게 나는 새들도 모두 그대로야. 내가 있던 그때처럼 모든 것이 변함이 없구나!"

오래 전, 이곳은 철없던 한 소녀가 형제자매와 어울려 꿈을 꾸던 곳이었지. 오빠와 언니는 봄바람 난 것처럼 한참 어린 두 동생을 어떻게 하면 떼어 놓을까 고심하며, '동생들을 잘 돌보라'는 엄마의 당부도 잊은 채 자신들만의 놀이를 위해 달렸고, 그런 오빠와 언니를 쫓을 힘이 부족한 소녀는 남동생 손을 꼭 잡고, 마당에 솟아오른 연두색 풀잎의 기지개에 마음을 빼앗겨 놓친 오빠와 언니의 존재는 잊고, 둘만의 놀이를 찾아 금세 관심을 바꾸곤 했어.

부모님이 가꾸던 집 뒷마당 배추밭에서 한여름이면 깡통에 나무젓가락을 들고 벌레를 잡곤 했어. 꿈틀거리는 통통한 배추색의 벌레가 왜 그렇게도 징그러웠을까? 부엌 문 앞에 놓인 펌프로 끝

어울린 시원한 지하수는 우리 남매들의 하루를 뽀송하게 마무리해 줄 생명수였고, 한여름 밤, 마당에 펼쳐진 돗자리 위에서 아버지가 사 오신 얼음을 송곳과 망치로 잘게 부수어 만든 수박화채라도 먹는 날이면 소녀는 옆에 누가 사라져도 모를 만큼 행복함으로 충만했었어. 실컷 먹은 수박이 사고를 친 아침, 척척한 요 위로 굴러와 단잠에 빠져 있던 동생은 어머니에게 날벼락을 맞고, 비몽사몽 간밤 꿈속 일이 떠오른 소녀는 미안해도 시치미를 뗀 채 오래도록 가슴에 비밀 하나를 묻었었지.

어느 가을날, 혼자 집에 남아 있던 소녀는 거실 창밖으로 끝없이 펼쳐진 지평선 너머 떨어지는 석양을 보며 고독인지, 쓸쓸함인지, 슬픔인지 모를 감정이 마음에서 솟아오르는 걸 느꼈어. 되지도 않는 단어들을 이어 가락을 붙여 노래를 부르며 오래도록 내 마음을 노래한 오늘을 잊지 않겠다고 생각했어.

겹겹이 옷을 입어도 문틈으로 새어드는 바람에 유난히도 뼛속까지 시리게 생각되던 그때, 집안에서 숨바꼭질을 하던 남매는 들킬세라 서둘러 몸을 숨기기에 바빴어. 마루에서 부엌으로 기둥에 의지해 미끄러져 내려가던 소녀를 맞이한 건 날카로운 기둥의 못이었고, 언니의 비명 소리에 놀라 상황 파악이 안 된 소녀는 오빠의 손에 이끌려 눕혀진 뒤 '피 좀 봐!' 하는 남매들의 외침에 왼쪽 볼에 서늘한 기운을 느끼며 울음을 터뜨렸었지.

"엄마, 크는 게 싫어요."

맹랑한 소녀의 말에 어머니의 눈은 동그래졌어.

"지금이 너무너무 행복해요. 큰다는 건, 어른이 된다는 건 좋은 일 같지가 않아요. 어른이 되면 힘들 것 같아요."

"모두들 빨리 어른이 되고 싶고, 어른처럼 행동하고 싶어 하는데, 우리 공주님은 왜 그럴까? 어른이 되면 어떤 어려움도 척척 해결하는 힘이 생길 걸? 걱정 말고 어른이 될 준비나 하세요."

소녀는 어느새 어른이 되었어. 눈빛만 보아도 서로의 마음을 알 수 있고, 말하지 않아도 소녀의 생각처럼 소녀를 위해 존재하던 남매들은 각자 새로운 둥지를 틀고 날아올랐지. 어른이 될 준비를 못한 탓일까? 엄마의 위로처럼 소녀의 일상은 그렇게 척척 해결되는 일들만 있지는 않았어. 이제 그때 엄마의 나이를 훌쩍 넘겼어도 겁쟁이 소녀는 아직도 덜 자란 마음으로 그렇게 웅크리고 있었나 봐. 혼자만의 노래를 부르며 어른이 되기 싫어하던 그 마음 그대로 있었나 봐. 이제 내 아이에게 무슨 말을 해 줘야 할까? 어른인 척, 용감한 척, 겁나지 않는 척…

'엄마가 있으니 걱정하지 말거라.' 이렇게 얘기해 주던 그날 소녀의 어머니도 이런 마음이었을까?

오늘 오랜만에 이곳에 왔어. 전나무 가지에 머물던 바람도 지쳐 제 갈 길을 가 버리고, 살짝 작은 별빛 하나가 전나무 가지를 간질이듯 철부지 소녀가 어른이 되기 싫다고 떼쓰던 곳. 그날 그곳에는 길 잃은 작고 빛나는 별 하나가 오래된 추억을 들여다보며 떠날 줄을 몰랐어.

세상의 아이

부모

나의 아버지는 육이오의 폐허 위에 맨손으로 서 있는 부모 밑에서 태어났다. 덕분에 일찍부터 생활 전선에 뛰어들어 가족들 생계를 책임지게 되었다. 다행히 아버지는 돈 버는 재주가 있었는지, 운이 좋았는지 내가 태어났을 때는 부자가 되어 있었다. 이때부터 아버지는 가난 속에 묻어 버린 청춘을 오늘에 되살리려는 지난한 노력을 시작했다. 그에게 뒤늦게 청춘의 꿈을 꾸게 해 주는 소도구는 젊은 여자였다. 어머니는 부유한 청년 실업가였던 아버지의 돈을 보고 결혼하여 그 이후로 돈의, 돈에 의한, 돈을 위한 삶을 살고 있다. 어머니가 늘 아버지의 여자를 추적하여 판을 뒤엎는 이유 중에는 사랑을 뺏긴 여자의 질투심보다 내게 올 돈이 다른 여자한테 흘러간다는 손실감이 더 컸다.

내가 그들에게서 받은 것은 내 몸과 일용할 양식이다. 그들은 자신들 일로 너무 바쁘기 때문에 그것만 내게 던져 준 채 내 인생이 어디로 흘러가든 관심이 없었다. 그러므로 나는 고아다.

사랑

사랑, 내겐 아주 중요했다. 존재의 확인이자 살아가는 이유가 됐다. 나는 사랑을 하거나 사랑을 받을 때만 살아 있는 것 같았다. 그렇지 않을 때는 대기 상태이거나 휴식 상태였다. 나는 수많은 남자를 지나왔고, 내 앞으로 수많은 남자가 지나갔다. 내가 사랑한 남자, 나를 사랑한 남자, 내가 버린 남자, 나를 버린 남자. 나는 몰입형이라 동시에 두 남자를 만난 적은 없다. 딱 한번 내가 사랑하는 남자와 나를 사랑하는 남자를 동시에 만난 적이 있다. 두 기간이 정확히 포개지는 것은 아니다. 나를 사랑한 남자와 끝나갈 무렵 내가 사랑하는 남자가 생겼다. 어쩌면 내가 사랑하는 남자가 생기면서 나를 사랑한 남자와 정리 단계에 들어간 지도. 사람 사이라는 게 한순간에 딱 갈라질 수 없기 때문에 먼저 남자와 질질 끌며 새로운 남자와 시작해 가고 있었다. 그때 임신을 했다. 누구의 아이인지 모른다.

아이

내 몸속에 생명을 잉태한 것은 두 번이다. 두 번 다 실수로 생긴 아이다. 첫 번째 아이는 낳지 않았고, 두 번째 아이는 낳았다. 첫 번째에는 내가 너무 어려서 세상을 몰랐다. 그때는 아이가 세상에 태어나는 것, 태어나지 못하는 것이 내 선택에 달려 있다고 생각했다. 내 선택과 상관없이 생긴 아이인데 내 맘대로 할 수 있다니, 내 몸을 빌려서 세상에 나오고 싶어 하는 아이는 세상의 아이다. 아이를 낳자 모든 것이 달라졌다. 세상은 보이지 않는 끈으로 단단히 연결돼 있었다.

출생의 비밀

옛날 옛날 시골 마을에 홀어머니 밑에 자매가 살고 있었습니다. 맏딸은 돌아가신 아버지를 닮아 키도 컸고, 인물이 좋았지만 20살이 못 되어 그만 저세상으로 가 버렸습니다. 혼자 남은 막내딸은 자그마한 키에 동그란 얼굴로 귀여운 처자였습니다. 특히 노래를 잘 불러 집안 잔치에는 맡아 놓은 '카수'로 이름을 날렸습니다. '창 가득 매화 그림자 선명하니 밝은 달이 떠올랐음'이라지요. 처자의 노래 실력이 만천하에 입증되는 일이 심심치 않게 일어났습니다. 그중 운명적인 사건 두 가지를 소개해 올립니다. 처자는 전매청 앞에서 담뱃가게를 하는 엄마가 돌아올 때까지 혼자 놀다 지치면 노래를 부르며 놀았는데, 창밖으로 흘러나오는 그 노랫소리가 얼마나 구성지고 애간장을 녹이는지 길 가던 사람들이 발걸음을 멈추고 창문에 매달리다시피 귀를 기울이곤 했습니다. "이것이 유성기 소리요, 사람 소리요?" 그렇습니다. 처자는 '인간 유성기'라는 소문이 파다했지요. 어느 날 서울에서 왔다는 한 남자가 찾아왔습니다. 그 남자는 대뜸 "저 처자를 서울로 데려가 스타로 만들어 주겠으니 저에게 파십시오." 처자 엄마는 이게 웬 날벼락인가 싶어 "미친 소리 마시오. 설사 굶어 죽기로서니 서커스단에 아이를 판단 말이오?" "서커스단이 아니라, 카수입니다. 카수. 이제 앞으로 저런 애들 세상이 됩니다." "시끄럽소. 내가 혼자 산다고 나를 속여 먹일라 하오." 그리고 그날부터 처자 엄마는 처자에게 노래, '노' 자도 하지 못하게 했습니다. 그래도 타고난 기질이 어디 가나요. 동네 새로 부임한 음악 선생에게 그 잘하는 노래를 들켜서 교장 선생님 앞에 가서 노래 한 곡만 부르면 음악 공부를 많이 할 수 있다고 뽑혀 가는 사건이 일어났습니다. 그런데 운명의 신은 가혹하기도 하지요. 처자는 알 수 없는 이유로 교장 선생님 앞에서 단 한 소절도 입을 떼지 못하고—처자는 노래를 못 한 게 아니라 안 했다고 항변하지만, 어찌 됐든 처자는 스타가 되는 가수의 길도, 우아한 성악가의 길도 가지 못하고—방년 열여덟 어린 나이에 시집을 가게 되었습니다.

그 옛날 시절에 전매청 앞에는 큰 시장이 있었습니다. 시장 한가운데 알짜 가게를 가지고 있는 주인 마님은 아들 셋을 두었습니다. 큰아들과 작은아들은 일찌감치 결혼을 시켜 손자까지 보았는데, 막내아들이 아직 배필을 찾지 못해 끙끙 앓고 있었습니다. 그도 그럴 것이 막내아들은 어렸을 때 나무에서 떨어져 오른팔을 쓰지 못하는 장애를 가지고 있었기 때문에 누가 멀쩡한 딸을 주려고 했겠습니까. 그런데 영리하기로 소문난 이 시장 마님, 바로 담뱃가게집 막내딸을 탐내고 말았네요. 99칸 고대광실은 아니더라도 번듯한 기와집에 큰 가게도 가지고 있고, 아들 둘이 기마 경찰로 말을 타고 동네를 으쓱거리며 지나다니는지라 그만하면 집안이 번듯해 보이기도 했겠지요. 더구나 막내아들은 글도 잘 읽고, 손재주가 좋아 한 손으로 못 만드는 게 없고, 얼굴도 이목구비가 번듯해서 사진만 보면 양복 입은 일류 신사가 따로 없었답니다.

아는 것도 많고, 큰소리도 잘 치는 영리한 시장 마나님, 이 시장 마나님 영리한 건 가히 천재 수준에 가깝습니다. 글자 한 자 모르는 문맹인데도 불구하고 책이면 책, 문서면 문서를 줄줄 읽어 내려갑니다. 문자와 상관없이 손가락을 짚어 가며 내용을 자기 식대로 읽다가 끝맺음을 하는 글자, '~다' 혹은 '~소' 또는 '~오' 자를 기막히게 맞춰 낸다는 것이지요. 누군가 읽은 것을 통째로 암기했거나 상황 분석을 재빠르게 해서 문서 내용을 파악하는 천재성이 있었던 게 아닌가 짐작할 뿐입니다.

아무튼 어떻게 담뱃가게 마나님을 녹여 놨는지 두 마나님은 그만 결혼에 합의를 보았다지 뭡니까. "좋소. 내 딸을 주리다. 아직 어리고, 아비 없이 컸으니 사돈께서 잘 보살펴 주시오." 이러면 마치 아들 가진 시장 마나님이 딸 가진 담뱃가게 마나님을 속여 먹은 게 아닌가. 꼭 그렇지만은 않습니다. 때마침 담뱃가게 마나님 집에는 이 마나님을 마음에 둔 부잣집 남정네가 들락거렸는데, 그가 올 때마다 하나 있는 이 딸이 울고불고 생떼를 쓰며 그 남정네를 싫어했다지 뭡니까. 처자는 이렇게 생각했답니다. '어찌 나에게 아버지가 둘이 될 수 있단 말이냐. 이것은 사람의 도리가 아니다. 저 아저씨가 멍청한 우리 엄마를 꼬드긴 게 틀림없다. 내가 엄마를 지켜야 한다. 두고 봐라.' 그러나 처자는 세상일은 뜻대로 되는 게 없다는 사실을 그때는 미처 몰랐습니다. 쥐도 새도 모르게 두 마나님은 혼례 준비를 마치고 마침내 처자의 얼굴에 연지 곤지를 찍어 가마를 태웠습니다. 울며불며 통통 부은 얼굴에 하얀 면사포까지 씌워 사진도 박아 주었습니다. '가벼운 슬픔은 수다스럽지만,

깊은 슬픔은 벙어리가 된다'고 누군가 말했습니다. 처자는 일생에 한 번 나올까 말까 한 마음속의 무어라 이름 붙일 수 없는 '슬픈 자비'의 빛을 보았고, 말없이 모든 상황을 받아들였습니다. 그리고 얼마 후 시장 마나님이 꿈에도 그린 막내아들의 첫딸이 태어났습니다. 그게 바로 저였습니다. 제가 태어난 그해에 올림픽에서 배니스터는 1마일(1,609미터)을 3분 59.4초에 달렸습니다. 그 전까지만 해도 세계 최고의 선수들은 4분의 벽을 깨트리지 못했습니다. 그러나 그해 여름부터 인류가 갑자기 빨라지기라도 한 것처럼 다음해부터는 백 명이 넘는 선수들이 4분 벽을 돌파했습니다. 이런 일이 제가 이 세상에 태어난 것과 무슨 연관이 있는 걸까요?

바람의 거처

마당은 넓지 않았다. 감나무 몇 그루 마당 귀퉁이에 서 있고, 이름을 알 수 없는 나무 또한 두어 그루 심어져 있었다. 마루는 오래되어 낡아 보였다. 퀴퀴하고 눅눅한 냄새가 집 안 도처에 쌓여 누추했다. 연신 몰아치는 바람과 바람 냄새를 두고 방 안으로 곧장 들어가고 싶지 않았다. 그는 아무런 내색도 하지 않았다. 그리곤 나를 그냥 세워 둔 채 방으로 들어간 이후 모습을 드러내지 않았다. 사무실에서 퇴근하여 버스에 막 오르려는 나에게 한잔하자는 제의를 받고 술집에 든 이후, 내가 가고자 하여 오게 된 그의 집이었다. 다섯 병의 소주를 마신 뒤 나의 습벽 같은 유혹으로 그의 집에 왔다. 사무실이 있는 도시에서 이곳, P에 있는 그의 집에까지 어떤 경로를 거쳐 왔는지 기억에 없다. 그의 집에 안내되어 지금 이처럼 억세게 불어 대는 바람을 맡고 있는 이 시각, 이 사실에만 집중하였다. 아주 짧은 순간, 이 지점에 서 있는 상황이 얼마나 황홀하게 만들고 있는가에 대해 그에게 설명할 수 있었으면 좋겠다는 생각을 가졌다. 집 밖으로 나왔다. 어둠 속 어딘가에 있을, 나를 이곳으로 이끈 바람의 진원지를 찾아 나서기로 했다. 황량했다. 방향 감각을 곤두세웠다. 바람 냄새 실려 오는 바다를 찾아야 했다. 술 탓에 걸음은 여전히 뒤뚱거렸다. 주위는 사뭇 어둡고 하늘엔 별도 달도 떠 있지 않았다. 우두커니 외따로 세워진 집이었다. 늦은 시각, 바람 이외 어떤 소음도 없다는 것이 딴은, 생소했다. 멀지 않은 세월 저편, 외가에서는 이런 밤이면 무수한 별빛이 쏟아져 내리고 어딘가로 향하는 별똥별 따라가며 건너편 이장네 집 검둥개가 컹컹 짖어대곤 했다. 외가에서 뛰쳐나온 이후로 외가 마을의 하늘도, 외가 마을의 바다도, 외가 마을의 고샅도 낡고 삶아 검둥개가 검은 하늘 쳐다보며 검은 하늘 가로지르는 별똥별에 대한 답례를 빠뜨리지 않던 예의마저 잊어버린 지 오래 되었다는 풍문 듣고 있었다. 풍문이 결코 허튼 소리가 아니라는 걸, 지금 여기서 알게 되었다. 그런데도 나는 바람 냄새를 찾아 나섰다. 서서히 동공을 확장해 나갔다. 모든 감각과 팔다리 저어, 밀어내고 싶어도 어둠은 스스로의 결정에 의해 서서히 물러갈 따름이었다. 아주 좁은 보폭으로 바다, 그가 품고 온 바람 냄새가 있을 지점 향해 걸었다. 얼마만큼 걷고 난 뒤 바람이 불어오는 방향에 바다가 있을 거라는 확신이 섰다. 조금씩 속도를 붙였다. 핸드폰을 켰다. 문자 메시지가 열 통 넘게 와 있다. 핸드폰을 다시 껐다. 밤, 1시 20분이었다. 대출 거부에 대해 짧은 난동의 시간과 퇴근까지의 긴 기다림, 명확히는 고리대금업 하는 사무실을 정리하고 나서 버스정류장까지 향하던 시간, 버스를 타려던 내게 한잔하자는 제의를 받고 그와 다섯 병의 소주를 마신 시간을 모두 덧셈하면 하루 중 절반을 그와 함께 있었다. 그에 대해 알게 된 건 이름과 사무실에까지 품고 온 바람 냄새와 방랑객일 거라는 느낌 그리고 그의 집, P까지 온 것이 다였다. 어둠 저편을 조금씩 볼 수 있는 시야를 확보하였기에 어떤 끌림에 홀린 듯 발걸음을 떼었다. 또 다시 바람이, 바람 냄새를 안고 휘익 지나갔다. 조금 더 걷자 조금 더 어둠이 걷히고, 걷힌 어둠 속에서 전봇대가 보였다. 가로등 켜져 있지 않아 켜켜이 쌓인 어둠 속에서 조심스럽게 논둑길을 따라 걸었다. 길은 곧은 듯했다. 덤불을 밟고 걷는 나의 신발이 어느새 축축해졌다. 신발 속의 발가락을 꼼지락거리느라 걸음을 멈추고 주위를 살폈다. 여전히 어두웠다. 길은 길었다. 어디쯤에서 바다를 만날 수 있으리라 여긴 단단하던 확신이 흔들리기 시작했다. 바람은 여전히 세찼다. 큼큼거렸다. 짭조름한 소금기 묻어 있지 않았다. 냄새가 엷었다. 바람 속에서 어떤 이야기도 들려오지 않았다. 메마른 바람이 연신 불어왔고, 어둠을 따라 어둠 속으로 떠나갔다. 걸음걸이가 서서히 무뎌져 갔다. 과즙 빠져 말라 버린 유자처럼 바람은 때글때글했다. 바람 냄새는 풍기지 않았다. 어느 순간, 낮에 그가 품고 온, 사무실에서 맡았던 바람 냄새의 기억을 되살릴 수 없었다. 그가 사무실에 바람 냄새 몰고 온 이후부터 그리고 꽤 길게 정신 놓았을 이동 시간을 뺀 이후 지금까지 나의 영혼을 흔들어 놓고 있는 그 바람 냄새를 지금, 되돌려 맡을 수가 없었다. 흠칫 놀랐다. 몸이 부르르 떨렸다. 그리고 내 몸이 어디로 쏠리는 걸 감지했다. 흔들리는 몸 추스르려 했다. 그가 혹시 따라 오지 않을까, 하는 마음 또한 퍼뜩 솟구라졌다. 뒤돌아보았다. 어둠만 켜켜이 쌓여 있다. 바람은 여전히 혹독했지만 바람 냄새 맡을 수 없었다. 바다 또한 어디에 있는지 짐작할 수 없었다. 몸이 기우뚱 어딘가로 쓰러졌다. 차디찬 기운이 몸에 닿는 걸 느꼈다. 정신이 가뭇해졌다.

곧 먼동이 트지 않을까, 싶었다. 핸드폰은 물에 잠겨 있었다. 논둑길 밑 수로 속에 몸이 있다. 수로에 물이 많이 흐르고 있진 않았다. 흐르는 물이 아닌 듯도 했다. 냄새를 맡을 수가 없었다. 몸을 일으키려고 힘을 모았다. 또 주저앉고 말았다. 둔덕은 높지 않았다. 시들어 키 낮추려는 풀들이 억센 바람에 눕고 있었다. 바람은 여전히 아, 불어오고 있었다. 그리고 또 다른 바람 냄새를 맡을 수 있었다. 바람 속에 살벌한 기운이 묻어 있는 걸 느꼈다. 불안감이 엄습했다. 수렁에서 빠져나가야 한다는 생각이 급박하게 짓눌렀다. 바람 냄새에 따라 나선 길에서 바람 냄새에 쫓기는 나를 만나야 했다. 아주 오랜 동안 바람 냄새를 좇아 길을 나서려던 나의 바람을 이루고 있지 않은가? 외가를 빠져나온 이후, 실업계 고교를 마치고 여느 밤길, 유혹의 밤일을 하면서도 바람 부는 저녁이면 나를 질곡 속으로 몰아넣던 굴레, 바람 냄새를 좇으려는 실행되지 않았던 발길… 그가 품고 온 바람 냄새를 다시 떠올렸다. 그 바람도, 그 바람 냄새도 맡을 수 없다. 후각을 되살리려 눈을 감았다. 눈을 떴다. 그가 어둠 저쪽에서 이리로, 내게로 오는 게 어렴풋 보였다. 그에게 나의 상태를 알리려다 이내 입을 닫았다. 잰걸음으로 다가왔다. 그의 행색이 보일 만큼 가까이 다가왔을 때, 나는 놀랐다. 생소한 차림을 하고 있었다. 긴, 하얀색 천을 몸에 감은 채 오는 그의 손에는 뭔가 들려 있었다. 지팡이였다. 수렁으로부터 건져 내려는 자라기보다는, 주검으로 끌고 가려는 행장의 사자처럼 닿았다. 눈을 질끈 감았다. 눈을 감자, 바람이 불었다. 새로운 바람 냄새가 나는 걸 느낄 수 있었다. 그리고 퍼뜩 떠오른 건 수렁에 빠진 나를 끌어내 줄 거라는 생각이었다. 검은 밤에 하얀 살의라니…

눈을 떴다. 수렁에서 빠져나가려는 마지막 안간힘을 썼다. 몸부림 쳤다. 그의 접근으로부터 멀찍이 벗어나야 한다는 급박함이 곧 수 렁에서 일어나게 하였다. 그가 내민 지팡이를 휘익 낚아채려고 팔 목에 힘을 보탰다. 지팡이를 놓는 순간, 내 몸 전체에 지팡이의 타 격이 몰릴 듯했다. 지팡이 잡은 손을 놓지 않았다. 그의 가슴께로 쏠리는 나를 억제하지 못하는 순간, 바람 냄새가 났다. 휘익, 바람 이 지나갔다. 고향, 외가의 뒷산 자락에서 맡았던 바람 냄새가 혹 풍겨 왔다.

그의 손아귀 안으로 내 몸이 아늑히 간히는 걸 느꼈다.

우리 딸은 P세대

우르릉 우르르.

초복도 지났는데 장마는 그칠 기미가 없다. 베란다에 널어놓은 눅눅한 빨래를 걷어 들이던 명자는 요란한 천둥소리를 내며 또 한 바탕 퍼부어댈 기세인 하늘을 향해 눈을 흘겼다.

우르르 우르르 우지끈 꽝!

"엄마야!"

비명을 지르며 딸애가 제 방에서 튀어 나와 명자 곁으로 달려온다. 질린 눈빛으로 숨을 몰아쉬는 딸애는 평소 좀 지나칠 정도로 자신만만해 뵈던 'P세대' 아가씨가 아니다. 딸애는 자기가 참여(Participation), 열정(Passion), 힘(Power)을 바탕으로 사회 패러다임의 변화를 일으키는 세대(Paradigm-shifter)를 약칭하는 P세대라고 알려주었다. 허나 이럴 때 보면 P세대이되, 그 P가 '패닉(Panic) 반응'의 P가 아닌가 싶다.

겨우 천둥소리에나 기겁을 하고…쯧쯧! 명자는 딸애를 끌어안고 어린 아기처럼 다독거리다가 문득 언젠가 그 애가 난데없이 심각한 표정을 지으며 토로했던 말을 떠올렸다.

"엄마, 나는 세상에서 다른 건 무서운 게 없는데 천재지변이 제일 겁나. 가위에 눌리거나 악몽을 꿀 때 내용도 다 그런 거야. 지진이나 홍수, 아님 태풍이나 쓰나미가 예고 없이 닥쳐서 내가 뭘 어떻게 해 볼 여지도 없이 모든 게 끝나 버리는 상황… 오지도 않은 그런 일이 닥칠까 봐 미리 두려워하는 피해망상증 같은 게 나한테 있나 봐."

그렇지, 그런 상황이 오면 누구나 무력하게 종말을 맞을 수밖에 없겠지. 그런데 삽시간에 자신의 존재를 무화시켜 버릴 그런 재앙이 천재天災가 아닌 인재人災일 수도 있다는 걸 이 아이의 무의식은 알고 있는 게 아닐까? 명자는 수년 전 딸애의 그 말을 처음 듣던 순간 서늘한 자책감에 빠져들던 기억이 되살아나면서 가슴이 저려왔다. 미안하다, 아가야…! 명자는 입으로 발설하진 못했지만 마음으론 지난 이십여 년간 수없이 용서를 빌어 온 그 일을 떠올리며 딸을 꼭 끌어안았다.

무릇 부부싸움이란 게 그렇듯이 그날 그들의 다툼도 시작은 미약했으나 나중은 창대했다. 지금은 구체적으로 무엇이 발단이었는지 기억도 나지 않는 둘 간의 사소한 시비가 그날 저녁 남편의 폭음으로 이어졌고, 명자는 반쯤 제정신이 아닌 그에게 포문을 열어 아침부터 준비해 둔 최신 박격포를 발사했다. 시인 아버지의 유전자가 유독 부부싸움 시에만 발현되어 가능해지는 예리한 수사학을 주원료로 한 그 신기종 포탄은 남편의 눈과 가슴을 뒤집어지게 만드는 데 성공했다. 그는 오랑우탄처럼 가슴을 두드려대다가, 애꿎은 바람벽에 주먹탄을 날리다가, 몇 안 되는 값나가는 세간을 박살내다가 제 풀에 지쳤는지 화장실로 들어가 버렸다. 명자도 악을 쓰며 울다가 지쳐 방바닥에 널브러졌다. 잠시 졸았는지 넋이 나 갔었는지, 문득 정신을 차려 보니 남편이 화장실에 들어가서 반시 간이 넘도록 나오지 않고 있다는 데 생각이 미쳤다. 전력이 있는 그인지라 명자는 머리털이 쭈뼛 섰다. 화장실 문은 잠겨 있었고 두 드려도 아무 대답이 없었다. 명자는 비상 열쇠 꾸러미를 찾아 화 장실 문을 열었다. 남편은 물을 반쯤 채운 욕조에 옷을 입은 채 누워 있었는데 의식이 나간 듯 보였다. 물은 이미 벌겋게 물들어 있었다. 내가 못 살아! 명자는 남편의 뺨을 여러 번 세게 쳐서 그 를 깨우는 데 성공했다. 강시 같은 그를 일으켜 세워 어떻게 방으 로 데려왔는지 모른다. 아무튼 집 안에서 붕대로 쓸 만한 천이란 천은 다 동원하여 손목의 절개 부위를 지혈시켰다. 그러는 동안 정신이 좀 돌아온 듯한 남편은 그녀가 처치하는 대로 순순히 응 하며 눈물을 흘렸다. 명자는 한풀 꺾여 보이는 그에게 오금을 박 았다. 당신이 이런 식이면 우린 살 수가 없어. 애도 마찬가지야. 다 같이 끝장 날 거라고! 망연자실해 있던 남편이 괴로운 듯 얼굴이 일그러졌다.

그런 남편을 보자 명자는 일단 휴전을 해야겠다는 생각을 하며 피투성이가 된 손을 닦으러 화장실에 갔다. 손을 닦고 세수를 하 고 거울을 보니 헝클어진 머리에 퉁퉁 부은 눈두덩을 한 흉측한 몰골이 떠올라 있었다. 그 와중에도 귀신이 따로 없구나, 싶어 비 감스런 실소가 나오는데 아랫도리의 느낌이 이상했다. 발밑에 핏 방울이 떨어져 있는데 아까 남편이 흘린 피와 색이 달랐다. 더 검 붉고 걸쭉한 느낌을 주는 피였다. 팬티 부위를 만져 보니 온통 축 축했다. 명자는 팬티를 내리고 얼른 변기에 올라앉았다. 피가 뭉클 뭉클 쏟아져 내렸다. 아악! 남편이 명자의 비명 소리 듣고 달려왔다. 첫 아이가 유산된 후 불임될까 두려워하던 중에 어찌어찌 그녀 안에 깃들어 무탈하게 다섯 달을 지내 온 아이였다. 명자는 변기에 앉은 채 그녀가 떠올릴 수 있는 모든 초월적 힘에게 울며 매달렸다. 제발 이 아이를 지켜 주시옵소서! 저희가 정말 잘못했습니다. 다시는 그러지 않겠습니다. 한 번만 용서해 주시옵소서.

명자가 매달렸던 초월적 힘들은 용서의 은총을 베풀었다. 출혈은 잠시 후 멈추었고 아이는 이후 다섯 달을 더 엄마 뱃속에서 착하게 살다가 무사히 바깥세상으로 나왔다. 그러나 명자는 자기가 한 약속을 지키지 못했다. 아이가 두 돌 좀 지났을 때쯤인가 명자와 남편은 또다시 시작은 미약하나 나중은 창대한 부부 대전을 벌였다. 그리고 이번에는 남편이 아닌 명자가 먼저 사고를 쳤다. 수습할 길 없이 치달아, 감정의 막다른 골목에 이른 그녀는 욕실에 들어가 손에 잡히는 대로 세제 통을 목구멍에 들이부었다. 그중에는 섬유 유연제도 있고 락스도 있었다. 그러나 초월적 힘들은 또한 번 은사를 베풀기로 했는지 그녀는 위세척도 없이 그 위기를 넘겼다. 아빠 없는 아이가 될 뻔했다가, 태어나지 못할 뻔했다가, 엄마 없는 아이가 될 뻔도 했던 딸은 명자 부부가 그 난리를 치는 동안 자기 힘으로 할 수 있는 게 없었다. 그 엄청난 재앙의 위협들 앞에서 그 아이는 전적으로 무력했다. 파워리스Powerless! 아이는 요즘 세상에서 P세대로 불리기 이미 오래 전부터 P세대였다.

우르르 쾅! 천둥은 언제나 딸애를 겁먹게 한다. 명자는 가슴에 통증을 느끼며 혼잣말을 한다. 다 내 탓이야….

여덟 살 무렵

오늘도 언니는 학교에서 돌아오자마자 자기 방문을 걸어 잠그고 서럽게 흐느껴 운다. 엄마의 한숨 소리가 방 안 가득히 퍼진다. 난 엄마를 가만히 보고 있다가 냉큼 엄마 치마폭에 안긴다. 엄마 뺨을 만져 보기도 하고 엄마 가슴에 얼굴을 파묻기도 한다. 그러고는 얼른 일어나 언니 방으로 가서 "언니, 문 열어. 언니, 문 열어." 주먹으로 탕탕 문을 친다. 방문에 기대어 앉아서 조용히 기다린다. 울음소리가 그치고 언니가 문을 연다. "언니, 울지 마. 내가 언니 놀리는 애들 다 때려 줄 거야." 언니는 나를 물끄러미 바라본다. 그러고는 힘도 없는 조그만 게 어떻게 그 아이들을 때려 주느냐고 한다. 나는 분한 마음에 얼마든지 때려 준다고 큰소리를 친다. 한바탕 소동이 그치고 나면 온 집안은 정적에 휩싸인다. 그런 날이면 나는 으레 악당을 물리치는 씩씩한 용사가 되겠다는 다짐의 글을 일기장에 쓴다. 엄마는 안방에서 오랫동안 나오지 않으신다. 끼니때가 지나도 우리는 배고프다는 말을 하지 못한다. 안방 문이 열리고 부엌으로 내려가시는 엄마의 기척이 있어야 비로소 나는 쪼르르 엄마 곁으로 가서 엄마의 기분을 풀어 드리려고 조잘거린다. 큰언니의 얼굴은 내가 봐도 참으로 예쁘게 생겼다. 숱이 많은 새카만 머리카락, 짙은 눈썹, 하얀 얼굴. 그런데 언니는 길에만 나가면 아이들의 놀림감이 된다. "야, 저기 절름발이 지나간다." 그것도 모자라 아이들은 절뚝절뚝 언니의 걸음걸이를 흉내 내며 낄낄거린다. 어떤 때는 작은 돌멩이를 던질 때도 있다. 난 걔들을 향해 욕을 하거나 돌을 집어 던진다. 분해서 씩씩거리다 언니를 껴안고 운다. 아이들은 슬금슬금 달아나 버린다. 우리에게 언니를 보호해 줄 오빠가 없다는 사실이 무척이나 속상한 날들이 이어진다. 자그마치 딸만 내리 다섯인 우리 집의 큰언니 때문에 둘째 언니와 나는 늘 마음속에 전의戰意를 키우며 살지만 실제로는 단 한 번도 누구를 때려 본 적은 없다. 오히려 나는 동화책 속에나 나올 법한 나쁜 아이들이 학교 가는 길에도 있다는 사실에 상처를 받는다. 때로는 정말 절뚝거리는 언니가 창피해서 놀림을 당하는 장면을 보고 딴 길로 도망칠 때도 있다.

세월이 흘렀다. 큰언니가 사춘기를 지나 청춘의 가파른 언덕을 처절하도록 아프게 몸부림치며 올라설 때까지 나는 어두운 집안 분위기에 눌려 늘 숨을 죽이고 지냈다. 언니 때문에 죽고 싶었고 언니 때문에 죽을 수도 없는 모순 속에서 숨 쉬고 살아갈 수 있는 유일한 길은 소설이었다. 소설 속에 등장하는 수많은 인물 중 하나가 되어 나는 나를 괴롭히는 세상을 향해 복수의 칼날을 갈기도 하고, 은둔자가 되어 수도원의 긴 회랑을 걷기도 하고, 킬리만자로의 표범처럼 고고孤高한 삶을 사랑하기도 했다. 문학은 잿빛 음울한 방황의 긴 세월을 견디게 해 준 힘이자 도망가서 숨을 수 있는 도피처였다.

감꽃 떨어지는 골목

엄마요? 내게는 엄마가 없어요. 왜 그런 표정을…? 아! 엄마가 없는 사람도 있냐고요? 그러게요. 하지만 정말 전 엄마가 없어요. 왜 그렇게 딱한 표정을 지으세요? 저를 고아나 버려졌던 아이였을 거라고 생각하나 보죠? 아니요. 아니요. 그렇지 않아요. 전 아버지뿐만 아니라 엄마의 엄마인 외할머니도 있는 걸요. 외할머니가 있다는 말은 엄마도 있다는 말이잖아요. 그러니까 고아라거나 버려졌던 아이는 아니라는 말이죠. 아, 엄마라는 이미지에 딱 들어맞는 사람이 내게도 있지요. 내 엄마가 어머니라고 불렀던 그분, 바로 외할머니가 내게는 엄마였어요. 점점 더 헷갈린다고요. 혹시 할머니 호적에 딸로 입적된 것은 아니냐고요? 텔레비전 연속극에서나 나올 법한 그런 드라마틱한 일이 벌어진 것은 아닙니다. 불쾌한 표정을 지으시네요. 아니 불편한 표정인가요? 이럴 땐 참 난감해요. 난 진지한데 상대는 말장난쯤으로 오해를 하니까요. 아마도 내가 다른 사람과 소통하는 것에 서투른 탓일 겁니다.

어쩌면 그때 일을 말하는 것이 훨씬 수월할지도 모르겠네요. 그때 난 다섯 살이었고 엄마는 서른 살이었습니다. 제 기억에 의하면 난 그때까지 할머니 젖을 물어야 잠을 잘 수 있었어요. 아이고, 망측해라. 덩치는 송아지만해 가지고 여태껏 젖을 빨고 있다니…. 이제는 오냐오냐하지만 말고 쟈 에미한테 보내소, 그만. 마실 온 이웃집 할머니가 혀를 끌끌 찼지만 나는 물고 있던 할머니 젖꼭지를 놓지 못했지요. 왠지 알아요? 그때 나는 목까지 차오르는 설움을 토해 낼 수가 없었어요. 그렇다고 삼키지도 못했고요. '에미'라는 그 말이 '엄마'라는 말과 같다는 것, '엄마'라는 그 말만 들어도 울컥울컥 목이 메고 눈물이 쏟아졌다는 것을 할머니 친구는 짐작하지도 못했을 겁니다. '엄마'라는 말만 들어도 목구멍이 불덩이처럼 뜨거워진다는 것을 외할머니는 온몸으로 느끼는 것 같았습니다. 그녀는 설움이 사그라질 때까지 내 등짝을 쓸어내렸습니다. 난 다섯 살이 되기 전에 이미 '사무치다'라는 의미를 뼛속까지 느끼고 말았던 겁니다. 그러니까 내게 '엄마'는 곧 '사무치다'와 동의어였습니다. 아, 또 다른 말 '배신'이라는 말도 내게는 같은 말입니다. 최초로 나를 배신한 사람은 다른 누구도 아닌 엄마였으니까요.

그날, 나는 엄마의 치마를 붙잡고 놓지 않았습니다. 엄마가 친정에 와서 지낸 사흘 내내 그랬습니다. 부엌, 우물가, 장독대 하다못해 변소까지. 사흘 내내 잠을 자지 않았을 뿐만 아니라 할머니 허리띠로 내 몸을 엄마 몸에 묶기까지 했습니다. 어떻게든 엄마를 따라나설 작정이었으니까요. 드디어 엄마가 내 손을 잡았습니다. 그리고 할머니 배웅을 받으며 골목에 접어들었습니다. 나는 일부러 할머니를 돌아보지 않았습니다. 혹여 엄마에게 잡혀 있는 내 손을 빼낼까 봐 다른 손까지 덮어서 엄마 손을 잡았던 겁니다. 엄마와 나 그리고 할머니가 걷고 있는 골목에는 감꽃이 하얗게 떨어져 있었습니다. 골목 끝에서 바람이 몰려왔습니다. 엄마의 보라색 꽃무늬 양산 위로 감꽃이 떨어졌습니다. 토도독, 토도독…. 엄마의 물방울무늬 치마도 하늘하늘 흔들렸습니다. 나는 엄마의 치맛자락을 움켜쥐었습니다. 차마 엄마의 얼굴은 올려다볼 수가 없었습니다. 그때 엄마가 걸음을 멈췄습니다. 엄마는 양산을 내려놓고 무릎을 굽힌 다음 내 얼굴을 마주보았습니다. 그리고 "내 아가야"라고 불렀습니다. 엄마의 그 말이 너무 다정해서 목구멍이 뜨거워졌습니다. 내 몸은 풍선처럼 부풀어 하늘로 떠오르는 것 같았습니다. 내아가야, 엄마는 여기서 기다리고 있을 테니까 미자네 집에 가서 떡좀 얻어 오렴. 너랑 나랑 버스에서 먹자. 나는 엄마가 내민 분홍색 비닐 가방을 받아 미자네 집을 향해 죽어라 뛰었습니다. 빨리 와야 한다. 그 말에 다섯 살의 모든 것을 두 다리에 실었습니다.

당신은 이미 예상을 했겠지요? 내가 인절미 몇 개를 얻어서 골목으로 나왔을 때는 이미 엄마가 떠나고 없었으리라는 것을. "내아가야!"라는 달콤한 말이나 "빨리 와야 한다"라고 재촉했던 말이나를 떼어 놓기 위한 감언이설이었다는 것을. 감꽃을 이고 있던양산도, 바람에 하늘거리던 물방울무늬 치마도 보이지 않은 골목에 선 채로 나는 넋을 놓아 버렸습니다. 미자네 집으로 달려갔던속도로 엄마를 뒤따른다고 해도 소용이 없다는 것을 수차례 경험을 통해 나는 알았던 겁니다. 거짓말인 줄 알면서 왜 엄마의 손을놓았냐고요? 이별의 방식이 여느 때와 달랐거든요. 게다가 "내 아가야!"라고 불러 주던 그 목소리가 아주 특별해서 다섯 살 전 생애를 던져도 좋을 것 같았다고나 할까요. 내 몸과 마음은 바람 빠진 풍선처럼 아무런 부피감이 없이 꺼져 버렸습니다. 나는 엄마가 입혀 준 새 원피스와 팬티스타킹과 분홍 구두를 벗었습니다. 그것들을 인절미 몇 개가 든 비닐 가방에 담았습니다. "내 아가야!"라고 부르던 엄마의 목소리도 담았습니다. 속옷차림인 내 몸 위로 감꽃이 툭, 툭, 떨어졌습니다. 감꽃이 닿는 곳마다 핀으로 찌르는 것처럼 살이 아팠던 것으로 기억합니다.

나는 다섯 살 아이인 채로 사십 년을 살았습니다. 기와를 얹은 흙담이 사라지고, 방 안의 다정한 그림자가 어른거리던 창호지 문도 사라지고, 다섯 살의 차가운 몸을 덮혀 주던 순님이네 굴뚝도 사라지고, 안타깝게 나를 찾던 할머니 그림자도 사라지고, 혀 꼬부라진 순님이 아버지의 유행가 가락도 사라지고, 감꽃을 주워 목걸이를 만들던 계집애들도 사라지고…. 그런데 신기하지 않나요? 감나무 말예요. 구루마꾼 순님이 아버지의 주름진 얼굴로 저렇게 서 있잖아요. 감나무가 그대로 있어 얼마나 다행인지 모르겠어요. 내가 그랬던 것처럼 이제 엄마는 영원히 이 골목을 서성거리게 될 거예요. 엄마의 어머니가 떠난 이 골목, 엄마의 '내 아가야!'가 다시는 돌아보지 않을 이 골목, 엄마는 이 골목에서 다시는 오질 않을 우리를 기다리고 기다릴 거예요.

엄마의 뼛가루는 아직도 따뜻하군요. 그래도 숨이 넘어갈 것 같던 다섯 살 아이의 체온보다 뜨겁지는 않군요. 자, 따라오세요. 뒤처지지는 마세요. 엄마의 뼛가루가 당신에게 날아갈지도 모르잖아요. 자, 그때의 속도로 미자네 집 앞까지 달릴 겁니다. 이런 숨이 가쁘다고요? '엄마'와 '사무치다'와 '배신'이 동의어로 각인되는 순간에 비하면 아무 것도 아닐 걸요, 절대로….

풍경

"네 어미가 너만 할 적에는 말을 참 잘 들었다. 요즘 아이들은 당최 말을 안 들어. 아니 가만. 네가 연이 딸이 아니라 연이 딸 지은 이의… 그러니까 연이 손녀로구나?"

아흔네 살 여인이 네 살 아이의 손을 잡으려 하자 아이가 물러선다. 아이 얼굴은 울상인데 주름살 속의 흐릿한 눈빛은 말할 수 없이 간절하고 애틋하다. 굵은 주름 가득한 노인의 손이 굼뜨게 움직여 말랑하고 오동통하고 오목조목한 어린 살에 닿자 아이는 겁먹은 얼굴로 물러선다.

"증조할머니야 슬기야. 네가 예뻐서 그러시는 거야 뽀뽀해 드려. 우리가 할머니 할아버지 뵈러 비행기 타고 왔잖아."

슬기가 제 엄마를 바라본다. 그 타이름이 연이에게는 왜 기계적으로 느껴지는 것일까. 아이에게 이만큼 타일렀으니 제 할 일은 다 했다는 듯한. 저에게는 조모이고 아이에게는 증조모인 하얀 노인에게 아이가 다가가건 말건 그것까지는 자기 소관이 아니라는 듯한 싸한 느낌.

연이가 의자에서 내려와 아이 뒤로 다가앉는다. 아이에게 내민 손이 눈에 들어온다. 낯설다. 굵은 주름이 큰 나무 밑동 껍질을 연상시킨다. 손등의 검버섯 때문일까. 꺼칠하고 뭉툭한 손이 나무꾼의 손 같다. 그러고 보면 환갑 진갑 지나도록 나무꾼을 본 적이 있던가. 보지도 못했으면서 꺼칠한 손이라면 나무꾼이라고 입력되어 있는 것은 무슨 까닭인가. 마침내 그 뭉툭하고 거뭇거뭇하고 투박한 손이 겨우 네 번째로 여름을 맞이하는 연하고 앙증맞은 손을 잡자 울음이 터진다.

"얘는 왜 노인만 보면 우는지 몰라. 얘 때문에 서울서도 노인복지관 앞을 못 지나가고 빙 돌아서 아파트 뒷문 쪽 먼 길로 다녀야 한다니까."

지은이가 해명을 하는데 연이는 딸을 물끄러미 본다. 딸이 아주 멀게 느껴진다. 사실 연이는 지은이의 설명이 나오기 전에 아이를 안아 올리려다 자신도 모르게 어머니의 나무등걸 같고 본 적도 없는 나무꾼을 연상시킨 아흔네 해의 연륜을 살아 낸 손을 잡았다. 그 손은 젊은 날 선녀 날개 같은 무용복을 만들어 주고 까치설빔을 만들어 주고 온갖 맛난 것을 만들어 준 엄마, 내 엄마의 손인 것이다. 지난달만 해도 소리소리 지르면서라도 전화 통화가 가능했는데 이 달 들어서는 안 된다. 연이가 전화를 걸면 누구세요? 누구야? 연이냐? 전화를 걸었으면 말을 해. 서울이지? 수유리냐? 연희동이냐? 전화가 왜 이래. 여보, 우리 전화 고장 났나 봐. 고장 신고해 줘요.

그렇게 끊기고 몇 분쯤 지나면 어김없이 핸드폰이 운다. 환갑을 지나면서 부터일까. 어머니의 번호가 뜨면 연이는 속으로 '우리 엄마' 뇌이며 되도록 외진 곳을 찾아간다. 목청껏 고함을 질러야 어머니가 알아듣기 때문이다. 그러나 이제 어머니는 전화를 받았는지 아닌지조차 구별을 못한다. 아무리 고함을 질러도 완전 일방통행이다. 연이야 엄마다 전화 받았냐? 엄마야 바빠서 못 받니? 바쁜건 좋지만 몸 상할라. 엄마 아버지는 잘 있어. 잘 먹고 잘 자고. 연우가 효자라 아침저녁 들여다보고 아버지 면도시켜 드리고 물건 사들이고. 애, 글쎄 엊그제 복날은 보신탕까지 사 왔지 뭐니. 나가서 잡숫자는 걸 아버지가 귀찮대서 안 나갔더니 글쎄 통으로 그득하게 사 왔더라니까.

연이는 엄마의 그 목소리를 조용히 들었다. 눈물을 흘리면서. 아무리 악을 써도 엄마가 못 알아들으신다는 걸 알고도 처음부터 조용히 듣지는 못한다. 이번에는 혹시 소통이 될까 전화를 받았는지 아닌지는 구별을 하실까 싶어 번번이 고함을 질러본다. 그리고 어느 날인가 어머니는 점잖게 안부를 하신 후 중얼거렸다. 하느님은 뭘 하시느라 이렇게 우릴 안 데려가신다니. 이제는 들리지도 않고 보고 싶은 내 새끼들 볼 수도 없는데.

연이는 만사를 제쳐놓고 비행기를 예약했다. 출장 간 아들네는 차마 전화를 못 하고 그래도 만만한 딸에게 월차를 내든 휴가를 받든 이번엔 주말 끼어 시간 내라고. 대체 외할머니 언제 뵈었어? 할머니가 너 길러 주신 거 잊었어? 나중에 엄마는 안 와 봐도 되니까 너 길러 주신 외할머니는 참참이 가 뵀잖아? 독한 말을 퍼부으며 칼에 벤 상처는 나아도 말에 벤 상처는 안 낫는다는데 심한 거 아닌가, 속으로 그런 생각까지 하면서 잔소리를 해 가지고 데려온 게 아니라 모셔온 딸래미 가족이다.

바락바락 눈물도 없이 울던 아이는 제 어미가 스마트폰을 쥐어 주자 발딱 일어서며 딱 그친다. 그리고 번개같이 빠르게 증조할아버지 할머니에게 찡그린 얼굴의 억지웃음을 보여드리고 역시 번개처럼 억지 뽀뽀 시늉을 하고는 소파에 올라앉아 그 앙증맞은 손가락으로 스마트폰을 주무른다.

"할머니 장모님 어렸을 적 얘기 좀 해 주세요. 슬기가 장모님 닮았어요?"

눈치 9단 사위가 매직펜으로 달력 뒷장에 커다랗게 써서 하얀 노인의 코앞으로 들이민다. 사위는 보청기가 제 역할을 못 할 때부터 고함을 치는 대신 필담을 한다. 연이는 오늘따라 사위의 그 우아한 대화법도 화증머리가 난다. 어떻든 글씨를 알아본 어머니의 얼굴은 오글오글 밝아진다.

"그럼 그럼 똑 닮았어. 팔판동에 소문이 파다했지. 집 잘 보고 말 잘 듣는 아이라고. 대문간에 앉혀 놓고 장에 갔다 오면 한 시간이고 두 시간이고 소꿉을 놀았는 걸. 제 사랑 제 등에 지니는 법이야. 그게 그렇게 말을 잘 들을수록 내 가슴에는 피멍이 졌네. 평생입에 안 담았어. 무덤까지 가져갈 피멍이야. 연이 너만 알아 둬. 너는 내 딸이다. 밖에서 들여온 자식 아니고 내 딸이야."

하얀 노인의 비장한 어조 때문일까. 집안 공기가 무겁게 가라앉았다. 지은이가 제 남편을 바라보다 연이를 보고 사위의 눈도 연이에게 쏠리고 연이의 눈은 아버지를 찾는다. 말을 잃은 지 오래인 아버지의 얼굴이 실룩거린다.

"느이 엄마가 망령이구나. 치매다 치매야."

첫사랑

　범죄를 저지른 것은 이십대 초반이다. 나는 돈이 필요했다. 그것도 당장. 그때 내 눈에 지갑이 들어왔다. 지갑을 향해 뻗는 손이 두려움에 떨렸다. 하지만 내 심장은 벅찬 기쁨과 흥분으로 마구 날뛰었다. 엄지와 검지 사이에 들어오는 지폐를 움켜잡고 나는 번개처럼 대문을 빠져나왔다. 골목 모퉁이에서 그가 기다리고 있었다. 서성이고 있는 그의 손목을 움켜잡았다. 억센 손이 금방이라도 머리채를 낚아챌 것 같았다. 그는 영문도 모르고 끌려왔다. 비스듬히 구부러진 긴 골목을 벗어나는데 몇 초도 걸리지 않았다. 그날, 나는 백 미터 달리기 세계 기록을 갱신했을 거라 굳게 믿는다. 긴 머리칼이 등 뒤로 마치 철사처럼 팽팽하게 수평으로 날렸으니 말이다.

　할머니와 동생 셋을 포함한 가족 여덟 명의 한 달 치 생활비를 보름 만에 탕진한 후 나는 잡혔다. 그때 집으로 끌려오지 않았더라면 어떻게 되었을까? 생애 처음으로 충만한 시간을 경험했기 때문에 소매치기가 되었을지도 모른다. 깃을 세운 바바리를 입고 검은 선글라스를 낀 채 검지와 엄지 사이에 면도날을 감추고 사람들 사이에 서 있지나 않았을까? 긴 머리칼이 바람에 날릴 때마다 손에는 행복한 시간이 한 움큼씩 잡히고 말이다.

아버지 앞에 무릎을 꿇고 앉아 나는 목을 길게 늘어뜨렸다. 처분대로 몸을 맡길 작정이었다. 하지만 아버지가 그에게 작은 위해라도 가한다면 단연코 떨치고 일어설 생각이었다. 그와 함께 있는 한 무서운 것은 없었다. 왜냐고? 내가 주인공이기 때문이었다. 주인공이 죽는 소설이나 영화나 이야기는 없지 않은가. 꿇은 무릎에 피가 통하지 않아 감각이 사라졌어도 얼마든지 견딜 수 있었다. 앉은뱅이가 되어도 상관없었다. 아버지의 활활 타는 눈이나 엄마의 침통한 얼굴, 문 뒤에 숨어 벌벌 떨고 있는 동생들과 할머니의 긴 한숨이 내게는 사소해 보였다. 이 호연지기는 순전히 그의 덕이었다. 나는 꽃이었고 그는 바람이고 물이고 빛이고 꽃받침이었다. 그와 함께 있으면 나는 세상의 중심이었다.

내게 내일은 없었다. 아니, 그와 나에게 미래는 없었다. 오직, 지금 이 순간만이 존재했다. 그러니 지갑을 터는 일쯤은 아무 것도 아니었다. 절도에서 시작된 범죄는 가출과 반항, 사기와 횡령과 같은 다른 범죄로 이어졌다. 아버지는 이 모든 것이 더 큰 악으로 발전하기 전에 결단을 내렸다. 자식을 사랑하는 마음에서였을까? 아니면 재개발지구에 한 채 달랑 남은 판잣집을 밀어 버리는 심정이었을까?

결혼을 허락할 때 아버지의 표정은 지금도 잊을 수가 없다. 쓰레기를 치워 버린 듯 홀가분함. 품속을 떠나는 새끼를 바라보는 짐승의 눈빛. 아버지가 원망스럽다. 왜 결혼을 허락했을까? 더 넓은 세상과 시간을 경험하라 권하지 않고 말이다.

살아 보면 삶이란 아무것도 아니다. 사랑이니, 열정이니 날뛰면
서 주변 사람 힘들게 만들지 마라. 뭐 그런 것이었을까. 결단코 나
는 아버지를 이해할 수 없다.

내게 절도를 사주한 첫사랑은 그렇게 사라졌다. 내일은 결코 존
재하지 않을 강렬한 시간, 나를 중심으로 돌던 우주는 소리도 없
이 소멸해 버렸다. 하지만 나는 오랫동안 내게 일어난 일을 깨닫지
못했다. 주인공에서 조연으로 동네 아줌마 1, 2, 3으로 내가 바뀌
어 가는 것을 알아채지 못했다. 처음 나를 범죄로 인도한 첫사랑
이 그립다. 내일이 없는 그 사랑. 어디에 가면 만날 수 있을까.

정든 유곽

그가 올 시간이다. 저녁 찬거리를 사러 집을 나섰다. 생각해 보니 굳이 장을 보지 않아도 되는 일이다. 냉장고에는 아직 봉지도 뜯지 않은 채소와 생선이 있었다. 노란 은행잎이 좋아 산책 겸 집을 나섰다. 가을빛은 쉬 약해진다. 휴일이라 거리는 한적하다. 그는 단풍을 보러 산행을 갔다. 나는 그가 외출을 해도 이제는 누구와 가느냐? 언제 오느냐? 묻지 않는다. 부부가 오래 살면 닮는다고 그도 마찬가지다.

언제부터인가 그와는 각방을 썼다. 가끔 그는 내 방을 기웃거린다. 내가 자비를 베풀 듯 그를 향해 다리를 벌리면 그는 손님처럼 일을 치르고 방을 나간다. 화대는 한 달에 한 번 계산한다. 자비롭게도 그는 미루거나 깎는 일도 없이 꼬박꼬박 돈을 지불한다.

그가 내 방을 찾는 일이 점점 뜸해지더니 요즘은 통 오지 않는다. 하지만 그는 질이 좋은 손님이다. 내가 몸을 주지 않아도 화대는 지불한다. 어느새 정이 들어 버린 건지 알 수 없다. 그러니 굳이 그를 유혹할 필요가 없다. 그를 위해 향수를 뿌리거나 머리를 감지 않아도 그는 불평을 않는다. 대신 그를 위해 밥상을 차린다. 그가 무엇을 좋아하는지 어떤 맛을 즐기는지 환하다. 그가 매일 집으로 돌아오는 것은 어쩌면 밥상 때문이 아닐까 싶을 정도다.

그는 등 푸른 생선을 즐겨 먹는다. 생선 기름이 노화 방지와 장수에 좋다는 방송을 듣고부터다. 슈퍼에서 고등어를 샀다. 비린내가 검은 봉지 사이로 새어 나온다.

바람이 불자 은행잎이 나비처럼 날아오른다. 발밑에서 소리가 난다. 그 소리가 좋아 집으로 돌아가는 먼 길을 택했다. 이면도로라 조용했다. 키 큰 가로수가 줄지어 서 있는 도로는 원근법에 충실한 유화 같다. 기울어지는 해를 담은 하늘이 노란 은행나무 사이로 언뜻언뜻 드러난다. 집이 가까워지는 게 아쉬울 정도로 아름다운 날이다.

노란색 톤의 유화 속에 누군가 빨간 자동차를 그려 놓았다. 펄떡이는 심장처럼 그것은 그림의 중심에서 조금 왼쪽에 놓여 있다. 잘 어울리는 풍경이다. 자동차는 이면도로 한편에 멈춰 서 있다. 사람의 얼굴이 식별될 정도로 가까이 갔을 때 자동차 문이 열리고 누군가 차에서 내렸다. 나는 반사적으로 은행나무 뒤로 몸을 숨겼다. 잠시 후 나무 뒤에서 얼굴을 감추고 눈만 내밀었다. 그는 차에 기대 유리창 안으로 몸을 반쯤 넣은 채였다. 마치 외국영화의 한 장면을 보는 것 같았다. 그의 웃음소리와 달콤한 활기가 늦은 가을 공기를 뚫고 내게 전해졌다.

자동차는 좀처럼 출발하지 않았다. 나무 뒤에서 검은 비닐봉지를 들고 망연히 서 있었다. 몇 번이나 아쉬운 작별의 의식이 있고서야 앙증맞은 차는 꽁무니에 낙엽을 매달고 달려갔다. 그는 청년처럼 힘찬 걸음으로 길을 건너 아파트 단지로 들어갔다.

나무를 발로 툭툭 차며 한참을 더 그곳에 서 있었다. 생각해 보니 최근에 그에게서 오이 냄새가 나는 것 같았다. 좋은 기운이 감지되었고 덩달아 기분이 좋아졌던 것이다. 이제야 까닭을 알 것 같다. 그는 주인공으로 캐스팅이 되었던 것이다. 물론 그도 그 누군가의 향기로운 바람이고 물이고 빛이고 꽃받침일 것이다.

진심으로 그가 부러웠다. 주인공이 된 그를 축하해 주고 싶었다. 오던 길을 도로 돌아갔다. 빵집에 들러 작은 축하 케이크라도 살 작정이었다. 조그마한 양초도 부탁해야겠다. 하나? 둘? 어쩌면 여러 개? 발밑에서 마른 낙엽이 부서지고 있다.

문득 나를 늙은 창녀로 만든 먼 사랑이 그리워졌다. 나는 어떻게 살아야 하나?

늦은 가을 오후라 조금 쓸쓸해졌다.

그림자

1

그림자가 따라다녔다.

달리 말하자.

내 그림자 외의 그림자를 하나 더 업고 살았다.

대여섯 살 때부터인가.

그로부터 20년 가까이.

그러니까 성격 형성기라는 유소년 시절을 포함해 성인이 될 때까지 나는 원치 않는 그림자를 또 하나 달고 살았다.

그림자.

무서운.

그림자의 모양은 주먹이었다. 몽둥이였다. 수시로 귀신 형상이었다. 술에 취하면 그림자는 막무가내로 나를 불렀다. 저항, 반항은 존재할 수 없었다. 사람은 매에게도 길들여지게 마련이다.

어느 때는 너무 괴로워 도망을 쳤다. 발걸음이 제대로 떨어질 리 없었다. 이내 그림자에 붙잡혀 끌려갔다. 더 참담한 '지옥'이 찾아왔다.

이유.

그건 늘 그림자의 몫이었다. 그림자의 판결이었다. 그림자가 기분이 나쁘면 그 화풀이 대상은 나였다. 기도 안 막힐 일이었지만, 그랬다. 소설이나 영화에서도 본 적 없는 경우였지만 나는 그저 그림자의 먹잇감이었다. 때로 없는 잘못을 만들어 무조건 잘못했다고 빌어야 했다. 그래야 한 주먹이라도 면할 수 있었다. 울지도 못했다. 울면, 그림자는 더 미친 듯이 춤을 췄다. 누구도 어쩔 수 없는 그림자와 더불어 무정세월이 내 곁을 스쳐 지나갔다.

2

동네 뒷산을 찾아갔다. 까까머리 아이 때부터 나는 틈만 나면 산 위로 올라갔다. 팔베개를 하고 하늘을 올려본다. 구름이 흘러간다. 그 구름에 올라타 어디론가 가고 싶었다. 그림자 없는 곳이면 어디라도. 수십 수백 수천 번 그러했다. 엄마만 아니라면 나는 결단코 떠나갔을 것이다.

그림자 없을 때 수시로 나는 엄마와 손을 부여잡고 울었다. 내가 죄인이다, 내가 죄인이다, 이 말을 끝없이 되뇌며 엄마는 가슴을 뜯었다. 그런 엄마가 나보다 더 불쌍해 나는 목이 쉬도록 울었다.

3

싫지만.

정말 끔찍이 싫지만.

털어놓아야겠다.

그림자는 나의 바로 위 형이다. 그림자도 엄마의 자식이다. 다른 형들도 있다. 아버지도 있다. 하지만 어느 누구도 나에게서 그림자의 광기를 떼놓지 못했다. 그러려는 순간부터 광기는 온 집안 온 식구로 퍼져나갔다. 더 큰 문제는 아무도 광기의 근원을 알지 못했다는 것이다. 그러니 치유책도 해결책도 찾을 수 없었다.

4

하늘이 조금은 덜 무심한 것일까. 내 나이 20대 중반, 그림자가 떠나갔다. 먼 타국 땅으로 이민을 간 것이다. 그날, 나는 구름을 보고 목 놓아 울었다.

5

꿈을 꾼다.

아니다.

꿈이 꾸어지는 것이다.

언제, 어디서나, 잠깐 졸 때라도, 꿈이 나를 찾아온다.

단 한 번도 예외 없이 악몽이다.

밤에 잘 때는 서너 가지 이상의 악몽 꾸러미 속에서 몸부림친다.

유년시절부터 시작된 지긋지긋한 되풀이.

그림자가 악몽으로 환원한 것이다.

여러 번 정신과를 찾아갔다. 신경과를 찾아갔다. 약을 먹으라 한다. 나는 지금껏 약을 먹지 않는다. 이유는 없다. 그저 오기일 뿐이다. 20여 년 모진 세월을 버텨 낸 독기라 할까. 그러면서 나는

단 하룻밤만이라도, 단 한 번만이라도, 악몽 없는 잠을 자고 싶어
한다. 그것이 50년 넘게 내가 바라는 '꿈'이다.

6

40대 중반 어느 날, 엄마가 돌아가셨다. 엄마의 평생소원은 나
와 그림자의 화해였다. 성립조차 되지 않는 화해. 그래도 엄마는
그걸 원하셨다. 끝내 엄마는 그 소원을 뼈에 담은 채 차가운 땅에
묻히셨다.

7

기적은 아니다.

나는 결국 40대 후반 어느 날 결심을 한다.

그림자를 용서하기로.

용서?

어디서부터 어떻게?

왜?

물음표가 꼬리를 물고 이어졌지만 나는 마침내 마음을 다잡는다.

'내 마음속의 지옥을 지우자.'

'마음의 평화를 구하자.'

'그림자에 대한 분노와 증오를 어떤 이유도 달지 말고 걷어 내자.'

'그리하여 생겨지는 내 마음속 작은 공간을 의미 있는 다른 것
으로 채우자.'

기적처럼 이런 마음이 생겼다.

암튼 그러려면 방법은 하나뿐이라고 생각했다. 그림자를 무조건

용서하는 것이었다. 무턱대고 사랑하는 것이었다. 바보가 되는 것이었다. 그것만이 내가 나의 미움의 감옥에서 탈출하는 길이었다.

어떤 조화인지 지금도 나는 모른다. 아마 하늘에 계신 엄마의 간절한 마음이 나를 이끌었다고 짐작할 뿐이다.

8

이따금 찾아가는 엄마 산소 앞에서 말씀드린다.

"'잘' 지내고 있어요. 제 마음 저 밑바닥까지 용서하고 있는지는 저도 잘 모르겠어요. 하지만 늘 제가 먼저 다가갑니다. 때때로 까닭 모르게 눈물이 나지만 죽는 날까지 이 마음을 끌고 가야겠지요. 다시 오겠습니다. 편히 계세요…."

돌아서는 발끝에 이어지는 그림자는 이젠, 어떻든, 내 것 하나다.

아들을 위한 청탁

2녀1남을 둔 나는 아들을 군대에 보내면 좁은 아파트에 방도 하나 나서 그 방을 독차지할 둘째딸이 만세를 부를 것이고, 아침 저녁 아들 녀석의 등교와 늦은 귀가 문제로 신경을 쓰지 않아 태평성대를 맞을 줄로 철석같이 믿었다. 논산훈련소에서 기초 군사 훈련을 받는 한 달 남짓은 정말 행복했다. 아이들을 단속하는 일이 반의반으로 줄어든 것 같았다.

하지만 아들 녀석이 자대로 배치된 뒤에는 상황이 전혀 딴판으로 돌아갔다. 아들은 동부전선 휴전선 바로 밑, 철책선 경계 임무를 맡은 최전방 부대로 배속된 것이었다.

그 소식을 듣고 순간 떠오른 생각이 아버지인 내가 군대 생활을 지나치게 편하게 한 것에 대한 국가의 보복(?)이 아닌가 하는 것이었다. 사실 나는 말이 군대 생활이지 실제 생활은 병원의 원무과 직원과 같았다. 쌍칠년도 시절 남녘 끝 국군통합병원의 인사처에 근무하였으니 울타리에 갇혀 있다뿐이지 공무원 같은 생활이었다. 그도 그럴 것이 최전방에서는 데프콘 3단계라나 2단계라나 하면서 완전군장에 실탄까지 지급했던 박정희 대통령 시해 사건 당시에도 나는 족구를 하며 유유자적하던 부대 출신이었다. 아버지가 이렇게 날라리로 군대 생활을 하였으니 네 아들은 좀 빡빡 기게 만들어 주겠다고 혹시 국가가 보복한 것이 아닐까 철없는 의심을 하게 된 것이다.

자대에 배치되자마자 아들은 낯선 환경에 겁을 집어먹었는지 하루가 멀다 하고 집으로 전화를 해댔다. 누나 둘을 둔 막내로 태어나 온 집안의 사랑을 독차지하다시피 했던 환경에서 살다가 갑자기 천지 사방이 1,000미터가 넘는 산들로만 둘러쳐진 산골짜기에 들어앉아 있으려니 겁이 나기도 단단히 났을 것이다. 거기다가 철책선 경계부대에서 전설처럼 내려오는 이런저런 과장 섞인 이야기에 잔뜩 주눅이 들어 있었다.

이젠 제대로 사람이 될 터이니 잘되었다 싶다가도 안쓰러운 마음에 면회를 갔다. 가도 가도 끝없는 황톳길이라는 한하운의 시구처럼 가도 가도 끝없는 산봉우리들을 넘어 부대에 도착했다. 아들은 나를 보자마자 군대 생활에 대한 푸념부터 늘어놓았다. 이것저것 마련해 간 음식에는 별 관심도 없었다. 오로지 좀 더 편한 부대로 옮기고 싶다고, 사단장에게 소위 말하는 '빽' 좀 써 달라고 졸라댔다. 그도 그럴 것이 아들이 배치된 부대의 사단장이 친구의 친구였고, 이 말을 녀석이 자대 배치 받고 첫 전화할 때 말을 한 것이 화근이었다.

그것은 절대 안 된다고, 군대는 네가 진정한 남자가 되는 마지막 교육기관이라고 잘라 말하고 돌아온 이후 아들은 사흘이 멀다 하고 전화를 해서 막무가내로 졸라댔다. 급기야는 부적응 병사로 분류되어 별도 교육대대로 넘어가 적응훈련까지 받아야 했다. 그곳에서조차 아들은 전화통을 붙들고 살았다. 안 되겠다 싶어 사단장에게 면담을 신청했다.

아무래도 이 녀석에게는 특별한 조치를 취해야겠습니다. 누나 둘에 막내로 태어나 집안의 관심을 독차지하고 응석받이로 자라다 보니 이런 것 같습니다. 그러다 보니 군 생활을 적응하지 못하고 이리저리 빠져나갈 궁리만 하고 있습니다. 사단장님, 절대 이 녀석을 다른 곳으로 빼주지 마십시오. 점점 나약해져 가는 사내아이들에게 군대는 마지막 교육장이어야 합니다. 무슨 평계를 대도 열외로 놔두지 마시고 모든 훈련, 모든 경계 임무 철저히 하게 해 주십시오. 여기서 이 녀석의 청을 들어준다면 평생 편한 곳만을 찾아 도피할 것입니다. 산을 만나면 산을 넘고 물을 만나면 물을 건너는 의지를 심어 주셔야 합니다.

사단장은 긴장을 푼 얼굴로 내게 고맙다고 했다. 30년 안팎 군대에 있으면서 이런 청탁은 처음 받아 본다는 것이었다. 병사들 부모를 만날 때마다 편한 곳으로 배치해 달라거나, 한 번이라도 더 휴가를 보내 달라는 청탁을 받게 되는 것이 항다반사恒茶飯事인데 오늘 이런 청탁을 받으니 고맙기까지 하다는 것이었다.

사단장과의 면담을 마치고 바로 아들의 부대로 찾아가 녀석을 만났다. 사단장에게 특별히 청탁하고 왔다는 말에 녀석은 만면에 희색을 띠었다. 나는 그 만면의 희색에 한 치의 망설임도 없이 찬물을 끼얹었었다.

사단장께는 무슨 일이 있어도 열외를 시키거나 보직을 바꾸어 주지 말라고 했으니 남은 군대 생활은 주어지는 대로 해라. 네가 열외하거나 근무를 회피하면 그만큼 다른 병사가 고생해야 하는 것이니 그것은 옳은 일이 아니다. 아빠는 절대 네 청을 들어줄 수 없다. 이 뜻을 사단장께 전달했으니 알아서 해라. 20개월 남짓 짧은 군대 생활을 견디지 못하고 이리저리 도망할 궁리를 하면 이보다 열 배 스무 배 더 험한 인생길은 어디로 도망하고 누구에게 미룰 것인가?

그 후 아들은 내게 더 이상 어리광을 부리지 않았고, 보직 변경에 대해 언급하지도 않았다. 제대한 지 2년 정도 흘렀지만 아직은 내게 이렇다 저렇다 말이 없다. 나는 아들에게 하나 더 다짐을 받았다.

네가 결혼할 때 네 힘으로 결혼 자금을 모아 오면 그 액수만큼 아버지가 지원해 줄 테니 알아서 해라. 너의 결혼이니 반은 네 힘으로 책임지고, 내가 너의 아버지이니만큼 반은 내가 책임을 져 주겠다.

밤색 505호 털실 스웨터

　무대는 캄캄했다. 한가운데만 환하게 스포트라이트를 받고 있었다. 빛 속에는 두 사람이 앉아 있었다. 쪽진 머리에 백통 비녀를 찌른 할머니와 젊은 남자. 할머니는 자그마한데 비해 180센티가 넘는 키를 가진 남자는 체격이 좋다. 겨울밤이었나 보다. 남자는 밤색 505호 털실로 짠 스웨터를 입고 있다. 바닥에는 솜이불이 구겨져 있다. 그 이불 끝자락쯤 내가 숨죽이고 있었을지도 모른다.

　할머니는 두 손으로 그의 아내가 떠 준 남자의 브이 네크 스웨터를 움켜잡고 있다. 할머니는 잔뜩 화가 나 있다. 무언가 소리치며 멱살 잡은 손을 흔들어댄다. 묵묵히 고개 숙인 채 할머니가 흔드는 대로 밀렸다 당겨지는 덩치 큰 남자의 모습이 희극적이다. 반응이 없자 할머니는 더욱 화를 낸다. 손을 들더니 남자의 얼굴을 할퀴고 만다.

　깜빡 무대의 불이 나간다. 다시 불이 켜졌을 때 남자는 할머니가 움켜잡고 잡아당기는 스웨터를 거칠게 벗고 있다. 남자는 그 스웨터를 두 손으로 북 뜯는다. 억눌린 분노를 담은 손은 괴력을 보여 준다. 두꺼운 털 스웨터가 세로로 반 동강 나 버린다.

나는 초등학교 때 방학만 되면 시골 큰집으로 놀러갔다. 큰집에는 큰아버지 큰엄마와 할아버지 할머니가 있었다. 어른들은 내가 눈을 뜨면 이미 논밭에 나가고 머리맡에는 나를 위한 밥상이 삼베 상보를 덮고 차려져 있었다. 상보 위에는 까맣게 파리 떼가 앉아 있었고 시커먼 보리밥에 된장찌개, 콩자반이나 열무김치가 다였지만 맛있었다. 밭으로 나가면 할머니가 나를 나무그늘에 앉혀 두고 땅에서 고구마를 캐내어 낫으로 쓱쓱 껍질 벗겨 먹으라고 주기도 했다. 할아버지는 뚝뚝하여 무서웠지만 큰집으로 가면 나를 가장 반겨 주는 사람은 할머니였다. 제사 때 쓰려고 감춰 둔 곶감을 광에서 꺼내 주는 사람도 할머니였고 아궁이에 묻어 고소하게 쪄진 감자를 꺼내 주는 사람도 할머니였다. 그래서 나는 오랫동안 공포로 기억하고 있는 네 살 때 기억 속의 할머니와 이 할머니를 같은 사람으로 인식할 수가 없었다.

할머니는 아버지가 다섯 살 때 죽은 할머니 대신 들어온 분이었다. 한 번 결혼을 했지만 아들을 낳지 못해 소박을 당했다고 했다. 중매는 큰아버지가 하셨는데 자신은 결혼하면서 할아버지는 홀로 두는 것이 죄스러워 재취 자리를 찾다가 할머니와 연결이 되었다고 한다. 가난한 농사꾼에 아들만 줄줄이 딸린 할아버지는 좋은 혼사 자리는 아니었을 것이다. 그러나 아들에 대한 한이 깊었던 할머니는 바로 그 이유로 아버지의 새엄마가 되었다.

그 무렵 두 큰아버지는 장성하여 결혼까지 했지만 고모 한 명 사이에 두고 터울이 많이 나는 아버지는 막 중학교 입학했다. 할머니는 자신은 영감이 필요한 것이 아니라 아들이 필요하다고 처음부터 아버지를 자기의 자식으로 주는 것을 결혼 조건으로 내세

윘다. 아버지는 착한 아들이었고 효성스러웠다. 할머니는 자신에게
도 아들이 있다는 것을 자랑스러워했고 비로소 아들에 대해 맺힌
한을 풀 수 있었다.

그러나 아버지는 성장했고 엄마와 결혼했다. 할머니는 간신히
찾은 아들을 빼앗길까 봐 불안해했다. 아버지가 직장 따라 대구로
단칸 셋방을 얻어 떠나자 할머니는 공황상태가 되었다. 결국 할머
니는 할아버지를 시골에 버려두고 아버지를 찾아 대구로 왔고 그
때부터 단칸방에서 우리와 같이 지내게 되었다.

엄마는 할머니에게 아버지의 옆자리를 양보하고 아기를 안고 문
간으로 밀려날 수밖에 없었다. 이십대 후반 한창 젊은 부부를 한
방에서 별거시키면서 할머니는 자신만의 아들을 빼앗기지 않으려
안간힘을 썼다.

그날 밤 자다가 말고, 깨어난 기척도 내지 못하고 공포에 질려
숨죽여 본 사건의 발단이 무엇이었는지는 모른다. 할머니가 무언
가 악에 받쳐 아버지를 다그쳤고 소리 없는 포효를 스웨터에 터뜨
렸던 아버지. 그 무언극 같은 장면에 엄마의 모습은 기억에 없다.

하지만 아들을 낳지 못해 쫓겨나야 했던 깊은 한, 그것을 비정
성적인 집착으로 보여주었던 할머니, 그 시절 많은 여인네들이 겪
었을 슬픔은 시간이 흐를수록 마음을 아릿하게 만든다.

그리고 할머니와 같이 살던 시골의 큰엄마도 역시 아들을 낳지
못했고 큰아버지는 둘째부인을 맞이하여 종손을 얻었다.

최연소 항일 투쟁가들

일제강점기 시절 아침마다 반드시 조회를 했다. 제일 먼저 하는 것은 일본 천황을 향해 절을 하는 '동방요배'였다.

학교 운동장 한 곳에는 잘 꾸민 미니 정원이 있었는데 그곳에 신사가 세워져 있었다. 우리는 매일 조회 때마다 그것을 향해 손뼉을 두 번 치며 절을 했다. 일본 국가인 '기미가요'를 부른 다음에는 교장의 훈화였다. 일제가 우매한 조선인에게 얼마나 고마운 나라인지를 끊임없이 세뇌하는 시간이었다. 그래서 우리는 스스로 살아가기 힘든 민족성이므로 일제가 우리를 통치하는 게 어쩌면 고마운 일인지도 모른다고 생각하기도 했다.

군수물자로 쓰기 위해 집 안에 있는 놋그릇을 가져오도록 시켰고 관솔을 잘라 오도록 했다. 마초도 베었고 학교에서 가마니도 짰다. 나는 학교생활 동안 공부한 기억보다 근로 봉사 나간 기억이 더 많다. 4학년 때는 아이들이 지게로 남양동에서 원목 운반까지 했다. 할당량은 20재才였다.

등교할 때는 언제나 싸리 소쿠리나 망태를 가지고 가야 했다. 오전 수업만 끝나면 오후는 매일 작업이었다. 학교에서는 운동장을 모두 밭으로 일구어 고구마나 감자를 심었고 뒤뜰에는 축사를 지어 가축도 길렀다.

학년마다 담당이 있어서 6학년은 소와 돼지, 5학년은 면양, 4학년은 닭, 토끼를 길렀다. 물론 실습이 목적이 아니고 누군가의 식량 보급용이었다. 교사는 벽마다 '증산'이라든지 '미, 영, 격멸'이라는 표어를 크게 써 붙여 놓았다.

심지어 아이들에게 도로 공사까지 시켰다. 지금은 신지교라는 다리가 놓여 있지만 그때는 징검다리만 있던 내가 있었다. 일제는 내에서 뭍으로 차가 올라올 수 있도록 경사로를 만드는 공사를 우리 학교에 할당시킨 것이었다. 그 도로를 이용할 차는 우리 마을에는 없으니 아마 전쟁 물자 수송을 위해서였던 것 같다.

그 공사를 하는 동안은 그나마 오전 수업조차도 사라졌다. 학생들은 등교 시 짚망태나 소쿠리 같은 도구를 가져와야 했다. 없는 사람은 책을 싸 가지고 온 보자기로 자갈들을 나르기도 했다. 손으로 흙을 퍼 담고 돌을 주워 와서 하나하나 쌓아 만드는 고된 일이었다.

학교에서 공부를 가르치지 않고 강제 노역을 시킨다는 것에 대해 아이들의 불만이 점점 커져갔다. 1944년 3월 첫 일요일. 휴일인데도 6학년생들에게 작업 준비해서 등교하라고 담임 기다무라 선생이 명령했을 때 마침내 억눌린 분노가 폭발하고 말았다.

다른 아이보다 나이가 두어 살이 많은 급장 이승근이 학교가 노예의 작업장이 돼 버린 부당함을 성토하고 나선 것이다. 아이들은 등교 거부 운동을 하기로 했다.

일요일, 아이들은 학교에 가는 대신 지금의 청도 금천면 동곡리

소재 금천 고등학교 북편 뒷산 눌늪산에 집결하였다. 학교에 학생이 한 명도 오지 않았으니 선생들은 깜짝 놀랄 수밖에 없었다. 눌늪산에 모여 있다는 말을 듣고 마끼노 교장과 기다무라 선생과 다른 교사들이 모두 달려왔지만 가까이 접근하지는 못했다. 선생들이 올라오면 위에서 돌을 던지고 바위도 굴리며 아이들은 치열하게 항쟁을 한 것이다.

하지만 어린아이들이었다. 결국 선생들 손에 전원 학교로 끌려갔다. 모두 꿇어앉아 차례차례 매를 맞아야 했다. 주동자인 이승근 군은 심하게 맞아 고막까지 파열되었다. 너무 맞아 선 채로 똥을 싼 아이도 있었다. 이런 취조할 때는 일본인 선생들은 한 발 물러서 있고 조선인 선생들이 더 가학적이었다.

시골의 한 귀퉁이에서 일어난 일이라 어느 곳에도 기록되지는 못했지만 이것이야말로 일제에 항거한 최연소 항일 운동이 아니었을까.

당시 5학년이었던 나는 다음날 학교에 와서야 이 사실을 전해 들었다. 그나마 그런 내용을 안 사람도 많지는 않았다. 당시 학교에서는 쉬쉬하고 덮어 버렸고 입단속을 철저히 했기 때문에 안타깝게도 학교 내에서조차 많이 알려지지 못했다.

기록되지 못한 사건이었지만 반드시 밝혀내어 눌늪산 언덕에 '우리나라 최연소 어린이 항일유적지'라는 비석이라도 세워졌으면 하는 개인적인 바람이 간절하다.

그리고 그 비석에 더 추가해야 할 사건이 또 있다. 나보다 3년 선배인 박인현 군과 김정식 군 두 사람이 초등학교를 졸업한 후 받아야 하는 군사훈련을 거부하고 나선 것이다. 그들은 일제에 항거를 하기 위해 훈련용 목총을 훔쳐 산으로 달아났다. 그러나 도피자의 산속 생활이 쉬울 리 없었다.

굶주림에 지친 그들은 마침 산나물을 캐러 온 아낙이 보이자 위협하여 가지고 있던 점심 도시락을 뺏어 먹었다. 놀란 아낙은 마을에 돌아와 구장에게 말했고 구장은 지서에 신고했다. 순사 세 사람이 그들을 잡기 위해 한복으로 위장을 하고 지게까지 메고 산으로 올라갔다. 마침 하교하던 나는 그 장면을 직접 목격하였다. 사정을 알지 못했기에 산에 숨어 화적질을 하는 나쁜 사람들을 잡으러 가는 것으로만 알았다. 그런데 제복에 칼을 차고 으스대며 다니던 순사가 어울리지 않는 한복에 지게를 메고 가는 게 이상스러워 산으로 향하는 그들의 뒷모습을 지켜보았다.

그때 잡혀 온 사람들이 화적이 아니라는 것은 나중에 알았지만 그들이 왜 그런 무모한 짓을 했는지까지는 이해하지 못했다. 구둣발로 차이며 무수히 맞으며 끌려가던 그들이 저항한 것이 다만 고된 훈련만이 아니었다는 것은 철이 든 후에야 이해할 수 있었다. 그날 잡혀 온 두 사람은 지서로 넘겨져 징역형을 받았고 해방이 된 후 풀려났다.

가끔 일제가 우리에게 근대화를 앞당겨 주었다고 주장하는 사람들을 볼 수 있다. 그 사고방식은 일제 때 충성을 다했던 교육자가 원로 교육자로 존경받고 후학을 양성하며 평생을 행복하게 살다간 것과 무관하지 않을 것이다. 그 시절을 증언할 사람들은 하나둘 고인이 되어 간다.

끈은 눈물로 흐르고

네가 가던 길에 내가 있었고, 내가 가던 길에 네가 있었다. 그러나 서로 보이는 길은 아니었다.

무거운 흑청색 책가방을 들고 언덕길을 오르고 있을 때였다. 길가에 서서 수줍은 눈망울로 나를 올려다보던 사내아이가 있었다. 여섯 살쯤의 가냘픈 어린 아이였다.

"마중 나왔니, 이 먼 길을?"

"예."

아이는 대답하며 이제 막 눈 뜬 강아지마냥 뒤에서 소리 없이 쫓아왔다. 어쩌면 이른 봄날의 노란 나비 같기도 하고, 하얀 솜털구름 같기도 하였다.

"너, 하나 둘 셋, 셀 줄 아니?"

"예, 누님."

"세어 보렴."

나는 입술에 풀이라도 붙인 듯 굳어져 말하기도 버거웠지만 아이의 측은함이 가슴으로 번져 와 무슨 말이라도 해야 할 것 같았다.

"하나아, 두울, 세엣, 네엣…"

"준이 아주 똑똑하구나."

뒤돌아보며 내가 뵐 듯 말 듯 살풋 웃어 주자, 아이가 함박 웃었다. 눈치만 보던 아이의 눈이 모처럼 해맑았다.

그리고 얼마 후 아이는 우리 집에서 떠났다. 아이의 큰댁 엄마인 우리 엄마가 아이를 보낸 것이다. 이유는, 하루 종일 잘 놀다가도 마당에 땅거미가 내려앉기 시작하면 제 엄마가 있는 산 너머를 하염없이 바라보고 있다는 데 있었다.

"지 에미 멀쩡히 살아 있는데, 저 어린 거 생이별시키면 죄 받지. 여기 지 아비가 살아 계시길 하나."

아이가 떠난 뒤, 하늘은 한동안 아득한 공간이 되어 내 여린 눈을 헤매게 하였다.

그리고 좀 더 세월이 흘러 아이의 큰엄마인 우리 엄마도 불의의 사고로 세상을 떠난 지 몇 해가 지났다. 부모 없는 고향집에 가는 일은 소태보다 썼다. 오빠네 식구들은 나를 어쩌다 들르는 손님 대하듯이 했다.

그런 고향집에 어느 해에 가니, 아이가 다시 집에 와 있었다. 중학교에 진학해야 하기 때문에 아이의 엄마가 본가로 보낸 것이라고 했다.

'본가는 무슨! 아이는 제 엄마가 키워야지.'

아이는 전보다 머리통도 단단해져 보였는데, 틈만 나면 나를 지그시 쳐다보곤 하였다. 측은한 마음이 들기도 했지만 무언가 애원하는 듯한 그 눈빛이 싫어 외면해 버리곤 서둘러 쓸쓸한 집을 나섰다. 아이는 말없이 나를 버스 정류장까지 바래다주었다. 아니, 그냥 쫓아왔다고 해야 할 것 같다. 차창 밖에 서 있는 아이의 눈빛은 여전히 나를 붙들고 놓아주지 않았다. 가엾기도, 비굴해 보이기도 한 눈빛. 저 눈빛을 낳게 한 아이의 엄마에 대한 분노가 가슴을 눌렀다.

아이는 또 떠났다고 했다. 이번엔 형수한테 거짓말을 했다는 게 이유였다. 그 이야길 전해 들으며, 누구도 아이에 대해 너그러울 수 없음을 알았다.

그리고 아주 가끔 풍문으로만 소식을 들었다.

머리가 비상해 혼자 공부해서도 검정고시에 합격했다대, 성질이 고약해 제 엄마한테 걸핏하면 행패를 부린다대, S대 법대에 합격을 했다대, 입학만 해 놓고 바로 사라졌다대, 양어장을 하다가 사기를 쳐 호주로 도망갔다대.

무성한 이야기 가운데에서 아이의 속마음을 이해하고자 하는 빛을 읽을 수는 없었다. 아이는 여전히 핍박의 대상이었다.

'이 세상 어디서라도 네 스스로 주인공이 되어 당당히 살아야 할 것을.'

가슴 언저리엔 늘 아이의 눈빛으로 끈끈했다.

아이는 장년이 되어 내게 나타났다. 머리칼은 듬성듬성 빠져 있었고, 두어 시간의 첫 만남에 준은 너털웃음을 열 번도 넘게 터뜨려 대화를 끊곤 하였다.

"넌 왜 진지하지 못하니?"

끝내 핀잔을 주고 말았다. 너털웃음의 깊은 바닥의 의미를 알 것 같아 두렵기도 했다. 준은 초라했다.

"누나, 누나한테 혼나니까 너무 좋다."

여섯 살 무렵의 아이였을 때에 작은 소리로 '누님'으로 부르던 아이가 어른이 되어 '누나'라 부르며 껄껄 웃고 있었다. 준은 여전히 끈을 갖고 싶어 했다. 그래서 눈빛의 끈을 놓지 않으려 내게 매달렸고, 이제는 너털웃음으로 내게 응석을 부리고 있었다. 준의 너털웃음은 그냥 웃음이 아니었다. 살아온 날들의 바람 빠진 풍선이 내는 소리 같았다. 번듯한 모습으로 나타났더라면 싶었으나 그래도 마음을 나눌 수 있는 손아래 피붙이를 다시 만났다는 생의 변화에 든든한 생각도 들었다.

몇 차례 더 만나는 중에 준의 가족사를 듣게 되었다.

"우리 엄마는 전생에 뻐꾸기였나 봐요. 남의 둥지에 새끼를 낳아 놓고는 당신은 훨훨 창공을 날아다니며 자유롭게 살았지요. 전요, 윤 씨와 황 씨들, 각자 성이 다른 누나들이 학교도 빠져가며 업어 키웠다 하데요."

껄껄껄. 준의 너털웃음은 민들레 홀씨처럼 사방으로 퍼져 흩날렸다.

그리고 얼마 후에 준은 내게로부터 자취를 감췄고, 일 년쯤 지나 뇌종양 말기환자가 되어 무의탁 환자를 거두어 주는 국립의료원 병실에서 나를 맞았다. 준은 이미 의식이 오락가락하는 상태였다.

"준은 아버지의 피를 함께 나눈 막내누나가 좋다고 입버릇처럼 말했어요."

누나들 중, 내게 연락해 온 셋째 누나가 곁에 다가와 말해 주었다.

'준은 왜 허공에서만 살았을까.'

가슴이 뻐근해 왔다.

"이 앤 평생을 스스로 엄마의 속죄양으로 살아온 듯해요. 가엾기 짝 없어요."

준은 곧 눈을 감았다. 임종을 지켜본 의사의 말로는 평화롭게 갔다고 했다.

살아가는 날들의 톱니바퀴는 때로 매몰차게 돌아가곤 했다. 나는 준의 장례에 함께하지 못했다. 여러 달 전에 예약해 둔 북경행 비행기를 타야 했던 것이다. 겉으론 부득이한 일이었노라고 말해 두었다.

준의 마지막을 끝까지 함께해 주지 못하고 도망치듯이 헤어 나와 하늘 저 멀리 날아오른 내 마음의 알 수 없는 무늬를 누구든, 어디선가 눈이 시리도록 지켜보고 있게 될는지도 모른다. 그 누군가가 바로 어쩌면 준일 수도 있을 것이다.

누나, 우리는 여기까지입니다. 굿바이. 길 저편에서 준의 음성이 들려오는 듯했다.

눈물이 곧 사라질 무지개 같은 끈을 타고 소리 없이 흘러내렸다.

우럭

    모든 것은 밀려왔다 쓸려간다. 태풍 메아리가 잦아들던 날의 바다도 그랬다. 사람들은 대포항은 알지만 그 아래 후진항이 있다는 사실은 잘 모른다. 기실 대포항보다 후미졌다. 나는 이곳에 도착했다. 후진항이 있는 해변 활어회센터의 문을 열고 들어선다. 드르륵- 문 여는 소리에 놀란 아줌마가 놀래미처럼 튄다.

    "놀래미는 제철이 아니고요, 가재미가…."
    "그냥 우럭"하곤, 무뚝뚝하게 자리에 앉는다.

    장마에 때 이른 태풍이라니… 가정에 이상한 기류가 인지 하루 이틀이 아니었기에 이런 날씨에 익숙하다. 아내를 때려서일까? 경찰서를 나서며 외친 욕설-"확, 회쳐 먹을 년!" 그래서인지 회가 역겹다.
    "그냥, 구이로."
    아줌마는 이내 우럭을 건져 펄떡이는 가슴선을 칼로 도린다. 드러난 속살이 마누라 처음 벗었을 때 같다는 야릇한 상상도 해 본다. 피를 씻어 넓게 펼친 우럭 한 마리를 물범 거죽 널듯 석쇠 위에 떡하니 얹는다.

시간은 흐르고 잔은 비워졌다. 입안엔 초침처럼 군침이 돌았지만 타들어가는 우럭만 바라보았다. 우럭은 제 한 몸 가른 두 몸을 맞대고 불 속에서 서로를 끌어안고 있었다. 타들며 뒤채고 당기며 일그러진 얼굴들. 동자에 맺힌 물기가 어쩌면 눈물일 수 있다는 사실을 시꺼멓게 그을린 녀석의 표정에서 알았다.

삼쌍둥이 같은 한 몸이 눈물로 부둥킨,
우럭은 입맞춤하고 있었다.

유서 쓰는 밤

내가 다니던 김천고등학교에 가려면 역을 지나서 가야 했다. 학교까지 가지 않고 역사로 들어가 매표소 앞에 섰다.

"서울까지 얼맙니꺼?"

역무원은 값을 말했고 나는 돈을 내밀었다.

열차에 올랐다. 가슴이 콩닥콩닥 뛰어 바깥 경치가 눈에 잘 들어오지 않았다. 지금쯤 어머니는 겉봉에 '유서'라고 써 놓은 편지를 발견했을까. 아버지가 보셨다면 난리가 났겠지. 고등학교를 딱 두 달 다닌 그때, 내 속셈은 서울에서 버티다 잘 되지 않으면 부산으로 가 일본으로 밀항하는 것이었다. 불법체류자로 살아가면서 30대가 되기 전에 불후의 명작을 쓰고는 자살하자. 지금 생각하면 어처구니없는, 철부지 소년의 망상이었다.

서울대학교에서도 커트라인이 제일 높은 법학과에 입학하여 사법고시 1차 시험에도 합격하며 잘 다니고 있던 형의 마음이 바뀌었다. 법조인의 길을 가지 않고 문학을 하겠다고 선포하고 나서자 아버지는 서울에 있는 형한테 보일 광기를 공부 못하는 두 자식과 집안의 경제권을 쥐고 있는(아버지는 경찰관을 그만두신 이후 어머니가 하고 계신 문방구점의 점원 역할을 하게 되었다) 아내에게 보이며 나날을 보내게 되었고, 그 양상은 차마 설명할 수가 없다. 지금은 아버지의 절망감을 이해할 수 있지만 그때는 아버지의 광기를 보는 것이 괴롭기만 했다.

내가 들고 간 가방 속에는 몇 권의 참고서와 영어사전 외에 딱한 권 소설책 겸 시집이 들어 있었다. 볼프강 보르헤르트의 자유단편(독일에서는 'Erzhlung'이라고 하는데, 보통의 단편소설보다 짧지만 콩트와는 다르다) 25편과 시 13편이 실려 있는 「이별 없는 세대」였다. 그 시절의 나는, 보르헤르트의 친구인 베르하르트 마이어 마비츠가 쓴 작품/작가 해설에 매료되어 있었던 듯하다. 한 인간의 생애가 유래가 없을 정도로 처절했기에 나도 그처럼 불꽃처럼 내 영혼을 짧게 태우다 가야 한다고 생각하게 되었던 것이다. 나는 보르헤르트를 등댓불 삼아 항해에 나섰던 셈이었는데, 그 방법론이 바로 가출과 잠적이었다.

철모르던 사춘기 때여서 그랬던 것이리라. 아버지의 연락을 받고 있던 줄 모르고 돈이 떨어져 형한테 연락을 했다가 잡혀 내려왔더니 아버지가 신문을 내밀었다. 신문의 심인 난에 얼굴이 실린 이후 세 번 더 가출을 했고 쥐약을 두 번 먹었고 집에 있는 약을 전부 먹기도 했다. 불면증과 신경성 위궤양, 대인공포증 등을 고쳐보고자 신경정신과 병원을 전전하며 10대 후반을 날려 보냈지만 손에는 언제나 내 청춘의 바이블인 「이별 없는 세대」가 들려 있었다. 독문학자 김주연 교수가 번역한 책, 민음사 판, 하드커버에 시집 판형인 그 책⋯.

아아, 울면서 읽었고, 더 이상 자살 기도를 하지 않으리라 맹세하며 읽었고, 잠이 안 오는 밤에 신경안정제와 진통제를 먹고 몽

롱한 상태에서 읽었다. 읽다가 나도 이런 글을 쓰고 싶다고 부르짖기도 했었다. 내가 탐독한 그 책 외에도 국내에는 「문 밖에서」, 「가로등과 밤과 별」, 「5월에, 5월에 뻐꾸기가 울었다」 등이 번역되어 있다.

보르헤르트는 제2차 세계대전 당시 독일군이면서 전쟁에 반대하는 편지를 썼다가 게슈타포에게 발각되어 군사 법정에 선다. 독방에서 지내는 동안 디프테리아를 앓는데 치료를 받지 못해 골병이 든다. 고향에 돌아온 뒤 2년 동안 그는 병상에서 작품을 썼다. 그의 눈앞에는 전장에서 죽어간 수많은 전우들의 모습이 어른거렸을 것이다. 그들의 울부짖음과 살려달라는 절규가 귓전에 메아리쳤을 것이다. 전쟁을 하지 말아야 한다고 외쳤기에 그는 죽었다. 오로지 그 이유로.

죽음 앞에서 더욱 치열했던 그의 문학정신을 나는 작품을 통해 확인하며 전율한다. 그는 황달과 디프테리아로 병원에 있어야 할 몸으로 엄동의 독방과 전선의 참호를 오가며 생명의 심지를 꺼뜨렸다. 그는 어두운 세계와 병든 시대, 침묵하는 신과의 싸움으로 다량의 피를 흘렸고, 어둠의 끝을 찾아 혼신의 힘으로 기어가다 혼절하고 말았기에 내 곁에서 영원히 젊은 목숨으로 살아갈 것이다.

작품들의 주요 무대는 엄동의 러시아 전선과 폭격으로 폐허가 된 도시이다. 제2차 세계대전 당시 러시아 전선에 투입된 독일 병사들은 총 든 적과도 싸워야 했지만 동상과 굶주림의 고통, 이와 양심의 소리와도 싸워야 했다. 병사들은 고통을 이기지 못해 자살하거나(「밤꾀꼬리가 노래한다」, 「문 밖에서」) 탈영하여(「예수는 함께 일하지 않는다」) 감옥으로 끌려간다(「키 작은 모차르트」, 「민들레」).

폭격을 당한 집 속에는 어린 동생이나 어머니의 시체가 있다(「밤에는 쥐들도 잠을 잔다」, 「부엌시계」). 일면식도 없던 사람들의 머리를 향해 방아쇠를 당기는 확인 사살 작업(「구주희九柱戱 놀이」)은 또 얼마나 절망적인 상황인가. 보르헤르트는 숱한 죽음과 죽임의 장면, 주검과 환자들을 보고서 "신이란 존재하지 않는다네"라고 단언한다. 그렇다면 그의 문학은 절망한 자의 넋두리인가. 아니다. 그렇지 않은 데에 보르헤르트 문학의 위대함이 있다.

그의 문학이 발하는 광채는 생명체와 사물에 대한 치밀한 묘사력에서도 뿜어 나오지만 연약하고 고통받는 것들을 따뜻하게 감싸 안으려는 사랑의 정신에 기인한 것이다. 매일 행해지는 30분간의 산책 때에 한 송이의 민들레를 발견하고, 그것의 냄새를 통해 세계와 교감하는 죄수. 눈이 몇 미터나 쌓인 러시아의 숲 속에서 적막감을 못 참아 크리스마스 캐럴을 힘차게 부르는 기관총 사수와 그 병사에게 다가가 웃으며 포옹하는 상사. 어린 동생의 시체를 쥐들이 뜯어 먹을까 걱정하여 폭격을 당한 집을 떠나지 못하는 아홉 살 소년에게 밤에는 쥐들도 잠잔다고 설득하고는 토끼를 선물하는 사내. 이렇듯 그의 소설에 나오는 대개의 인물은 정감이 많아 상처받은 이웃을 보면 힘껏 껴안아 준다.

스스로 절망적인 상황을 맞았고 절망했으면서, 인간에 대한 신뢰를 끝내 포기하지 않은 그의 문학은 비극을 넘어선 곳에 있기에 독일 문학의 빛나는 탑이 되었다. 처절하게 절망했던 자였기에 절망을 딛고 일어서는 빛의 문학을 창출할 수 있었던 것이다. 완벽한 절망과 완전한 희망의 사도 보르헤르트. 그는 저승사자에게 불려간 절체절명의 순간에도 '빛의 문학'을 위해 고민했던 사람이었다. 또한 폭력 없는 세상을 위해 내가 할 수 있는 일이 무엇인가를 놓고 고심한 사람이었다. 그래서 나는 그의 이름을 아득한 그리움과 세월에 희석된 절망감을 동반하지 않고서는 기억해 낼 수 없다. "밤과 빗속에서 빛의 탑이 되고 싶다"는 부르짖음을 비롯한 수많은 명문, 명구는 내 삶의 행로를 비춰주는 등불로 빛나고 있다. 그 등불은 내가 살아 있는 동안에는 결코 꺼지지 않을 것이다.

어느 날 어머니가 말씀하셨다.

"네가 그때 써 놓고 간 그 편지 참 잘 썼더라. 문예창작학과라는 데가 있다는데 거기 가 보는 게 어떻겠니?"

나는 어머니의 권유를 따랐고, 시인이 되었다.

편두통 2

"…책은 나의 유일한 동반자다. 내가 외로울 때 친구가 되어 주고, 내가 힘들 때 위로해 주고, 내가 필요할 때 내가 원하는 답을 주는 책은 과거에도 현재에도 그리고 미래에도 나의 영원한 친구이자 동반자이다."

중학생 딸이 써 내려간 글을 읽으며 붉어지기 시작한 눈에선 어느새 굵은 눈물방울이 쉼 없이 흘러내렸다. 얼마나 힘들었을까? 그 시간들을 혼자서 감내했을 어린 가슴을 생각하니 목이 콱! 막혀 왔다.

"항상 할머니께서 데려오시더니 오늘은 엄마가 오셨네!"

집 앞에 위치한 소아과 원장님이 유난히 반색을 하며 맞는다 싶더니 어렵게 말을 이으신다.

"어머니, 이런 아이들이 의외로 많아요. 여기서는 진단이 어렵구요. 큰 병원으로 가야 하는데, 이 분야를 전공한 전문의를 찾아가야 해요. 내가 아는 분이 순천향 병원 소아과에 계시니 소견서를 써 드릴게요. 일단 상담을 받아 보세요. 선천성 난치병일 확률이 높아요."

청천벽력 같은 소리였다. 소아과 문을 나서며 마음이 착 가라앉아 있었다. 백일이 지날 무렵, 하루는 아이가 자지러지게 울었다. 방실방실 웃으며 말귀를 다 알아듣는 양 매사에 속 태우는 일 없이 잘 자라 주던 아이. 어쩜 먹고 싸는 폼이 이렇게 예쁘냐며 황금색 똑 떨어지는 변을 치우시던 친정어머니께서 예뻐 어쩔 줄을 모르시는 아이였다. 그러던 아이가 울기 시작했다. 배가 고픈 것도 쉬를 한 것도 아닌데, 어디가 아픈 건지 도무지 알 수가 없었다. 어르고 달래다 기진한 그녀는 '왜? 대체 왜 그래?' 사정하듯 얼굴을 들여다보며 물었다. 그때 울던 아이가 엄마의 지친 한숨 소리에 답하듯 갑자기 뚝- 울음을 멈추었다. 울음을 멈춘 아이는 한참 허공을 응시하더니 조용히 깊은 잠으로 빠져드는 듯싶었다. 그랬다. 지금껏 딸아이를 키우며 애태운 일을 말해 보라고 하면 떠오르는 것이 바로 그때의 울음소리 외에 딱히 기억에 없었다. 그 일이 있고 어느 날, 아이의 얼굴을 들여다보다 오른쪽 볼이 발그스레한 것을 느꼈다. '홍조를 띠네!' 하며 무심히 지나쳤는데, 몸 여기저기에 작은 점들이 보이기 시작했고 홍조라고 여겼던 볼은 어느새 옅은 갈색을 띠고 있었다.

"혹, 집안 어른 중 몸에 점이 많은 분이 계신가요? 청소년기 이전에 몸에 5밀리미터 이상 크기의 커피색 반점이 6개 이상이면 선천성 섬유근종으로 봅니다. 이제 돌도 안 된 아이를 정밀 검사하기는 어렵구요. 초등학교에 입학하기 전에 종합병원에서 검사를 받아 보세요."

딸을 위해 아무것도 해 줄 수 없는 시간들이 그저 흘러갔다. 딸아이는 유난히 속이 깊은 아이였다. 출근한 부모를 대신해 살림살이와 아이들을 돌보아 주시는 외할머니는 낮잠을 곤히 주무시곤 했다. 그날도 할머니께서 주무시는데 생수가 배달됐다. 배달원은 현관 앞에 생수통을 두고 갔고 딸아이는 자기보다 무거운 생수통을 상대로 사투를 벌였다. 주무시던 외할머니께서 딸아이 우는 소리에 놀라 나와 보니 현관에서 주방 생수통 자리를 목표로 통을 밀고 끌고 하던 아이가 힘들어서 울고 있었단다. 밑으로 딸이 하나 더 있는데, 큰딸의 첫돌을 하루 앞두고 태어난 연년생이다. 둘은 마치 쌍둥이처럼 자라 발육이 좋은 둘째가 오히려 언니로 보일 법했다. 그날도 외할머니는 낮잠에 들어계시다 시끄럽게 다투는 소리에 깨셨다. 나와 보니 화장실에서 두 자매가 다투고 있었다. 큰아이는 두루마리 휴지를 착착 접어 오른 손에 쥐고 동생에게 염려 말고 엉덩이를 보여라 하고, 변기에 앉은 동생은 자존심이 상해 싫다고 반항하며 자신의 문제를 해결해 줄 외할머니를 애타게 찾는 중이었다. 맏이는 맏이로서의 책임감을 가지고 나오는 모양이라며 외할머니는 유독 큰손녀를 기특해하셨다.

딸아이가 일곱 살이 되던 해, 여름휴가를 이용해 여의도 성모병원 소아과에 예약을 했다. 엠알아이MRI 촬영 등 검사를 하고, 일정에 맞춰 전문의 상담을 위해 병원을 찾았다.

"이 병이 뭔지는 아시죠?"

환자가 많은 탓에 많이 지쳐 보이던 의사는 우리 모녀를 번갈아 보더니 차트를 보고 뭐가 궁금하냐는 듯이 쳐다본다.

"네, 초등학교 입학 전에 정밀검사를 받으라고 하셔서요."

"뭐 특별히 설명드릴 것은 없네요."

"치료 방법이나…."

"그런 건 없습니다."

귀찮은 듯 냉정한 대답에 더 이상 물을 것도 없이 병원을 나섰다. 무엇인지 누구에겐지 모를 분노가 가슴 밑에서 치밀어 올랐다.

다음날, 집으로 전화가 왔다. 어제의 그 의사였지만 목소리는 너무도 달라져 있었다.

"죄송합니다. 어제 너무 바빠 차트를 자세히 못 보고 안내 못한 것이 있으니 병원에 다시 들러주시면 안 될까요?"

서둘러 딸아이와 병원으로 달려갔다. 속옷만 입힌 딸아이를 관찰한 뒤 의사는 이런 경우 아이를 낳을 경우 유전될 확률이 높다는 둥 사설을 늘어놓으며 눈, 귀 등 더 정밀 검사를 해 보자고 제안했다. 나는 검사 비용이 얼마가 드는지, 검사 후에 치료가 가능한지를 물었다. 상당한 비용과 함께 치료의 가능성은 없다는 대답이 돌아왔다. 나는 딸아이를 잠시 밖에 나가 기다리게 하였다.

"이 병원에서는 검사하지 않겠습니다. 제 아이의 자료를 모두 주세요. 어제 상담 중에 선생님께서 보여주신 태도가 얼마나 환자와 가족들에게 상처가 되는지를 생각해 보셨으면 합니다. 그리고 오늘 새로운 기대를 가지고 온 저는 다시 한 번 실망할 수밖에 없었습니다. 제 아이는 일곱 살이고 알 것은 다 아는 아이입니다. 수치심을 아는 아이를 계속 벗겨 놓은 채로 지루하게 말씀하시고, 아이 앞에서 유전이 어쩌고 하는 선생님은 의사로서 환자를 배려하는 마음을 우선 가지셔야겠네요!"

붉어진 얼굴로 제대로 말을 못 잇던 의사를 뒤로 하고 진찰실을 나섰다. 아이엠에프IMF로 너나없이 힘들어하던 그때, '한방에 큰돈이 들어오는 검사를 유도할 수도 있었는데' 하는 아쉬움으로 놓친 고기를 잡으려 전화를 했었다고밖에 생각되지 않았다.

"엄마, 저 선생님 이상해요. 내가 일곱 살인데, '아이를 낳으면'이라고 하시던데, 아이가 아이를 어떻게 낳겠어요. 안 그래요? 말도 안 돼요."
"그래, 말도 안 되고말고…."
딸을 꼭 안아 주었다.

"어머님께서도 짐작하고 계셨는지 모르지만 제가 담임으로서 지켜보며 너무 마음이 아파서요. 반에 친한 아이가 없어요. 반장이 제가 부탁한 것도 있고 워낙 속이 깊은 아이여서 같이 밥도 먹고 애를 쓰긴 하지만, 학교에서 여러 활동을 할 때 아이들이 다들 피하고 혼자 외톨이로 지내는 것이 얼마나 힘들겠어요? 차라리 전학을 통해 환경을 바꿔 주시면 어떨까요?"
쉬지 않고 재잘대던 딸아이의 말수가 점차 줄어들기 시작한 것은 여의도여중에 들어가면서부터이다.
"학교생활이 어떤지 물어보긴 하지만, 저희 애가 시시콜콜 말하는 성격이 아니라서 그 정도인 줄은 몰랐습니다. 요즘 여자아이들이 예민하고 자기중심적인 데가 많죠. 이유가 어떻든 한 번 싫다고 생각하면 무조건 배척하고 보는 것도 사춘기의 특징이란 것도 압니다. 우리 아이가 특별히 잘못한 것도 없는데 많은 아이들이 싫어

한다고 전학을 가는 게 정답일까요? 가까운 학교를 놔두고 어디로 전학을 가야 하죠? 아이를 위해 이사를 가라는 말씀이신가요? 가정마다 다 삶의 틀이 있는데 갑자기 생활 터전을 바꿔야 한단 말씀이신가요? 선생님의 충고를 받아들여 이사하고 전학을 가면 우리 아이 문제는 단번에 해결이 되나요? 아이 몸에 점이 많은 것은 어떻게 해결해 줄 수 있는 게 아니에요. 전학을 간다고 점이 없어지지 않듯이 어디를 가나 그로 인한 문제가 또 발생할 수 있는데, 그럴 때마다 이사를 가고 전학을 가야 하나요? 부모도 그 누구도 해결해 줄 수 없는 문제라면 아이 스스로 그 해결점을 찾아야 할 거에요. 평생을 짊어지고 가야 하는데 도망치기에 익숙하면 어떻게 살아가겠어요."

"네, 전학을 간다고 해결될 문제는 아닌데, 제가 지켜보면서 너무 안타까워서 혹시나 환경을 바꿔 주면 어떨까 생각해 봤는데, 제 생각이 짧았던 것 같습니다."

착하고 여리고, 우유부단할 것 같은 성품이 전화기를 타고 넘어오는 목소리에서도 느껴졌다.

"선생님께서 관심 갖고 걱정하시는 마음 감사합니다. 현재만이 아닌 아이의 미래까지도 생각하다 보니 엄마 입장에서는 아이의 마음이 더욱 강건해지도록 이끌어야겠다는 생각입니다."

담임교사와 통화하고 마음이 영 개운하지를 않았다. 짐작은 하고 있었지만 담임이 보기에 우리 딸이 그토록 힘들게 보였다니 더욱 큰 돌이 가슴을 짓누르는 것 같았다. 이후에도 자잘한 마음 상할 일들이 이어졌겠지만 다행히도 딸아이는 책 속에 묻혀, 주변 사람들의 감정 표현에 적당한 거리두기를 하며 자기만의 방식으로 학교생활도 자신의 삶도 잘 이끄는 듯 보였다.

　딸아이의 병원을 서울대병원으로 옮기고 삼 개월에 한 번씩 소
아과, 피부과, 안과진료를 받아야 했고, 6개월에 한 번씩 엠알아이
MRI 촬영과 시야검사를 했고, 온몸에 퍼지기 시작한 점을 혹시나
없앨 수 있을까 하여 볼에 있는 점을 시험 삼아 레이저를 이용해
수술하기도 했지만 간절한 기대를 저버리고 점은 다시 제자리를
잡았다. 시간이 지나며 6개월에 한 번씩 받던 진료가 1년에 한 번
으로 바뀔 만큼 아이 머릿속에 있는 흔적은 별다른 변화를 보이
지 않았다. 같은 부분에 문제가 있지만 딸아이보다 심해 뇌성마비
로 살아가는 이도 있고, 이 점들이 어느 순간 피부암으로 발전할
수도 있다지만 아직 딸아이의 점들은 아직 옅은 커피색의 예쁜 놈
들이고 언제까지나 그러기를 바랄 뿐이다. 얼마 전까지도 담당 전
문의를 따라 인턴, 레지던트들이 줄줄이 따라 들어와서 유심히 보
고 또 보며 자기들끼리 열심히 학술적인 의견을 교환하는 일도, 이
병의 획기적인 치료법이 개발되기를 바라며 달관의 자세로 감내할
수 있었다.

　진료를 기다리고 있노라면 비슷한 아픔을 가진 엄마들이 종종
말을 걸어온다. 아이가 너무 사람 만나는 걸 싫어해서 병원조차
데리고 올 수 없어 혼자 아이의 상태를 상담하고 약을 받아 간다
며, 우리 딸과 내가 매우 보기 좋다던 엄마. 우리 딸의 상태는 문
제도 아니라며 자신의 아이는 너무 심해 눈물로 지낸다며 애처로
운 눈빛으로 부러움을 표하던 엄마. 이렇듯 선하고 열심히 사는
사람들에게 이런 모진 시련이 주어질까 마음이 무거워지며 딸아

이를 잡은 손에 더욱 힘을 주어 보기도 한다.

예약 날이 되면 설레는 연인처럼 둘이 손을 잡고 병원에 가서, 지루한 기다림의 시간을 거쳐 매번 똑같은 질문에 같은 대답을 하고, 검사받으러 들어가는 딸과 눈빛을 교환하며 서로의 마음에 힘을 불어넣으며, 그렇게 우리 모녀는 둘만이 공유하는 은밀한 기대와 실망과 그래도 남아 있는 희망을 즐기고 있다.

여전히 동생들을 살뜰히 챙기며 장녀로서의 위치를 굳건히 하고 있는 딸. 무수한 별들 중에 가장 밝은 작은 별 하나가, 날개 없는 천사로 내 가슴에 머물며, 끊임없이 나의 부족함을 깨닫게 하고, 나를 철들게 한다. 딸이 있어 나는 행복하다.

엄마, 소원이 하나 있어요!

나 여사는 어제 계란을 삶다가 문득 피식, 웃음을 터뜨렸다. 모 처럼 놀러온 딸한테 줄 냉면에 얹을 고명으로 쓸 계란이다. 유난 히 계란을 좋아하는 딸이 두 개 먹을 거라며 많이 삶으라고 하는 통에 오십 년도 더 지난 일이 떠올랐다.

'세상에 이렇게 흔해빠진 게 계란인데….'

열세 살 때였나. 어린 나 여사는 땡볕 아래서 깨 타작을 하고 있 는 엄마한테 슬그머니 다가갔다. 할 말을 참고 있는 듯 몇 번이나 입을 달싹거렸다. 참깨 알에 섞인 덤불을 골라내는 것이 그녀의 역 할이었지만 그녀의 손길은 자꾸만 느려졌다.

"왜? 그것도 일이라고 꾀가 나냐?"

그녀는 고개를 떨구고 묵묵부답이었다.

"그렇게 하기 싫으면 나가 놀던지. 저리 가. 꼴 보기 싫으니까."

"엄마!"

"왜?"

"나 소원이 하나 있어."

"갑자기 웬 소원? 이 엄마 소원은 통일이다."

"농담 아냐. 나, 계란 하나만 먹었으면 소원이 없겠어."

아침에 닭장에서 계란 두 개를 꺼내다가 손아래 동생한테 준 것 때문에 그런다는 걸 엄마는 금방 알아들었다. 아침마다 4학년, 2학년 두 남동생이 번갈아가면서 계란을 가져갔다. 밑으로 남동생이 셋이고 둘은 학교에 다닌다. 닭이 알을 낳기가 바쁘게 공책 값으로 들어가고 누구 입에 넣을 짬이 없었다. 열세 살이면 철이 들고도 남을 나이인데 생뚱맞게 계란이 먹고 싶다니 엄마는 기가 막히는지 눈을 흘겼다.

"몰러. 저리 가. 속없이 계란 타령이나 하고 앉았고."

엄마는 나 여사를 밀쳐내며 깻단을 도리깨로 두들겼다. 나 여사는 너무 서러워 눈물이 툭 떨어졌다. 세상에 믿을 사람 하나 없다더니, 엄마도 예외가 아니었다. 학교도 안 다니면서 계란이 무슨 필요냐고 하지 않는 게 다행이다. 어린 나 여사는 닭에게 모이를 주고 보살피는 사람은 자긴데 계란 하나 손에 넣어 보지 못하는 게 언제나 억울했다.

'그깟 계란 안 먹는다, 안 먹어. 아! 살기 싫다. 이 세상에 내 건 아무것도 없다니.'

그날 밤 어린 나 여사는 저녁도 먹지 않고 일찍 잠을 잤다. 다음날도 동생들은 다 학교로 가고 나 여사는 엄마 따라 밭에 나가야 했다. 학교 안 다니는 건 아무렇지도 않아. 계란 하나만 먹었으면 소원이 없겠어. 나 여사는 자신의 신세가 처량하게 느껴지는 건 계란 때문이라고 굳게 믿었다. 세수를 하고 땀 닦을 수건을 주머니에 넣고 나서는데 엄마가 불렀다. 대답도 안 하고 돌아보지도 않았다. 세상이 싫었다. 엄마도 싫었다. 학교도 싫었다. 가난은 더욱 싫었다.

"야, 저기 부엌에 가 봐라."

"왜?"

"부엌문 옆에 물동이 안을 들여다 봐."

나 여사는 심통이 가라앉지 않아 발소리를 쿵쿵 내면서 부엌으로 들어갔다. 물동이 뚜껑을 열고 안을 들여다보았다. 하얗고 둥근 것이 물 위에 둥둥 떠 있었다. 그건 분명 계란이었다.

"애들 오기 전에 얼른 먹어. 소원이라는데 그럼 에미가 돼갖고 안 들어주겠냐."

나 여사는 하얗고 둥글고 매끄럽고 예쁜, 삶은 계란 하나를 얼른 꺼냈다.

'이걸 어떻게 먹나. 이 예쁜 것을 어떻게 먹어.'

그러면서도 나 여사는 어느새 순식간에 계란의 껍질을 까고 한 입에 몰아넣었다. 갑자기 목구멍을 막은 계란 때문에 캑캑거렸다. 그때 한 생각이 딱 떠올랐다. 참, 엄마도 한입 줄 걸. 이미 늦어 버렸다. 계란은 벌써 목으로 넘어가고 있었다. 엄마는 마당에서 그녀를 바라보고 서 있었고, 그녀는 너무나 부끄럽고 미안해서 엄마를 볼 수가 없었다. 엄마는 그 모든 것을 다 안다는 듯이 얼른 가자며 먼저 대문께로 걸어갔다. 엄마의 그 뒷모습과 전날 흘린 눈물보다 더 큰 눈물 한 방울을 평생 잊을 수 없었다.

비겁한 꿈

또 군대를 가야 한다고?

젊다는 이유 하나로 이 나라 이 땅의 사내들이 꼭 거쳐 가야 하는 곳이 있지. 군대, 그곳은 그 시대만 해도 귀양지요 감옥이요 절대 명령 아래 속박을 의미했지. 무조건 복종, 어떤 의견도 감정도, 이유도 필요치 않고 감안되지 않는 곳. 그래서 사람들은 팽창하는 청춘의 혈기나 절제되지 않는 낭만, 기준 잡히지 못한 사유의 사치 등을 그곳에 가서 깎고 다듬어 정화하고 질서 잡고 기준 잡아 새 사람이 돼서 와야 한다고 말하기도 하지. 그러나 그렇기만 할까. 군대라는 곳이 주는 화랑 담배 한 개비의 전우애, 자신의 한계를 실험해 볼 수많은 강요된 기회, 그 결과 인생 최고의 건강한 육체의 소유기 등 좋은 점에도 불구하고 억압되고 자유가 없다는 도저히 어느 것으로 대신할 수 없는 요소 때문에 싫은 곳이지.

구르고, 뛰고, 엎드리고, 일어서고, 쪼그리고, 펴고, 쑤시고, 찌르고, 돌리고 패고, 베고, 고함지르고. 움직씨, 동사만이 존재하는 땅, 군대. 그런데 난 동사를 젤 싫어하거든. 군대라는 곳은 두 번 다시 갈 곳은 못 돼. 그래서 군대 생활 한쪽은 쳐다도 안 보게 되지. 지긋지긋하니까.

그런 군대를 제대하고 학교를 간신히 마친 후 취직을 해서 직장 생활을 하게 됐지. 그러던 어느 날 퇴근을 해서 집에 쉬고 있을 때 우편배달부가 병무청 발신 봉투를 주더군. 그 속에 군대 입대통지서가 들어 있는 거야. 이름을 보니 입대 대상자가 분명히 내 이름인 거야. 눈을 씻고 다시 읽어 봐도 생년월일까지 딱 맞는 나야. 잘못 온 게 아니더라고.

'아니 이게 어떻게 된 거야. 이런 청천벽력 같은 일이 있나. 나는 이미 군대를 갔다 왔는데 입영 통지서라니, 뭐가 잘못됐는데.'

우편배달부에게 내 이야기를 했더니 본인은 모른다는 거야. 우편물만 전달하면 된대.

아, 입영통지서를 받아들고 방에 들어왔는데, 온갖 생각이 다 나더군. 그 지겨운 군대 생활을 또 해야 한단 말인가. 알고는 또 못할 짓이지. 암담하더군. 그래서 거기에 인쇄된 병무청으로 전화를 했지. 그런데 전화를 받아야 말이지. 알고 보니 그날이 토요일이었던 거야. 월요일까지 기다려야 된단 말이지. 그 시각부터 월요일을 기다리며 난 초죽음이 돼 갔지.

군대를 다시 가기 위해서 지금 다니는 직장도 사표를 내야 하는데 회사에서도 허위 이력서를 넣었다고 죽일 놈이 될 것이며, 집이 안정을 찾으려는데 돈 버는 내가 군댈 가면 누가 편찮으신 부모님을 먹여 살리고 병원비를 대며, 대학 다니는 동생 학비는 어떡하나. 사귀는 여자하고는 어떻게 되는 거지. 집안은 풍비박산 나고 장래도 다 무너지네.

이 나이에 신병 가서 어찌 그 혹독한 훈련을 견뎌 내며 나보다 어린 고참들의 기합과 눈꼴 시린 만행을 다 어찌 참아 낼꼬. 그러다 못 참고 총기 난사라도 하면 죽음인데 절대 없으란 법 장담 못 할 일이지. 입대를 안 하면 막 바로 붙잡혀가 형무소요. 하, 거 생각할수록 점입가경이요, 진퇴양난이더라니까.

식은땀을 흘리며 그 밤을 지새우고 또 일요일 밤을 가위 눌리며 헛소리를 해 가며 지낸 후 월요일. 전화 아니라 병무청엘 달려갔지. 직장이고 뭐고 눈에 뵈는 게 없더라고. 담당자를 만나 다짜고짜 이게 잘못됐다고 말했지. 그런데 담당자는 서류를 뒤적이더니 내가 군대 갔다 온 기록이 없다는 거야. 자세히 더 찾아보라고 군번, 입대, 제대 날짜까지 다 가르쳐 주고 조사해 달라고 했지. 그래도 분실됐는지 없다는 거야. 미안하지만 군대를 다시 갔다 와야 된대. 아, 세상에. 난 흥분하고 말았어. 식은땀을 뻘뻘 흘리며 이 억울한 사연을 알아 달라고 고함치기 시작했지

'아, 안 돼. 난 군대를 두 번 갈 수 없어. 뭐 이런 세상이 있는 거야.'

사람들이 모여들고 날 붙잡고 밀어 내기 시작했지. 그럴수록 난 더 발버둥을 치면서 '안 돼, 이럴 순 없어. 안 돼.' 소리를 질러댔어.

그러다 그 소리에 놀라서 눈을 떴어. 온몸이 흠뻑 젖어 있었어. 정신을 차리고 보니 꿈이더군. 아, 꿈이었단 말이야. 이 얼마나 경사야. 꿈이라니 현실이었다면 어떻게 됐을까 생각하니 꿈이었다는 사실이 그렇게 기쁠 수가 없더라고. 누구라도 붙잡고 꿈이어서 다행이라고 막 말하고 싶더라니까.

이런 꿈을 난 지난 세월 동안 여러 차례 꾸었지. 나만 그런 줄 알았더니 친구들과 얘기하다 보면 군대 가는 꿈 몇 번 안 꾼 놈이 없더라니까. 남자들한테 군대란 이토록 회색빛 두려운 곳이야. 그런데 누가 젊음을 아름답다고만 말해.

가지 않는 산

　요즈음 어린이들은 수영장에서 좋은 수영복과 물안경을 착용하고 수영장에서 정식 수영을 배운다. 어려도 제대로 된 코스를 이수하기에 자못 수영하는 모습이 유연하고 보기가 좋다. 우리가 어렸을 때는 개울물에서 물장구를 치며 놀다 수영을 배우게 된다. 얕은 개울물이나 계곡의 물 고인 웅덩이에서 놀다 보니 수영장처럼 길게 수영을 헤쳐 나갈 일이 없다. 풍덩 빠졌다가 팔 몇 번 저으면 끝나는 것이다. 제대로 된 수영 자세를 본 적도 없고 가르쳐 주는 사람도 없으니 스스로 알아서 익힌다. 빠지지 않기 위해 본능에 의거해 팔 젓기나 발차기로 물 밖으로 얼굴을 내미는 게 전부인 것이다. 계곡의 시냇물은 물 깊이가 얕아 바위 위에 올라가 소위 다이빙이라는 것을 하다 보면 배가 바닥에 닿아 긁히기가 일쑤다. 그래서 우리 또래들은 거의 어렸을 때 배를 잔돌에 긁혀 보지 않은 사람이 없다. 그래서 어려서 부모님들께 혼나기도 많이 했다. 어릴 때 여름 날 친구와 둘이서 집 뒷산 너머 절이 있는 계곡을 찾았다. 그 시절엔 지금처럼 놀이 시설이나 공원 등이 없어 학교가 파하면 뒷산에 올라가 늦도록 풀 속이나 나무를 타며 노는 것이 일과였다. 그 산을 말바위산이라 했는데 그 아래 오래된 큰 절이 있어 사람들은 새 절이라 불렀고 지금의 신촌 뒷산의 봉원사였다. 봉원사 근처는 숲이 울창하고 계곡이 있어 사람들이 약수와 산보를 위해서 많이 찾는 곳이었다. 친구와 나는 숲속 개울에서 발가벗고 헤엄을 치며 물장난을 하고 놀았다. 그 당시에 아이들은 물을 보면 의례 발가벗고 들어가는 것이 흉이 아니었다. 한참을 놀다 계곡물이 차가워 추워지면 돌 위에 쪼그리고 앉아 햇볕을 쬔 뒤 또 놀곤 했다. 인기척도 없는 산중에 숲도 우거져 지나가는 사람이 보이지 않는 곳이었고 가끔 새소리와 메뚜기만 뛰고 있었을 뿐이었다. 한참을 놀고 나니 우리는 배도 고프고 조금 있으면 저녁도 될 것 같았다. 집에 가자고 말하며 마무리 헤엄 한 번만 더 하자고 합의하고 물속에 들어가 있었다. 그런데 숲속에서 웬 아저씨가 한 분 우리를 쳐다보며 가까이 다가오고 있는 게 보였다. 아저씨는 물속에 있는 우리를 쪼그리고 앉아 한참 쳐다보고 있었다. 우리는 발가벗고 있었으므로 추워도 물 밖으로 나갈 수가 없었다. 허름한 옷차림에 할 일이 없어 심심한 듯한 표정이 역력했다. 그 아저씨는 주위를 두리번거리더니 나뭇가지 하나를 꺾어 들고 우리들을 물 밖으로 나오라고 했다. "싫어요." 우리는 싫다고 말했다. 그러자 아저씨는 화를 내며 곧 매질을 할 것 같은 표정을 하며 우리의 옷을 들고 말했다. "이 옷 아저씨가 가져간다." "아, 안 돼요." "그럼, 이리 나와 서. 차려!" 우리는 망설이다가 도망갈 곳도 방법도 찾지 못하고 아저씨 앞에 가 섰다. "차려, 열중쉬어, 차려." 아저씨는 우리를 구령을 붙이며 차려 열중쉬어를 여러 차례 시킨 뒤 얼굴을 찬찬히 쳐다봤다. "너희 몇 학년이니?" "2학년인데요." "2학년인데요?"

"그렇게밖에 대답 못 해?" "어? 어떻게 해요, 그럼?" "허, 내가 가르쳐 줘야 하나. 넷! 2학년입니다! 이렇게 해야지, 다시 해 봐!" 그러곤 맘이 안 든다고 스무 번도 더 이 말을 반복하게 했다. 발가벗고 고추를 손으로 가리고 이게 무슨 창피람. 주변을 둘러봐도 아무도 지나가는 이가 없었고 아저씨는 회초리를 들고 바위를 탁탁 때리며 더욱 신이 나서 우리를 더 잘해 보라며 강요하고 있었다. 우리는 그럴수록 겁에 질려 소리를 고래고래 질렀다. "좋아. 그건 됐다. 지금부턴 노래해 봐." "예? 노래요. 무슨 노래요?" "아무 노래나 해 봐."

"학교에서 배운 거 없어?" 이미 목청이 아프도록 구호를 외쳤고 그래서 이젠 옷을 찾고 집에 가나 보다 생각했던 우리는 다시 암담해졌다. 저녁 해가 지려고 하니 물 밖으로 나온 지가 오래돼서 오들오들 떨렸고 배도 많이 고팠다. 결국 겁먹은 우리는 교과서 동요를 아는 대로 한 권을 다 부르고야 아저씨 손아귀에서 벗어났다. 저녁 어스름이 막 끼어 오고 있었다. 가슴속에서는 무어라 말할 수 없는 무력감과 분노와 억울함, 창피한 감정이 오래도록 차지했고 오랫동안 우리는 그 산을 넘어가지 않았다.

수돗가의 비애

"아줌마, 우리 영아 좀 봐줄래요? 큰애 학교 갔다가 시장 들러서 오면 서너 시간은 걸릴 거예요." "그래요, 영아야, 이리 들어와." 나는 오늘도 내가 세 들어 사는 주인집 막내딸 영아를 맡아서 봐주고 있다. 주인집 여자는 나보다 세 살이나 젊은데 아이는 셋이나 된다. 공기 좋은 곳, 전망 좋은 곳만을 고집하는 남편 때문에 우리는 늘 산 밑에 있는 집으로 이사를 다닌다. 이번이 세 번째다. 한 달 전 이사를 올 때 우리 아들은 태어난 지 11개월이 지나 첫돌을 바라보고 있었다. 한두 번만 더 전세를 살면 조그만 아파트는 장만할 것 같아서 교통이 불편해도 나는 별 불만이 없이 이곳으로 이사를 왔다. 남편 말대로 창밖으로는 수려한 관악산 푸른 숲이 펼쳐지고, 졸졸졸 작은 시냇물 소리도 들린다. 주인집은 다른 집과 달리 조금 더 많이 전세금을 받기 위해 우리에게 1층을 내주고 그들은 2층에서 살고 있다. 남편이 출근을 한 다음, 집안 청소 등을 마치고 커피라도 한 잔 마실까 하면 어김없이 영아 엄마의 목소리가 들린다. "아줌마 계세요?" "네, 어서 들어오세요." "아줌마, 내 머릿속에는 주판알이 막 왔다 갔다 해요. 저 집을 사면 돈이 금방 얼마로 불어날지 팍팍 돌아간다니까요." '그러겠지. 남편이 공무원인데 젊은 사람이 결혼 10년 만에 이렇게 큰 집을 장만했다면 알뜰살뜰 살림도 했겠지만 그런 탁월한 돈 버는 능력이 있었을 거야.' 그런 생각을 하며 나는 우리 아들 우유를 먹이면서 영아에게 우유를 준다. 그들과 함께 과일을 먹고 커피를 마시고 밥을 먹는다. 계속 나는 주방을 들락거리고, 세 살 된 영아는 우리 집 냉장고를 끊임없이 열어 본다. 나는 과자도 쥐어 주고 카스테라도 준다. 늘 영아를 들쳐 업은 채 들어서는 영아 엄마가 처음에는 반가웠다. 직장 생활을 하다 임신과 함께 전업주부가 된 나에게는 같이 차 한잔하면서 이런 저런 얘기를 하는 것이 재미도 있었고 살림살이에는 맹탕인 내가 배울 것도 많은 것 같아 별 신경을 쓰지 않았다. 그런데 아침이면 찾아와서는 점심까지 우리 집에서 먹고 가는 날이 매번 반복되는데다가 영아까지 맡기고 다니는 날이 많아지면서 나는 서서히 이런 관계가 불편해졌다. 조용히 책을 읽거나 글을 쓰려고 했던 내 계획은 한 달이 지나 두 달이 다가도록 시작도 하지 못했다. 우울하고 속이 상했지만 주인집 모녀를 놀러 오지 못하게 할 뾰족한 방법은 없었다. 나는 여전히 친절하게 영아네를 맞이했고 하루를 소모하면서 기진맥진했다. "아줌마, 김장 언제 해요?" "아, 네, 친정에서 해다 준다고 했어요." "아줌마, 나는요, 김장을 짜게 담가요." "왜요?" "짜야 많이 먹지 못하잖아요." 나는 입을 벌린 채 멍청히 영아 엄마를 쳐다보았다. 긴 겨울이 가고 새 봄이 왔다. 진달래 붉게 물든 산을 바라보면서 오랜만에 내 마음도 기쁨의 기지개를 켰다. '그래 이제 6개월만 더 살면 되니까 사는 날까지 싫은 내색하지 말고 잘 지내다 이사 가자' 하고 다짐했다. 목련이 피더니 어느새 빨간 장미가 울타리를 타고 송이송이 피

어울랐다. 15개월이 된 아들은 마당에서 놀기 시작했다. 어느 봄날, 초여름처럼 날씨가 더워졌다. 마당에서 놀고 있는 아들이 궁금해서 읽던 책을 덮어 두고 현관문을 열었다. 수도를 틀었다 잠갔다 하면서 노는 아들이 눈에 들어 왔다. 그때였다. 주인여자가 잽싸게 달려나와 우리 아들 등짝을 내리치며 눈을 하얗게 흘렸다. "아니, 얘가! 물값이 얼마나 나가는데 물장난을 하는 거야!" 그 순간 나는 현관문을 얼른 닫았다. 다리가 후들거렸다. 뛰는 가슴을 진정하고 밖으로 나갔다. "돌이야, 우유 먹자." 아이를 데리고 들어왔다.

흔들리지 않는다

거꾸로 보는 하늘은 붉었다. 소녀는 철봉에 거꾸로 매달려 두 팔을 길게 늘어뜨리고 어깨부터 서서히 온몸의 힘을 뺀다. 가느다란 팔다리가 붉은 저녁놀을 받으며 흔들린다. 소녀는 조금씩 몸을 앞뒤로 흔들어 본다. 하늘이 조금씩 움직인다. 머리카락 몇 가닥이 입안으로 들어갔다. 약간 짜면서도 향기로운 맛이 느껴진다. 소녀는 눈을 감는다. 운동장도 학교도, 단상도, 국기 게양대도 소녀의 몸짓에 따라 흔들린다.

저녁밥을 먹기 전 소녀는 매일 학교 운동장 구석에 있는 철봉에 매달렸다. 학교 앞에 있는 집에서 철봉까지는 오 분도 채 걸리지 않았다. 철봉의 높이는 다섯 단계. 아주 낮은 철봉에서 소녀의 키가 안 닿는 높은 높이까지. 그 세 번째 높이에 소녀가 매달려 있고 그보다 조금 더 높은 곳에는 소녀와 같은 반인 사내아이가 매달려 있다. 둘은 친하다고 할 만한 아무런 근거도 없다. 그저 같은 골목에 사는 사이인 이 둘은 비슷한 시간에 나와 철봉에 거꾸로 매달려 팔을 늘어뜨리거나 몸을 흔들곤 했다. 엄마가 저녁밥을 먹으라고 부를 때까지 사내아이와 소녀는 서로 말 한마디 없이 철봉에 매달려 있었다. 그래도 소녀가 사랑니가 나기 시작해 고통스러워하는 것은 사내아이만 알았다. 사내아이가 철봉에 거꾸로 매달려 빙빙 돌 수 있는 것을 아는 것도 소녀뿐이었다.

　10월의 첫 주에 소녀가 주번을 하게 된 건 5학년이기 때문이었다. 일주일 동안 정문에 서서 늦게 오는 아이들 이름을 적거나 복도에서 뛰거나 떠드는 아이들을 잡아 벌을 줄 수 있게 된 소녀는 가끔 혼란스러웠다. 큰 소리로 말하는 것과 떠드는 것을 구분하기가 어려웠기 때문이었다. 그래도 소녀는 자신이 맡은 일을 열심히 하려고 매번 쉬는 시간마다 운동장과 복도를 주시했다. 점심시간 운동장에는 아이들이 넘쳐났다. 축구를 하는 아이들, 그 한켠에서 고무줄을 하고 있는 여자애들. 아이들은 공처럼 톡톡 튀었고 점심시간의 운동장은 소란스러웠다. 갑자기 고무줄을 하는 여자애들이 흩어졌다. 서너 명의 사내아이들이 그 사이로 뛰어들어 고무줄을 끊고 사방으로 흩어 달아났다. 소녀는 도망가는 사내아이들을 쫓아갔다. 하지만 사내아이들은 운동장 사방으로 흩어져 누구를 쫓아가 이름을 적어야 할지 몰랐다. 사내아이들이 소녀를 향해 소리를 지르며 혀를 내밀었다.
　"주번이면 어쩌려고, 쫓아와 봐. 메롱."
　그래도 소녀는 운동장 사방으로 달려가는 사내아이들을 필사적으로 쫓아 달려갔다. 지그재그로 도망가는 아이들 속에서 낯익은 얼굴이 보였다. 철봉에 거꾸로 매달리는 사내아이였다. 사내아이는 아이들 사이를 헤치며 물고기처럼 재빠르게 달아났다. 소녀는 사내아이를 쫓았다. 하늘이 노랗게 보일 정도로 온힘을 다해서 쫓아갔지만 사내아이를 잡을 수는 없었다. 소녀는 운동장에 주저앉았다. 달아나던 사내아이가 달리기를 멈추고 소녀를 뒤돌아보았다. 아이들이 펑펑 뛰고 있었고 하늘에는 낮은 낮달이 걸려 있었다. 그 사이로 사내아이의 얼굴이 선명하게 다가왔다. 소녀는 평생 자신을 지배할 선의와 악의의 찢겨진 두 얼굴을 기어이 보고 말았다.

그날부터 소녀는 좀 더 높은 철봉으로 자리를 옮겼다. 하지만 거꾸로 매달리지는 않는다. 대신 두 팔에 힘을 주고 오래 매달리기를 한다. 점점 오래 매달릴 수 있다. 소녀는 온몸에 힘을 잔뜩 주고 철봉 위로 얼굴을 내밀어 운동장을 오래 바라본다. 더 이상 운동장도 학교도, 단상도, 국기 게양대도 흔들리지 않는다.

희생양

어린 시절, 우리 동네에 미국 선교단체에서 세운 큰 병원이 있었다. 그 병원에는 개부슨이라는 미국인 의사가 근무하고 있었다. (우리는 개부랄이라고 놀리곤 했는데, 나중에 알고 보니 깁슨을 잘못 발음해서 그리 된 것이었다.) 아버지는 병원에 경비원으로 취직을 해서 닥터 개부슨을 우상처럼 받들었다. '딱터 개부슨 선상님'을 입에 달고 살았다.

중학교 2학년 무렵에 내가 하늘 같은 아버지와 닥터 개부슨에게 크게 대든 사건이 있었다. 당시 시골에서는 자아넨 산양을 기르는 집이 더러 있었다. 어머니는 집안일과 텃밭 일을 하는 틈틈이 돼지도 키우고, 어미 양 한 마리를 길렀다. 그리고 저녁마다 젖을 짜서 사이다 병에 담아 몇 군데 배달을 하고, 남는 것은 식구들이 먹었다.

나는 시간이 나는 대로 양을 돌보았다. 집 근처 풀밭에다 매어 놓았다가 저녁 무렵에 끌고 오는 일도 나의 몫이었다. 오가는 길에 또래 여학생들을 만나면 약간 창피하기도 했지만, 마치 대단한 양치기 목동이라도 된 듯 으쓱한 기분이 들기도 했다.

어미 양은 우리 집에 온 지 얼마 지나지 않아서 눈이 부실 정도로 새하얗고 솜처럼 보드라운 털을 가진 새끼를 한 마리 낳았다.

새끼 양은 너무나 예쁘고 앙증맞았다. 그래서 형제들도 틈만 나면 서로 갖고 놀려고 다투곤 했다. 그렇게 몇 개월이 지나자 새끼 양은 살도 토실토실 오르고 울음소리도 제법 우렁찬 것이 숫양의 모습을 조금씩 갖추기 시작했다. 나도 수시로 먹이를 갖다 주고 털을 빗겨 주는 등 더욱 정성을 기울였다.

그럴 즈음, 선교단체의 우두머리인 세계적인 유명인사가 병원을 방문하기로 예고되었다. 병원에서는 최고의 귀빈인 만큼 최선을 다해서 접대 준비를 했다. 그런데 한 가지 커다란 고민에 빠졌다. 그가 새끼 양 요리를 좋아해서 하루에 한 끼는 꼭 먹어야 하는데, 시골이라 구하기가 쉽지 않았던 것이다. 드디어 태어난 지 3, 4개월 된 새끼 양을 반드시 구해 오라는 특명이 직원들에게 떨어졌다.

"이거야 원, 아닌 밤중에 홍두깨라더니, 참말로 환장하것네!"

"근디 그 대장인가 뭔가 하는 냥반, 식성 한번 되게 별나구먼."

"그나저나 양 새끼를 어디 가서 구한대?"

직원들은 모이기만 하면 걱정을 하면서 쑥덕거렸다. 그런 와중에, 늦게 얘기를 전해 들은 아버지가 의기양양하게 소리쳤다.

"걱정들 마시우! 우리 집에 양 새끼가 한 마리 있으니께!"

"뭐유? 그기 참말이유?"

"허허! 등잔 밑이 어둡다더니, 참말로 잘됐수, 잘됐어!"

직원들은 모두 손뼉을 치며 기뻐하였다.

"까짓 거 내 기꺼이 희사하리다!"

아버지는 내친 김에 흔쾌히 새끼 양을 바치기로 약속하였다. 그렇게 해서 그토록 애지중지하며 키우던 새끼 양이 그야말로 희생양이 되고 말았다.

며칠 후, 그런 사실을 까마득히 모르고 있던 나는 학교에서 오자마자 새끼 양한테로 갔다. 하지만 우리는 텅 비어 있었다.

"어머이, 새끼 양 어디 갔어유?"

나는 이상한 생각이 들어서 부엌에서 저녁밥을 짓고 있는 어머니를 찾았다.

"글쎄…, 아부지가 바람 좀 쐬이려고 끌고 나간 거 같은다…."

어머니가 말꼬리를 흐렸다.

"그래유? 어디로유?"

"밥이 거진 다 됐으니께, 해찰하지 말고 어여 들어가서 밥이나 먹어라."

어머니는 딴청을 피우며 억지로 내 등을 떠밀었다. 하지만 신경이 곤두서서 그런지 밥맛이 전혀 없었다. 저녁밥을 다 먹고 한참이 지나도 아버지는 돌아오지 않았다. 문득 불길한 생각이 든 나는 방에서 슬그머니 빠져나와, 나도 모르게 병원으로 발걸음을 향했다.

날이 벌써 어두워 캄캄했다. 병원에 도착하니, 온통 불을 환하게 밝힌 가운데 내일 올 귀빈 맞을 채비로 분주하였다. 그리고 잘 아는 직원으로부터 조금 전에 닥터 개부슨의 사택에서 아버지가 새끼 양을 잡는 것을 봤다는 얘길 들었다.

순간 가슴이 철렁하면서 눈앞이 캄캄하였다. 그리고 두 다리에 맥이 빠져 그 자리에 주저앉고 말았다. 곧이어 지금껏 전혀 경험해 보지 못한 엄청난 분노가 가슴 밑바닥에서 치밀어 올라왔다.

나는 두 주먹을 불끈 쥐고 벌떡 일어섰다. 이미 제 정신이 아니었다. 두 눈에서 뜨거운 분노의 눈물이 흘러내렸다. 이제 아버지고 닥터 개부슨이고 전혀 안중에 없었다.

　나는 닥터 개부슨의 사택 주변을 맴돌며 고래고래 소리를 질렀다.

"야, 이 나쁜 놈들아!"

"내 새끼 양 내놔라!"

"어글리 개부슨!"

　그러나 아무리 고함을 질러도 누구 하나 대꾸하지 않고 철저하게 침묵으로 대응했다.

　나는 그렇게 한 시간가량을 미친 듯이 울부짖었다. 그리고 화를 참지 못해 밤늦게까지 동네를 맴돌다 집으로 돌아와서 아버지를 정면으로 쏘아보았다. 하지만 아버지는 아무 말 없이 돌아앉아서 담배만 태웠다.

　나는 윗방에서 서럽게 흐느껴 울다가 잠이 들었다. 그리고 잠결에 아랫방에서 어머니와 아버지가 나누는 얘기를 어렴풋이 들었다.

"쟈가 저리 날뛰는 거 첨 봐유. …괜찮을까유?"

"허허, 참! 그깟 노무 양 새끼 한 마리 가지고 뭘 저리 유난을 떠는 지, 원!"

"그래도 쟈가 그리 이뻐했는디, 맘이 많이 아픈것지유."

"쯧쯧, 사내놈이 저리 용해 빠져서 어따 써 먹을랑가 모르것네!"

"어른들한티 욕하고 대들었다고 너무 나무라지는 말어유."

"괘씸하긴 하지만, 홧김에 그런 거니 워쩌것어. …그라고 시간이 좀 지나면 괜찮을 테니께 걱정 말어. 다 그러다 마는 겨."

　하지만 그렇지가 않았다. 그때의 분노와 배신감과 허탈감은 아주 오랫동안 가슴속에 남아서 나를 괴롭혔다.

최초의 울음

나는 둥글고 따뜻한 물속에서 아홉 달을 놀았다. 아홉 달하고도 이 주나 더. 아무 걱정 없이 놀기 좋은 곳이었다. 눈도 뜰 필요없고, 말을 할 일도 없고, 심지어 코로 숨을 쉬지 않아도 좋았다. 뭔가 듣거나 만질 필요도 없었다. 거긴 사람도 없고, 말도 없고. 그래서 시간이 정지한 곳이었다.

그리고 갑자기 어떤 시간이 들이닥친 것이다. 나를 감싸고 있던더운 기운이 빠져나가고 나는 문득 캄캄한 통로에 꽉 사로잡혔다. 갑자기 모든 것이 나를 내보내기 위해 필사적으로 움직이기 시작했다. 나가지 않으려고 버티는 나와 나를 밀어내려고 움직이는 세계가 충돌하고 있었다. 아직은 안 되는데. 나가야 한다고 생각하자불안했다. 심란하고 우울했다. 영원히 안 나갈 순 없을까. 그게 아니라면 조금 더 준비를 하고 싶었다. 하지만 내가 뭘 준비할 수 있을까. 서늘한 공기가 젖은 머리통 위를 지나갔다. 시원했나. 아니그건 서늘한 느낌이었다. 결국 나와 버렸구나. 그런 절망감이었다.

어쨌든 나는 그곳으로부터 조금씩 더 멀어졌다. 악착같이 되돌아가려고 애썼지만 역부족이었다. 나는 자꾸 미끄러졌는데 말하자면그건 내가 한 최초의 노력이자 실패였다. 어떻게 해도 그 상황은 내게 역부족이었다. 엄마가 소리를 질렀고 의사와 간호사가 목청을 높였다. 모두가 나를 끄집어내는 데 혈안이 되어 있었다. 봐라. 우리는 이렇게 바쁘게 일한다. 너도 꾸물거리지 말고 얼른 나와라.

나를 다그치는 것도 같았다. 내가 나갈 준비가 되었는지 아닌지 궁금해 하는 사람은 하나도 없었다. 다들 나를 신속하게 꺼내려고 바짝 긴장해 있었다. 잔뜩 얼굴을 찌푸린 채, 피곤에 짓눌린 표정으로. 아무 것도 보고 싶지도, 듣고 싶지도 않았다. 먹고 싶지도, 만지고 싶지도 않았다. 만나고 싶지도, 배우고 싶지도 않았다. 그러니까 그 순간, 나는 머지않아 그런 것들을 하게 되리라고 예감했다. 어떻게든 해야만 하겠지. 저 사람들처럼. 자신의 자리에서 서서 목청을 높이며, 차곡차곡 지나가는 시간을 목격하겠지. 그건 좀 무섭고 암담한 일이었다.

마침내 크고 두툼한 손이 쑥 들어와 내 어깨를 잡아 뺐다.

아, 나가기 싫어요.

그렇게 말해야 한다고 생각했는데 나는 어느새 세상 밖으로 끌려나왔다. 내가 나올 때까지 기다려 주는 사람은 아무도 없었다. 그러니까 아무 것도 기다려 주지 않은 이곳으로 나와 버린 것이다. 간호사가 발목을 잡고 나를 거꾸로 세웠다.

아, 나왔나요. 나왔나요? 누군가 물었다. 의사가 대답했고 간호사가 내 엉덩이를 가볍게 때렸다. 한 번, 두 번, 세 번. 세 번째는 조금 아팠는데 나는 결국 울고 말았다. 억울하고 막막해서였다. 이 모든 것이 내가 원한 게 아니었으므로. 나는 울고 또 울고 계속 울었다. 그 순간, 이제 아무 것도 돌이킬 수 없을 거란 확신이 들었다. 그러니까 내가 울음을 통해 가장 처음 배운 건 바로 그것이었다.

지피에스

샌프란시스코로 출장을 갔다. 나는 늦은 점심을 먹으러 산타크루즈 워프의 한 레스토랑으로 들어갔다. 클램 차우더와 새우튀김을 시켰다. 레몬을 뿌려 소스에 찍어 먹는 새우튀김의 고소한 감칠맛에 포도주가 어울릴 것 같았다. 나는 그 식당의 하우스 와인을 주문했다. 흑인 웨이트리스가 싱글거리며 다가왔다. 그녀는 250시시 크기의 잔에 와인을 가득 따랐다. 그녀가 움직일 때마다 뭉글뭉글한 비곗덩이의 허리가 리드미컬하게 물결쳤다. 나는 한 잔을 단박에 들이켰다. 오크통에서 바로 내온 것이어서 적당히 차갑고 신선했다. 나는 연거푸 세 잔을 마셨다. 잔을 비울 때마다 흑인 웨이트리스가 싱글거리며 가득 잔을 채웠다.

식당을 나온 나는 왼편으로 태평양을 끼고 1번 도로를 따라 달리고 있었다. 갑자기 미니밴 한 대가 거칠게 앞으로 뛰어들었다. 실리콘밸리로 들어가는 17번 도로의 갈림길을 10여 분 남겨 두었을 즈음이었다. 나는 운전자의 얼굴을 보고 싶은 호기심이 발동하여 액셀을 밟았다. 미니밴이 더 빠르게 달아났다. 미니밴은 나의 경쟁심에 불을 붙였다. 나도 속력을 올려 추월했다. 엔진룸에서 꽈르르,

깨지는 소리가 났다. 나는 운전대를 꽉 잡고 오른쪽 다리에 더욱 힘을 주었다. 언뜻 미니밴 운전자의 옆모습이 스쳤다. 여자였다. 어깨까지 내려온 머리를 귀밑쯤에서 고무줄로 서너 번 칭칭 둘러 묶었다. 운전대를 잡은 팔뚝은 뼈마디가 보일 정도로 가늘었다. 동승자는 없었다. 나는 미니밴을 골탕 먹이고 싶은 객기를 누를 수 없었다. 미니밴을 앞서기 위해 액셀에 힘을 주었다. 미니밴을 스칠 때, 나는 피에로 같은 익살스런 표정을 지었다. 그러나 미니밴도 속도를 높여 나를 추월했다. 예상하지 못한 돌발적 행동이었다. 나는 혼다를 미니밴의 왼쪽에 바짝 붙여 겁을 주었다. 미니밴이 주춤하며 옆으로 밀렸다. 나는 엿 먹어라, 하고 소리치며 미니밴을 향해 가운뎃손가락을 치켜 올렸다. 순간, 미니밴이 빠르게 질주하며 오른쪽으로 다가왔다. 그리고 여자의 손에 들린 38구경 리볼버가 불을 뿜었다. 나는 급히 브레이크에 발을 올려놓았다. 동시에 핸들을 갓길 쪽으로 꺾었다. 보닛 한가운데에 뱀의 혓바닥 같은 예리한 탄흔이 선명했다. 아스팔트 위에는 스키드 마크가 괴물의 시체처럼 길게 드러누워 있었다. 미니밴은 100여 미터쯤 더 가서 섰다.

캘리포니아 경찰차가 내 차의 꽁무니에 바짝 다가와 섰다. 그때까지 역한 타이어 타는 냄새가 주변에 맴돌았다. '지금 당신의 차량은 지피에스로 추적을 받고 있습니다.' 팻말을 볼 때마다, 참 웃기는 녀석들이야, 겁을 준다고 믿을 사람이 누가 있을까. 하고 나는 코웃음을 쳤었다. 그러나 경찰이 도착한 것은, 권총 소리가 난 후 꼭 3분이 지난 시각이었다. 사이렌 소리도 없이 경찰차가 나타난 것은 순식간이었다. 나는 성희롱과 음주운전 현행범으로 경찰에 체포되었다. 미니밴 운전자가 나에게 다가왔다. 40대의 중년이었다. 나이가 들었지만, 그녀는 어릴 적 단발머리의 여학생이 틀림없었다. 나는 엉겁결에 한 발짝 뒤로 물러섰다. 잠에서 깬 내 손에 땀이 흥건했다.

단발머리의 여학생은 토끼처럼 동그랗게 눈을 뜨고 무언가를 뚫어져라 응시하고 있었다. 교복의 흰 깃이 유난히 빳빳했다. 우체국에 편지를 부치러 갔다가 주은 지갑 속에 그녀의 주민등록증과 현금 2만 원이 있었다. 나는 마귀와 싸웠다. 한참을 싸우는데, 뭘 그렇게 오래 생각해. 마침 넌 영어 참고서가 필요하잖아. 이번 모의고사에서는 1등 자리를 다시 찾아야지. 마귀가 날 보고 웃으며 손짓을 했다. 나는 그녀의 주민등록증만 우체통에 넣었다. 그 후, 나는 그녀의 꿈을 꾸면 꿈속에서도 쿵쾅쿵쾅 심장이 뛰었다. 2만 원을 돌려주지 못한 죄책감은 두고두고 나를 괴롭히는 가슴앓이가 되었다. 10원짜리 동전이 떨어진 것만 보아도 나는 깜짝 놀랐다. '지금 당신은 지피에스로 추적을 받고 있습니다.' 그 팻말은 정말이었다. 나는 늘 지피에스의 추적 반경 안에 있었다.

룰루랄라

"룰라 4집 주세요."

한 달에 한 번 바둑교실끼리 실력을 겨루는 친선 게임이 열리는데, 게임이 끝난 후 선물을 주고받는 시간이 있다. 그 시간에 줄 선물을 사라고 엄마가 준 오천 원으로 이번에 나온 따끈따끈한 룰라 4집을 사 들고 집으로 왔다.

결전의 날. 어젯밤 정성스레 포장한 선물을 챙겨 들고 차수권 바둑교실로 갔다. 우리 바둑교실의 대표선수 10명은 학원차를 타고 홈팀 이은호 바둑교실로 향했다.

4학년쯤 되는 뚱뚱한 녀석이 앞에 힘겹게 앉는다. 매일 피자만 먹는 걸까? 배가 바둑판에 닿는다. (큭큭.)

"몇 급이세요?"

"8급이요."

"제가 5급이니까 세 점 깔고 하시면 되겠네요."

"넵!"

짜슥. 뚱뚱하긴 한데 제법 기합은 들어가 있다.

대국 시작.

나는 네 귀를 적당히 내주고 중앙을 사수하는 다케미야의 '우주류' 바둑을 구사한다. 다른 애들은 네 귀에서 치열한 접전을 벌이다 중후반부에 중앙으로 눈을 돌리는데, 나 같은 경우 초반에 의도적으로 팔다리를 내주며 상대의 방심을 유도한 후, 대국이 끝날 때 쯤 어느새 중앙을 모두 점령하는 작전을 쓴다. 이제껏 이 전략으로 여러 대국에서 재미를 봐 왔다.

이 녀석도 걸려들었다. 바둑에서 표정 관리가 중요한 걸 아는지 모르는지 수시로 손을 까닥이고 노골적인 눈웃음을 지으며 초반부 귀퉁이 전투에서의 승리를 만끽하고 있다.

그 기쁨도 잠시. 땀을 뻘뻘 흘리며 내가 하얀 돌을 든 손가락만 뚫어져라 쳐다보고 있다. 내가 어디에 돌을 두면 자신이 불리해지는지 알기 때문. 아마 내 손을 보며 '제발 거기만은 두지 마라' 하고 속으로 주문을 외고 있을 것이다.

'딱!'

어림없지!

난 양보 없이 중앙을 단단한 요새로 만들었고 대국은 나의 승리로 끝이 났다.

"자, 이제 서로 준비한 선물을 주고받으세요."

여기 와서 지금까지 관리하던 내 표정이 이제 관리가 안 된다. 내가 제일 좋아하는 시간. 나는 어제 정성스레 포장한 선물을 건넨다.

선물을 받은 녀석이 포장지를 뜯는다. 그 안에는 내가 지난 운동회 달리기 시합에서 1등을 하고 받은 도장 찍힌 공책과 색연필, 지우개가 들어 있다.

어젯밤 내가 포장한 선물은 따끈따끈한 룰라 4집이 아니라 쓰지 않는 학용품이다.

　대국도 지고 선물까지 이 모양이니 이제 녀석의 표정은 흡사 나라를 잃은 독립운동가의 얼굴이다. 내가 받은 선물은 고급 다이어리 수첩인데 이 정도면 꽤 마음에 든다.

　책상에 앉아 마이마이에 꽂힌 룰라 4집 앨범을 들으며 아까 받은 다이어리를 훑어 본다.

　다음 달엔 뭘 살까?

　중학교에 진학하며 바둑을 그만둔 시점부터 사회인이 된 지금까지 이런 깨알 같은 즐거움이 단 한 번도 없었다.

손으로 그린 사진 2

한국에 도착하자마자 지방의 어느 선사에서 수련하고 있는 란을 만나기로 했다.

란과 나는 엄마도 모르는 비밀을 나누며 함께 뒹굴고 자란 사이였다. 어느 날 우리는 왜관의 가톨릭 피정집에서 하룻밤을 꼬박 새며 얘기를 나눴다. 인생에 대해 진리에 대해 풋내 나는 생각들을 나누고 함께 피안의 세계로 발을 디뎠다. 수련이 끝나고 외국으로 떠나라는 명령이 떨어져 그와 헤어졌다. 낯설고 물선 외국에서 힘겹게 적응하며 살아가는데, 란은 또 다른 진리를 찾아 떠난다는 편지 한 장이 날아왔다. 그땐 예수님의 고통을 묵상하는 성주간이었다. 때는 봄날이었지만 돌로 지은 성당 안은 아직 찬 기운이 가득했다. 나는 차가운 성당에 쭈그려 앉아 펑펑 울었다. 내 고통의 깊이와 란의 또 다른 삶….

혼자 올 줄 알았는데 주지 스님과 함께 란이 왔다. 점심은 삼계탕이 어떻겠냐는 나의 제안에 스님은 슬며시 웃으며 그러자고 했다. 보신탕 메뉴가 없는 것이 참으로 아쉬울 뿐이었다. 식당의 손님들이 우리를 힐끗힐끗 쳐다보았다. 우리의 대화는 그저 퍽퍽한 닭가슴살을 씹는 것처럼 목이 메었다. 그래도 한 그릇씩 깨끗이 비웠다. 배고픈 구도자들! 헤어져야 하는 것이 운명임을 직감했다. 돌아서려는 나를 향해 스님은 작별 포옹을 해도 되겠느냐고 물었다. "물론이죠!" 했더니 부드러운 미소로 꼭 안아 주셨다. 누비옷에 밴 향내가 짙게 풍겼다. 란은 그 옆에서 연화蓮花 보살 미소로 나를 바라보았다.

미궁을 헤매다 1-우리 몫을 내놔

　슬픔을 분노와 증오로 바꾼 것은 무모한 욕심을 부린 남편의 피붙이들이었다. 그들은 망자에 대한 예의도 망자의 아내나 아들에 대한 배려도 하지 않았다. 망자가 내 남편이며 내 아들들의 아버지란 사실에 그다지 비중을 두지 않은 것 같았다. 그들은 자신의 형제가 죽었다는 사실을 매우 빨리 받아들였다. 그리고 냉정하게 관계를 재정리하려 했다. 그들의 의견을 대표하는 사람은 시아주버니였다. 그러나 장례 기간 내내 나는 제정신이 아니었다. 당연히 그들의 생각을 읽을 여력이 없었다. 다만 시아주버니의 태도가 심상치 않다는 것쯤은 느낄 수 있었다. 심상치 않았던 그것의 정체가 드러난 것은 삼우제 날이었다.

　그날은 청승을 더하듯 비가 내렸다. 죽은 자를 위한 삼우제는 빗속에서 진행되었다. 상주인 나와 어린 두 아들 그리고 절차에 맞춰 의식을 진행시키는 친정 식구들은 고스란히 비를 맞았다. 그러나 남편의 형제자매들과 그들의 배우자들인 친가 식구들은 나무 밑이나 각각의 우산 속으로 들어가 비를 피했다. 그리고 그들끼리의 시선을 교환하거나 의견을 나누며 초조하게 의식을 지켜보았다.

산 자들은 때가 되면 배가 고프다. 그것을 부정할 생각은 조금도 없다. 닷새 전까지 멀쩡하게 살아 있던 피붙이를 땅속에 묻어놓고도 돌아서기 무섭게 식당으로 향했다. 갈비를 뜯고 고기 국물을 마셨다. 시댁 식구들은 내 시선을 외면하고, 친정 식구들은 내 눈치를 살피면서 밥을 먹었다. 그들은 비를 맞았던 탓인지 뜨거운 국물을 훌훌 들이켰다. 어린 내 아들들도 갈비탕에 든 갈비까지 건져서 뜯어먹었다.

식사를 마치고 그들은 자판기에서 커피를 빼들고 앉았다. 친정 식구들에게 자리를 피해 달라고 말한 사람은 시아주버니였다. 커피를 막 받아든 순간이었다. 엄마가 내 옆구리를 쿡 찔렀다. 엄마의 얼굴에 불안한 기운이 어렸다. 내가 눈짓을 하자 그녀는 억지로 몸을 일으켰다. 시아주버니는 아이들도 내보냈다. 그리고 문을 닫았다. 그는 안주머니에서 백지 두 장을 꺼내 내 앞으로 밀었다.

"제수씨, 내 동생의 재산을 빠짐없이 거기에 적으세요. 제수씨 명의의 재산도 빠트려서는 안 됩니다."

"네? 무슨 말씀인지….."

"말 그대로라니까요. 내 동생이 갔으니 지금부터 재산 관리는 물론이고 조카들도 우리가 책임을 져야지요."

"우리 애들 걱정하시는 마음은 알겠는데 지금은 그런 것을 논할 때가 아닌 것 같습니다. 전 애들 아빠의 죽음이 믿어지지 않아요. 닷새 전에도 그 사람은 제 눈앞에서 숨을 쉬고, 말을 하고, 회사일을 걱정했습니다. 그 사람을 서둘러 정리하고 싶지 않습니다."

"제수씨, 마음은 마음이고 현실은 현실 아닙니까? 이런 이야기는 빨리 매듭을 짓는 게 서로에게 좋습니다. 까놓고 말해서 제수씨 젊지 않습니까. 바람이 나서 애들을 팽개치면 그걸 어떡합니까. 그 애들을 누가 책임지겠습니까. 그러니 미리 정리를 하자 이겁니다."

"너무 막가시는 군요. 걱정하지 마십시오. 어떤 경우가 생겨도 제 아이들은 제가 키웁니다."

내가 굳은 의지를 보였는데도 시아주버니는 물러날 기세가 아니었다. 시동생을 비롯한 시누이 그리고 동서들까지 시아주버니의 뜻에 동조하는 눈치였다.

"순순히 내놓지 않으면 법으로 할 겁니다. 아버지 몫도 찾아갈 것이고 우리들 몫도 찾아낼 것이니 그리 아십시오. 그러니 문제를 복잡하게 만들지 맙시다. 우리에게 협조를 하는 것이 피차 좋은 일 아니겠소. 서른여섯, 한창 나인데 제수씨도 재혼을 해야 할 거 아닙니까? 그래서 걸림돌이 되지 않도록 애들을 맡아서 키워 주겠다 이겁니다."

시아주버니는 문제를 단번에 해결하겠다는 의지를 보이며 나를 밀어붙였다. 그가 돈이 급하다는 것을 나는 알고 있었다. 월급날이면 부치고 있는 시아버지의 용돈이 끊길 거라는 불안함도 읽혀졌고 사실상 맏며느리 역할을 하고 있는 내가 모든 집안일에서 손을 놓게 될 거라는 말도 부정할 수 없었다. 그러나 그건 나중 일이었다. 시아주버니는 그런 모든 일을 당장 매듭짓고 싶어했다. 지금은 때가 아니라고 말했지만 소용없었다. 마치 함정에 빠진 짐승을 요리하듯 그는 잔인하게 몰아붙였다. 그가 내 남편의 형이란 사실이 믿기지 않을 정도였다. 불과 며칠에 사이에 돌변한 그의 태도와 암묵적 동조를 하고 있는 시댁 식구들에게 분노가 일었다.

그가 사업을 엎을 때마다 뒷수습을 도왔던 나였다. 애를 끓이는 남편 대신 부도 난 가계수표를 회수했고 형사 입건된 그를 빼낸 사람도 나였다. 적금을 중도 해약해서 시누이 아들에게 바이올린을 사 줬고 막내 시누이의 아이를 일 년 이상 키워 준 사람도 나였다. 십 년 동안 홀시아버지를 모시고 산 사람도 나였다. 그들이 일을 벌일 때마다 불평 없이 거들고 나섰던 것은 오로지 남편을 위해서였다. 당연하게 생각해서도 아니고 감당할 만한 일이어서도 아니었다. 한 시절 호의호식을 하며 살았으나 홀로서기에는 실패했던 사람들. 내려놓을 수도 없고 그렇다고 들고 있을 수도 없는 사람들. 그들이 내 남편의 아버지였고 형제들이었기 때문이었다.

나는 아득해지려는 정신을 바투 틀어쥐었다. 제발 막장이라는 흉한 꼴이 연출되지 않기를 바랐다. 그러나 그는 멈추지 않았다. 모든 것을 동원해서 자신의 목적을 달성하겠다는 의지를 굽히지 않았다. 나는 두려웠다. 나를 궁지에 빠트릴 경우의 수들을 떠올렸다. 정신박약자나 정신이상자로 몰아 내 권리를 박탈할 수도 있겠다는 극단적인 상황까지 상상하기에 이르렀다. 나는 두려움을 애써 감추며 또박또박 끊어서 말했다.

"나를 똑바로 보세요, 내가 누군지. 법이요? 그것도 맘대로 해 보세요. 다시 말할까요?"

겁을 먹지 않았다는 것을 보여주기 위해 나는 모두에게 시선을 주었다. 그러나 막장 드라마에서나 봤던 이 상황을 감당하기 어려웠다. 목이 졸리는 것처럼 숨 쉬기가 어려웠다. 점점 숨이 가빠졌다. 죽음의 공포가 밀려왔다. 내 아이들에게 이 상황을 알아야 할 것 같았다. 그러나 목소리가 나오지 않았다. 나는 내 아들들을 불러 달라고 시누이에게 애원했다. 놀란 시누이가 아들을 불렀다. 그 목소리는 비명처럼 들렸다. 큰아들이 방으로 들어왔다. 나는 아들을 안은 채 고꾸라지고 말았다. 막내 시누이가 울먹이며 소리쳤다.

"오빠, 제발 그만 해. 언니마저 죽겠어."

나는 필사적으로 의식을 붙들었다. 얼마나 지났을까. 희미하게 앰뷸런스의 사이렌 소리가 들렸다. 나는 병원으로 가는 중이었다. 무사히 탈출했다는 안도감. 그제야 나는 붙들고 있던 정신을 놓아 버렸다.

그 녀석이 나다

　우리는 아빠가 고위 공무원, 사업가, 교수인 잘살고 잘나가는 삼 총사다. 우리는 같이 비싼 특별 과외를 받기에 공부도 잘한다. 그런 데 공부는 잘하지만 집도 가난하고 꼴도 볼품없는 작은 놈이 언제 부터인가 우리 모임에 끼어들었다. 자잘하고 궂은 잔심부름 따위를 군소리 없이 잘하기에 그 애를 딱히 거부하지는 않았다. 가끔 그 애를 골리거나 욕을 해도 녀석은 싫은 기색 없이 늘 웃으며 고분고 분했다. 반응이 너무 없어 오히려 짜증이 나기도 했다. 때론 그 녀 석이 화를 내거나 덤비기라도 했으면 좋겠다고 생각했다. 만일 덤빈 다면 제 놈보다 크고 센 내 힘을 멋지게 보여줄 수 있으니 말이다.

　우리 넷이서 놀다 보면 술래는 언제나 그 애의 차지다. 어느 날 숙제를 함께 끝내고 간식을 먹은 뒤 우리는 술래잡기를 했다. 집 앞에 새로 고급 주택 단지를 조성하는 중이어서 숨을 곳이 매우 많았고 깊이 숨는다면 좀체 찾기가 쉽지 않아서 술래잡기 놀이엔 최고였다. 이번에도 술래는 또 그 녀석이다. 우리는 그 애가 쉽게 찾을 수 없는 곳을 미리 알아두었고 그곳에 함께 숨었다. 우릴 찾 느라 얼굴이 벌겋게 달아올랐을 그 녀석을 생각하고 우리는 킥킥 거리며 웃었다. 그렇게 숨은 지 한 시간이 넘도록 우리를 찾지 못하자 지루하다 못해 안달이 난 건 오히려 우리였다. 어쩌면 찾다가 지쳐 일찌감치 포기하고 저 혼자 만화책이나 보며 놀고 있는 것이라면 우리만 바보가 되는 것이다. 견디지 못해 우리는 그곳을 살그머니 빠져나와 그 애를 찾았다. 그놈은 다행히 아직 우릴 찾느라 우리가 있는 높은 축대 밑 계단 쪽으로 두리번거리며 오고 있었다.

이제 노는 시간도 다 지났고 조금 있으면 과외 선생님이 올 시간이다. 그러면 저 작은 녀석은 제집에 가 버리고 우리는 늦게까지 과외 공부를 해야만 한다. 순간, 우리 삼총사의 눈이 마주치며 빛났다. 누가 먼저랄 것도 없이 우리는 바지를 내리고 그 녀석 머리를 겨냥해 고추를 꺼냈다. 하나, 둘, 셋 소리와 함께 세 줄기 오줌이 그 녀석의 머리에 봄비처럼 뿌려졌다. 졸지에 뜨끈한 오줌 세례를 받자 녀석은 얼굴을 들어 위를 올려다봤다. 우리 삼총사의 사기그릇 깨지는 웃음소리와 뒤섞은 오줌을 맞으며 녀석은 바보처럼 웃었다. 그리고 웃음을 뒤로 한 채 제 가방을 챙겨 제집으로 돌아가고 있었다.

어둠이 조용히 쌓인다. 어느새 반가운 샛별이 나와 반짝인다. 집으로 돌아가는 그 녀석이 나다. 나는 자라면서 지금까지 그때의 내 행동을 반쯤 이해하고 반은 이해할 수 없다. 삼 대 일이라도 싸우거나 대거리라도 했어야 옳은 것이 아니었을까? 그러기는커녕 바보처럼 웃었다. 뒷날 그 애들은 나를 피했다. 그 애들의 부모가 나와 놀지 말라고 했다는 것이다. 나는 아직 그 애들의 사과도 못 받았지만 진짜 알 수 없는 건 그 부모들이 나하고 놀지 말라고 한 것이다. 그런데 지금도 그때를 생각하면 또 웃음이 나온다. 겨울 하늘에 샛별이 하얀 이를 드러내며 웃는다.

어려서 말이다

여름 볕이 여린 살갗들을 꼬집는다. 살구 빛이었을 뺨들은 떠돌이 고양이처럼 누렇게 타들어간다. 검고 숱 많은 머리카락 사이의 깊숙한 곳, 살과 살 사이 겨드랑이, 그리고 사타구니들에서 쉰 냄새가 올라온다.

나는 정수리 가르마의 선을 따라 길게 내리꽂히는 햇빛을 따갑게 느끼며 줄을 세우고 있다. 왜 월요일 아침마다 조례를 해야 하는지, 왜 일렬로 줄을 맞추어 서야 하는지에 대해 아직은 고민해 보지 않은 열두 살의 여름이다. 또한 왜 내가 선생님을 대신해서 아이들에게 인상을 찌푸리고 줄 설 것을 당부해야 하는지도 알지 못했던 여름이다. 아직은 어려서 말이다.

교장 선생님의 말씀은 자괴감에 빠진 햇살처럼 한없이 늘어지고 있다. 나는 아무도 듣지 않는 훈화가 모두에게 감동을 주고 있다고 믿는 교장 선생님의 인생관을 이해할 수 없다. 마이크는 왜 웅웅거리며 소리를 죄다 집어삼키는지도 알 수 없다. 아직은 너무 어려서 말이다.

나는 작은 아이들을 지나 키가 큰 아이들에게 다가가고 있다. 비뚤어진 줄을 끊임없이 다잡으며 선생님이 가르쳐 준 말을 똑같이 되뇌고 있다. 똑바로 서. 열 맞춰. 하지만 정말 왜 줄 따위를 서야 하는 것인지는 정말 알 수 없다. 아직은 어리석게도 어려서 말이다. 나보다 더 키가 큰 여자아이들 서넛이 맨 뒤에서 줄 따위는 아랑곳 않는다는 듯 수다를 떨고 있다. 나는 자신감 없이 여태껏 해 왔던 똑같은 말을 뱉어 낸다. 똑바로 서. 열 맞춰. 무언가에 열중해 있는 그들 중 아무도 내 말을 들은 체하지 않는다. 아이들이 너무 많아서 그들의 이탈은 앞에 있는 선생님에게 보이지 않는다. 사실 나는 그들을 모른 체해도 되었을 것이다. 하지만 나는 '누군가가 하지 않으면 안 되는' 일을 하고 있다고 굳게 믿었다. 아직은 바보처럼 어려서 말이다. 한 여자아이의 웃음소리가 유난히 크다. 얼굴이 가무잡잡하고 덩치가 큰 아이다. 단단히 당겨 올려 묶었음에도 늘 곱슬머리 몇 가닥이 이마 위로 고불거리며 떨어지던 아이다. 나는 그녀의 팔을 잡는다. 단단하고 억센 힘이 느껴진다. 똑같은 말을 반복하기 싫다는 생각이 잠시 뇌리를 스치지만, 여태 입을 저절로 움직이게 했던 관성의 힘이 그런 나를 이기고 나간다. 똑바로 서. 열 맞춰. 분노한 그 아이의 눈을 보았다고 느낀 순간, 동시에 왜 그녀가 내게 분노하는지 알 수 없다고 생각한 순간, 나는 이미 바닥에 내동댕이쳐져 있다. 그 아이의 갈색 손에 의해 갈겨진 내 뺨이 심장처럼 빨갛게 뛰고 있다. 다리가 풀려 일어설 수 없다. 나는 그것이 이유 없는 폭력에 대한 최초의 경험이라는 것과 사실 이유가 없지는 않을 것이라는 것, 두 가지 모두를 이해하지 못한다. 아직은 조금 어려서 말이다.

오래지 않아서 나는, 사람들은 결코 똑바로 서 있을 수도 열을 맞춰 서 있을 수도 없는 존재라는 것을 알게 된다. 작용과 반작용의 밀고 당김이 조화를 이룬 콘트라포스토. 짝발의 균형감과 구부러진 척추의 편안함….

그러나 이제 더 이상 어리지 않은 나는 내게 '똑바로 서. 열 맞춰'를 강요하는 자들의 뺨을 후려치지는 않는다. 대신 나는 글을 쓴다. 아직도 얼얼한 뺨을 어루만지며 다리를 꼬고 삐딱하게 앉아서 말이다.

이제서야

아이 셋 중 막내인 아들이 2009년 3월 육군에 입대했다. 주위 사람들이 내게 말했다. '많이 울었지?', '아들 가진 사람은 다 겪는 거야', '이제야 먼저 보낸 내 마음 이해하지?', '지금보다 시간이 흐를수록 아들의 빈자리가 점점 더 느껴져 눈물, 콧물 더할 거야'.

나는 위로해 주는 그들에게 '네, 네' 똑같이 대답했다. 그러나 속으로는 '천만에요!'라고 했다. 그때 내가 느낀 것은 사람들은 하나같이 자기가 겪은 감정을 고스란히 남들도 똑같이 겪었을 것이라고 생각한다는 것이다. 물론 사람으로 태어나 인생을 겪는 일이 저마다 다르기도 하면서 분명 공통점도 있기 마련이어서 그들의 질문을 충분히 이해한다. 그러나 같은 상황이어도 받아들이는 감정은 저마다 다르기에 자기 입장에 앞서 상대방의 감정을 파악하여 묻는 배려심도 대화법의 하나라고 생각한다. 나도 아들의 입소식 전 포옹에 눈물이 흘렸지만 이상하게 마음은 의연했다.

얼마 전 텔레비전에서 '한국의 재발견'을 보았다. 논산이었다. 대한민국 육군 훈련소가 있는 곳이다. 한국에 태어난 청년이면 통과

해야 될 관문. 입대를 앞둔 장정들이 가족, 연인, 친구와 함께 버스에서 내려 이발 또는 식사를 하며 이별을 앞둔 안쓰러움을 카메라가 찍고 내레이션이 추적해 나간다. 서로가 절박한 심정은 아마도 전쟁을 겪은 분단국가로서 군대에 간다는 것이 생명을 위협할 수 있기 때문일 것이다.

아들이 군대 가기 8개월 전, 친구처럼 때로는 엄마처럼 모든 것을 이해하고 도와주었던 언니가 병으로 영면했다. 내 생애 가장 큰 절망이었다. 언니가 투병하는 동안 아들의 대학입시 재수도, 큰딸이 직장에서 힘들다고 투덜대도, 남편이 디스크 수술로 힘들어해도, 노인성 치매로 아흔을 넘긴 연세에 요양원에 계신 친정엄마의 측은함도 언니와의 사별과는 비교가 되지 않았다. 언니를 떠나보낸 후 내 몸은 그 슬픔을 숨길 수 없었는지 장례식 후 한 달 만에 대학병원에서 일주일을 보내야만 했다. 하느님은 견딜 만큼의 내공을 주시는지 몸과 마음고생을 혹독하게 치른 후 나는 오히려 타인에게 의지하는 나약함에서 독립적인 강건함을 갖게 되었다. 구상 선생님의 시 '홀로와 더불어'도 더 가까이 느껴졌다.

아들의 훈련소 입소식에는 나 뿐만이 아니라 엄마, 작은누나, 큰외삼촌이 따라 갔으니 아들이 그다지 쓸쓸하지는 않았으리라. 사실 연병장에서 가족과 인사를 나눌 때 사정이야 어떻든 혼자 온 아이들에게 난 무언의 메시지를 보냈다. '너희가 지금은 쓸쓸하지만 허공에서 하느님의 은혜가 퍼져 너희 마음에 독립심과 더 큰 사랑을 갖게 될 것이니 힘내길 바란다'고.

텔레비전의 입소식 풍경은 다양했다. 아들을 꺼안고 우는 엄마, 포옹하는 커플, 등을 두드리며 악수하는 아빠, 친구들과 장난치며 헤어지는 모습, 그 위에 '이등병의 편지'가 영상과 겹쳐지며 흘러나왔다.

짧게 잘린 내 머리가 처음에는 우습다가
거울 속에 비친 내 모습이 굳어진다 마음까지
뒷동산에 올라서면 우리 마을 보일는지
나팔소리 고요하게 밤하늘에 퍼지면
이등병의 편지 한 장 고이 접어 보내오
이제 다시 시작이다 젊은 날의 꿈이여

난 아들이 제대한 지 2년이 지난 오늘에서야 우연히 TV를 통해 본 논산의 입소식 노래를 듣다가 그만 화장실에 가서 엉엉 울고 말았다. '아들아 그때는 좀 미안했다. 지금 생각하니 네 이모의 죽음이 오히려 엄마가 너를 담대히 보냈던 것 같다.'

강가의 하얀 호텔 체류기

1971년 5월. 막다른 골목 하수구 위에 서서 시도 때도 없이 허리를 굽혔다.

토악질하는 듯했으나 기실은 뭉클, 뭉클, 구름 같은 가래를 뱉는 일이었다.

약국에서 사흘 치 감기약을 받아먹고도 그 증상은 계속되었다. 약국 주인이 말했다. 큰 병원으로 가 보세요. 표정이 어두웠다. 신기하게도 회오리바람 안에 갇힌 고요처럼 가슴이 평온해지는 듯했다. 의사는 오랜 연륜을 지닌 할아버지였다. 긴 병이 될 테니 요양할 데를 찾아봐야 돼.

가족들은 마지막을 거두어 주는 심정으로 피신처가 될 데를 수소문했다. 돌배기 피난 시절에 진작 명이 다할 줄 알았는데… 어린 게 눈만 퀭하니 붙어 있어 몇 해 살 거 같지 않았다만. 넋두리 삼아 하는 말들 속엔 스무 살 남짓 산 것이 오히려 기적이었노라는 뉘앙스가 실려 있었다.

강가에 하얀 건물이 서 있어. 백사장도 정말 아름답단다. 정원엔 키 큰 나무들도 많아. 아침마다 주사를 맞고 스트렙토마이신과 신약이라는 아이나를 먹으며 친구에게 편지를 썼다. 친구는 멋대로 상상하며 꽃그림 카드에 답장을 보내 왔다. 넌 멀리 여행가서 하얀 호텔에 머물러 있는 거 같아. 지금쯤 하얀 가운을 입고 우아하게 침대에 누워 있겠지. 그리고 6월 어느 날 친구는 내 병실 문을 두드렸다. 헤어질 땐 긴 머리였는데 그새 상큼하게 커트를 하고, 빨간 티셔츠를 입어 더욱 발랄해 보이는 친구는 팔 가득 안개꽃을 껴안고 있었다. 친구가 말하는 하얀 호텔은 그녀에게 잠시 먼 이국의 여행지가 되어 주었다. 하지만 내게는 미래를 예측할 수 없는 어둔 병동일 뿐이었다.

조용한 독방을 주세요. 회진하는 의사 선생님께 청을 넣자 그는 껄껄 웃으며 말했다. 독방은 심심해서 안 돼. 그래도 막무가내로 내가 고집을 부렸다. 안 된대두. 병을 고쳐야지. 거구의 몸집인데도 바람소리를 내며 그는 빠르게 병실 문을 나가 버렸다. 나는 독방에 대한 미련을 쉽게 버리지 못했다. 혼자서라면 하고 싶은 세상의 모든 것들을 다 해 낼 수 있을 것 같았다. 독서욕과 글을 써야 한다는 강박관념도 한몫을 했다. 4병동. 산자락 아래 외따로 떨어진 고즈넉한 그곳. 내게는 독방의 혜택을 누리는 사람들이 머물 수 있는 신비의 별세계로만 여겨졌다. 먼발치에서 자주 그곳을 바라보곤 하다가 곧 새로운 사실에 나는 그만 쓴웃음을 짓고 말았다.

4병동은 죽음을 준비하는 생의 마지막 장소였다. 이 세상에서 더 이상 희망을 가져볼 수 없는 죽음 예고자들만이 독방이라는 선물을 받는 것이었다. 나는 다리가 후들거려 다시는 그곳을 찾지 않았다.

폐 오른쪽 하엽에 있는 동공을 떼 내야 할 거 같구먼. 수술이 잘되면 아마 복학도 가능할 게야. 다시 학교에 갈 수 있다는 말은 북소리 되어 내 가슴을 둥둥 울려 주었다. 강가로 나가 흐르는 강물을 바라보았다. 강물 위로 쏟아지듯 햇살이 내려와 반짝였다. 넌 살 수 있어.

회복실은 흡사 영화에서 보는 야전병원 같았다. 여기저기에서 터져 나오는 수술 환자들의 외마디 소리는 전쟁터를 방불케 했다. 조용한 내 신경들은 원색적인 그 소리들을 거부하며 미간을 찌푸리게 했다. 좀 참지, 참을성 없기는!

그리고 서서히 내 몸에도 미지근한 대야물처럼 고통이 번져들기 시작했다. 난 이것쯤 견딜 수 있어. 타고난 의지의 여신이듯 침대 위에서도 꼿꼿했다. 하지만 고통으로부터의 예외는 없었다. 아, 아, 아. 수분 후, 아니 수초 후에 마취에서 깨어나기 시작한 나는 이불을 걷어차며 울부짖었다. 참을 수 없는 고통은 용광로 같았다. 이 고통이 어쩌면 영원이 되진 않을까. 의구심이 나를 덮쳐와 또 온몸을 버둥거리게 했다.

아픔은 곧 사라져. 철부지 아가씬 이제 용감하게 결핵균도 퇴치했으니 세상에 나가면 젤 먼저 뭘 하고 싶나? 의사 선생님이 다가와 악수를 청하며 물었다. 세상 사람들처럼 창가에 앉아 커피를 마시고 싶어요. 전혀 아무런 일이 없었던 듯이.

창가의 커피숍, 그곳은 내게 상상만 해도 황홀한 신천지였다. 그리고 기적처럼 수십 번의 봄, 여름, 가을, 겨울을 보내며 살고 있다.

그건 아마도 세상을 향한 내 안의 여리디여린 '꽃물 같은 꿈'이 늘 일용할 양식이 되어 주고 있는 덕분이리라. 강가의 하얀 호텔은 때로 한 조각 그리움이 되어 주기도 한다. 삶의 한 소중한 징검다리였기 때문일까.

너만 알고 있어

파란 대문 집이 있었다.

당시에 구경 못한 규모의 이층집이 지어질 때부터 동네 아이들 사이에 그 집에 대한 환상이 나날이 부풀어졌다. 집이 완성되고 담이 쳐지고 대문이 굳게 닫힌 뒤에는 아이들 사이에 그 집이 마치 심청이가 인당수를 지나 들어간 용궁처럼 신비스럽게 자리했다. 나날이 덧붙여진 묘사 중에 가장 매력적인 것은 여러 가지 색깔의 물이다. 그 집의 욕실에는 무지개 같은 안개 속에서 각종 색깔의 물이 쏟아진다는 것이다. 그밖에도 일층에서 이층으로 오르내리는 계단이 움직이고, 방문도 저절로 열리고 닫히는, 첨단 시스템에 대한 묘사가 동네 아이들 머릿속에서 끊임없이 생겨나고 있었다.

내게는 그 파란 대문 집 초인종을 누르고 도망치는 놀이를 함께하던 친구가 있었다. 사방팔방 무인 카메라가 설치돼 있는 요즘이라면 생각도 할 수 없는 일이지만 그때는 가능했다. 아마도 초인종 소리를 듣고 문을 열어 주러 나와 골탕을 먹은 사람은 식모였을 것이다. 하인이나 문지기를 두고 살던 지체 높은 양반들 습성 때문에 그런 규모의 집이면 가족들이 벨 소리를 듣고서 직접 문을 열어 주러 나오지는 않았을 것이다. 그 시절 그 악동이었던 우리는 안 그래도 집안일로 고단한 그 집 식모를 괴롭혔다.

그렇다고 그 친구와 내가 친한 사이가 아니다. 친하기는커녕 아주 뜸하게 만나는 아이였다. 동네 아이들과는 아침부터 엄마가 저녁 먹으라고 부를 때까지 종일 붙어 지냈지만 그 아이는 한 달에 두세 번 겨우 얼굴을 볼 수 있었다. 얼굴이 하얗고 예쁜 그 아이는 이것저것 배우고 공부할 것이 많아서 종일 흙바닥에서 노는 우리 같은 땅강아지들과 놀지 않았다.

나는 그 아이와 특별한 관계를 맺기 위해서 비밀의 집에 대한 이야기를 조금 더 과장해서 해 주었다. 그리고 그 집을 너하고만 가자고 비밀 협약을 맺었다. 비밀이라는 말에 솔깃했는지 그 아이는 예쁜 눈을 반짝이며 고개를 끄덕였다.

그 후 나는 그 친구가 다른 아이와 친한 것 같아서 소외감을 느낄 때면 금붕어처럼 소리 내지 않고 '파'라고 입을 동그랗게 벌렸다. 그러면 그 친구는 나와 손을 잡고 내달렸다. 고무줄이든 오자미든 재미있게 하고 있던 놀이와 아이들을 내팽개치고. 나 역시 그 비밀 협약의 힘에 복종하는 것을 공평하게 즐겼다. 내가 한참 친구들과 놀고 있을 때 조용히 나타난 그 친구가 내게 '파'를 하면 나도 금방 폭격이 떨어진다는 공습경보를 들은 사람처럼 혼비백산하여 그 친구와 내달렸다.

아이들은 심심할 때마다 그 집에 대한 환상을 하나씩 덧붙이면서도 우리가 그렇게 갑자기 사라지면 그 집 대문 벨을 누르러 간다는 것은 눈치 채지 못했다. 의아해하는 친구들을 뒤로 하고 내달리는 우리는 세상에서 가장 특별한 사람이 된 듯했다. 뒤에 남은 친구들이 마치 용이 하늘로 날아오르는 것을 멍하니 바라보는 것처럼 우리를 바라보겠지, 으스대고 뽐내는 기분을 마음껏 누렸다.

그런데 나는 왜 그 아이와 맺은 협약을 지금까지 깨지 않았는지 모르겠다. 비밀의 아늑함, 은밀함, 달콤함 때문에 사람들은 밀애를 즐기는지 모른다. 환상이 현실의 고단함과 심심함을 위로해 주기 때문에 영화를 보고 소설을 읽는 것처럼.

눈앞에 없는 것은 힘이 세다. 우리는 눈앞에 있는 것에 지루해하고 없는 것을 찾아다니는 특별한 족속이다. 환상을 찾다가 현실을 잃고, 다시 현실을 찾다가 환상을 잃고….

'잃어버린 시간을 찾아서' 헤매는 일이 인생이라며 수만 장의 글을 남긴 프랑스 작가도 있다.

그건 그렇고, 여기까지 읽어 내려온 당신, 사실 아무 것도 없는데 뭐가 있나 해서 찾아온 당신에게 심심한 위로의 악수를 청한다.

청개구리

갓난아기의 사체였다. 등을 보여주며 둥둥 떠 있는 아기는 머리 커다란 개구리 같았다.

세상에 태어나 처음 터트린 울음이 마지막 울음이 되었을 아기에겐 바로 얼마 전까지 생명을 공급 받았을 탯줄이 아직도 매달린 채 방향을 잃어버리고 흐느적대고 있었다.

못은 제멋대로 자란 풀들이 기슭을 이루고 밑이 보이지 않을 만큼 탁한 물에는 부레옥잠, 개구리밥, 수련들이 어수선하게 나 있었다.

폴짝, 풀숲에서 개구리 한 마리 튀어 올라 아기의 등 위에 올라 앉았다.

아주 작은 청개구리였다.

푸른색이 서럽고 서러웠다.

돈돈2-역학

굼벵이도 구르는 재주가 있다.

지렁이처럼 굽은 돌담은 그렇게 길었다. 나와 휘팔이는 며칠째 집으로 가는 길에 돌담 구멍구멍을 꼭 쥐새끼처럼 후비며 열심히 눈알을 굴렸다. 늦은 봄의 따가운 햇살이 내 이마 위에 땀방울을 만들어 냈다. 나는 금방금방 흘러내리는 땀방울을 소맷자락으로 훔치며 '삼십 원'이라는 큰돈이 숨겨진 구멍을 찾느라 안간힘을 다 했다.

빙씨이 같은 놈. 그리 큰돈을 숨겨 놓은 곳도 모르나.

그래도 나는 휘팔이를 욕할 수 없었다. 녀석이 내게 무슨 빚이 있어서 그런 것도 아니고 단순히 내가 좋아서 그 큰돈을 주겠다는데 그까짓 바보스러움 정도야 애교라 할 수 있었다.

버얼건 빛깔의 십 원짜리 종이돈, 그것도 세 장씩이나. 그것이 사흘이 아니라 열흘인들 수고하지 않겠는가. 또한 휘팔이는 나를 위해 마련한 돈이 혹시나 못된 장터 아이들에게 빼앗길까 염려해서 깊숙이 숨겼다는데 어찌 그 성의가 고맙지 않으랴. 그러나.

비잉씨-.

내 입이 조금씩 실룩거리기 시작했다. 어린 나의 인내에도 한계는 있었다. 돌담 그림자가 내 키보다 길게 누울 때까지 나는 돈이 든 구멍을 찾고 또 찾으면서 행여 휘팔이에게 싫은 표정을 보이지 않으려 애를 썼다. 저만큼 그 못난 휘팔이도 열심히 구멍을 찾는 듯했다. 날 늦은 뻐꾸기 소리가 그쪽으로 흩어져 내렸다.

장터 아이들이 아무리 못된 짓을 자주 한다지만 녀석이 그렇듯 겁쟁인가. 공부도 웬만큼 하는 녀석이고 보면 머리가 둔한 것도 아닌데 생고생시킬 게 뭐람. 자꾸만 불만이 불거졌다.

사실 나는 당시 장터에 살고 있었기 때문에 장터의 텃세를 별로 의식하지 못했다. 하지만 휘팔이처럼 십 리나 떨어진 그것도 외딴집 홀어머니 밑에 살고 있는 그에게는 장터 아이들이 여간 두려운 존재가 아니었을 것이고 실제 그들은 휘팔이 같은 아이들을 많이 괴롭혔다.

장터 골목대장 출신인 나는 작은 시골 학교에서 싸움 한 번 하지 않고 같은 학년의 서열 일위가 되었다. 우리의 서열은 주로 비교우위에 입각하여 자연스럽게 결정되었다. 거기에는 물론 형들도 여럿 있었고, 공부도 잘했지만 무엇보다 '장터'라는 텃세가 알게 모르게 크게 작용했다고 볼 수 있었다.

그날도 나는 휘팔이에게 아무런 짜증을 부릴 수가 없었다. 그 다음날도 아니 한 주 내내 집에 늦게 온다는 어머니의 꾸중도 감수하면서 그 버얼건 종이돈을 완전히 포기하는 순간에도, 아니 그 뒤 졸업할 때까지도, 사십 년 가까운 지금까지도 녀석을 미워할 수 없었다. 오히려 그때 자칫하면 내 속에서 부글거리던 짜증이 튀어나올까 봐 조심을 했었다. 그것은 내가 그의 채권자도 아니었고 아무리 큰돈이라 하지만 내 어린 자존심이 무너지는 것, 그것을 보이기가 싫었을 뿐이었다.

하기야 아무런 이유 없이 공짜를 바랬던 내 얄팍한 속을 내보이기는 했지만 도대체 휘팔이는 왜 내게 돈을 주려고 했을까. 장터의 불량한 패거리를 평정할 수 있는 정의의 사자로 받들고자 했을까. 어린 나이에 그 무슨 정의에 대한 추종이 있어서 그것도 한낱 같은 또래에게 기대할 것도 없잖은가. 설사 그것이 속임수라 한다면 꼬박 일주일을 돌담 뒤지는 수고를 사서 할 필요가 있었을까.

애초에 휘팔이는 돈이 없었다. 순수를 가장한 돈으로 인정人情을 볼모로 사기를 친 셈이었다. 그래서 그는 자신의 안전지대를 확보하려 했다. 내가 그를 미워할 수 없었던 것은 그의 순수를 믿었던 내 순수에 대한 상처, 곧 자존심 때문이었다. 그는 그것을 진작 몸으로 알고 있었다. 역학의 구도를 교묘하게 이용한 인생 고수라 할 수 있다.

진눈개비로 인하여

아침부터 세찬 눈발이 날렸다. 하지만 곧 녹아 버리는 진눈개비였다. 숙경의 시선이 줄곧 동구 밖 먼 고갯길에 쏠려 있다. 잿빛 승복에 바랑을 메고 수리미재를 넘어오는 이가 있는지 눈이 빠지게 기다렸다. 오늘은 그가 집을 떠나기로 한 날이다.

숙경은 어제 초등학교 졸업장을 받았고 아직 중학교 입학 전이었다. 그의 아버지가 살아 계실 때부터 그 집에 드나들던 한 여승이 있었다. 스님이 그 동네로 시주를 나오면 숙경이네 사랑방에서 하룻밤을 묵어 갔다. '문화 유 씨', 같은 성받이라고 반갑게 맞아 주었기 때문이다. 숙경의 아버지가 살아 계실 땐 시주도 넉넉하게 했다. 개태사 어느 암자에서 왔다던 중년의 비구니는 독경 소리가 정말로 청아했다. 새벽부터 일어나 찬물에 세수하고 무릎을 꿇고 앉아 염주를 돌리는 모습은 참으로 단아해서 선계仙界에서 내려온 듯했다. 숙경이도 독경을 따라하고 싶어졌다. 온 가족의 이름을 하나하나 올려가며 축수하는 모습이 정성 가득했고 병환이 깊은 그 집 가장을 위해서도 오래도록 기도했다. 그리고 나비처럼 가벼운 몸짓으로 백팔 배를 올렸다. 한데, 기도의 효험도 없이 그

집 가장은 세상을 떠났다. 서른아홉 미망인에게 눈망울이 초롱초롱한 아이들이 쫄쫄이 딸려 있었다. 그중에 셋째인 숙경이 유난히 눈망울이 검고 총명해 보였다. 이 여섯 아이들을 먹이고 입히고 공부시키기에 턱없이 부족한 가정 형편이란 것을 스님은 알고 있었다. 셋째 숙경을 당신이 데리고 가서 제자로 삼고 공부를 시키면 어떻겠냐고? 슬쩍 속내를 드러냈다. 중학교도 보내고 불교 공부도 시키며 나중에 뜻이 있으면 불교대학까지도 보낼 수 있다는 제안을 했다. 그래서 숙경이 초등학교를 졸업하는 다음날 데리러 오기로 약속했던 것이다. 한데 해가 저물도록 스님은 오지 않았다. 숙경은 어젯밤에 싸 놓은 보따리를 만지작거리며 하루해를 보냈다. 혓바늘이 돋아 밥도 먹지 못하면서도 엄마에겐 내색하지 못했다. 집안 형편상 자기가 떠나야 할 적임자라는 것을 알기에….

아침 일찍 암자를 내려오던 스님은 살짝 얼어붙은 비탈길에서 미끄러져 낭떠러지로 굴러 떨어졌다. 꼬리뼈가 부서지고 발목을 삐는 중상을 입었다. 한 발짝도 옴짝달싹할 수 없는 상황이었다. 다시 암자로 올라갈 수도 내려갈 수도 없는 참담한 지경에 처했다. 한데, 때마침 토끼 올가미를 살피러 온 밀렵꾼에게 발견되어 구사일생으로 살아났다. 깁스를 하고 반 년 만에 퇴원한 스님이 이듬해 봄 숙경이네 집으로 찾아왔다. 숙경은 중학교 이학년이 되어 있었다.

그날 내린 진눈개비로 인하여 불교 입문이 무산된 숙경은 현재 가톨릭 신자 '로사'란 세례명으로 살아가고 있다.

스물여섯 한때

　스물여섯, 대학교 4학년 졸업반인 나는 무작정 선배를 찾아 서대문 로터리에 있는 한 대입 종합 학원을 찾아갔다. 선배는 모교의 시간강사 자리를 내게 물려주고 고액의 몸값이 보장되는 학원으로 도망치듯 직장을 갈아탄 것이었다. 이듬해 봄이 되면 모교에서 정교사 자리를 보장해 준다고 했음에도 그는 뒤도 돌아보지 않고 학원을 택했다. 혀를 끌끌 차는 사람도 있었지만 그 정도의 실력이면 학원에 가서 떼돈을 벌 수 있을 테니 잘한 일이라고 부러워하는 사람들이 더 많았다.

　내게 고등학교와 대학교의 같은 학과 두 해 선배인 그는 많은 후배의 우상이었다. 공부도 잘했고, 웅변 실력도 뛰어나서 여러 대회에 나가 수상을 독차지했다. 같은 문예반 선배로 탁월하게 시를 쓰던 사람이었으니 내게도 역시 그는 우상이었고, 나는 한순간의 주저도 없이 그 선배를 따라 대학에 진학을 했다.

　선배는 은사의 요청에 따라 대학원 재학 중에 모교에서 시간강사를 시작했고, 후배이면서 제자들인 학생들의 열렬한 지지를 받는 실력 있는 선생이 되었으나 몇 달이 지나지 않아 학교에 사표

를 던지며 대학교 4학년인 나를 후임으로 앉혀 놓고 줄행랑을 놓
았다. 1980년대 초, 그 시절은 교사자격증이 없어도 고등학교에서
시간강사 노릇을 할 수 있었던 때였다.

그 시절 나는 대학생 신분으로 1인 3역을 하느라 눈코 뜰 새 없
이 뛰어다녔다. 마지막 학년 학점을 받느라 대학 강의를 들어야 했
고, 그 틈새에 모교에 가서 주당 12시간 시간강사 노릇도 해야 했
고, 밤이면 중고생 대상으로 과외를 하느라 여가를 찾는 게 사치
였던 때였다.

그도 그럴 것이 고향에서 환갑이 넘도록 농사를 짓는 아버지께
등록금을 달라고 할 염치를 나는 가지지 못했다. 주말에 고향에
내려가 집안 형편을 가늠해 보면 오히려 내가 아르바이트를 해서
보태 드리는 것이 낫다고 판단했을 정도였다.

내가 그 선배를 서대문 로터리로 찾아간 때는 졸업을 얼마 앞
두고 취업문제로 고민을 할 때였다. 아니 취업 고민보다도 내 신세
한탄을 하러 갈 요량이었다. 어찌 내 신세가 이러냐고, 무슨 대학
생활 4년 내내 아르바이트와 씨름을 해야 하고, 어쩌자고 내게 있
던 친형은 먼저 세상을 등지는 바람에 1남4녀의 외아들 신세가
된 내가 부모 봉양까지 떠맡아야 하느냐고, 나의 우상인 선배에게
하소연하고 싶었던 것이었다. 졸업하면 바로 결혼도 해야 하는데
무슨 돈으로 전세방을 장만할 것이며, 4년간 받은 학자금 융자는
어떻게 갚을 것이며, 어떻게 살아야 할지 앞날이 막막하다고 소주
나 한잔 사 달라고 떼를 쓰며 가슴속 케케묵은 응어리를 털어 낼
심사였다.

선배가 야간 강의를 끝내고 올 때까지 학원 앞 선술집에 들어가 나는 소주를 마시기 시작했다. 온갖 생각이 나를 괴롭혔다. 선배가 선술집에 도착했을 때 나는 이미 술에 만취해 후배가 찾아왔는데 빨리 안 나오고 이게 뭐냐고, 나를 이렇게 기다리게 해도 되느냐고 대들다시피 했다.

선배는 미안하다고, 네가 마신 술값은 내가 낼 테니 그만 집에 가라고, 오려거든 미리 약속을 잡고 오지 이렇게 불쑥 나타나면 어쩔 것이냐고 타이르며 나를 일으켜 세웠다. 막무가내로 술을 더 사달고 조르는 내게 선배는 시간이 없다고, 또 가야 할 데가 있다며 나를 술집 밖으로 끌어냈다. 술주정하듯 떼를 쓰는 내게 선배는 밤늦은 그 시간에 다시 과외를 가야 하기 때문에 시간도 없을 뿐더러 술도 마실 수 없다고 했다.

급히 마셔 댄 술을 이기지 못해 길바닥에 토악질을 해대는 내 등을 두드려 주며 선배는 너는 그래도 행복한 놈이라고, 이렇게 술 마실 시간이라도 있으니 얼마나 다행이냐고 위로를 해 주며, 나는 이렇게 자정이 다 될 무렵까지 이리저리 뛰어다니며 돈을 벌지 않으면 온 식구가 거리에 나앉을 상황이라고, 한숨을 쉬며 나를 부러워했다. 누구는 모교에서의 정교사 자리가 탐나지 않아서 뛰쳐나온 것이 아니라 한 푼이라도 이를 악물고 더 벌지 않으면 노부모 병원비도 마련할 수 없고, 줄줄이 딸린 누이들 결혼은 누가 거저 시켜 주냐고, 애먼 소리 말고 네놈은 행복한 줄 알고 모교에서 자리 잡고 선생 노릇이나 똑바로 잘해서 너를 심어 준 내가 기뻐하게 해 달라는 것이었다.

기어이 선배는 아직 토악질이 다 끝나지도 않은 나를 골목에게 남겨 놓고 택시 타고 집에 가라며 천 원짜리 지폐 몇 장을 주머니에 넣어 주고는 버스 정류장으로 줄달음쳐 달려갔다.

어떤 시선

카메라를 의식하고 취하는 포즈가 어색하고 부자연스러워 스냅 사진을 좋아하는 나로서는 모임이나 행사 후 사진 정리를 하다 보면 버리는 사진이 많다. 초점이 안 맞아서 버리는 경우도 있지만 대부분은 사진에 찍힌 사람이 자신의 모습을 보고 싫어하지 않을까 하는 우려에서다. 누군가 이야기했듯이, 내가 찍은 인물 사진은 곧 나의 자화상이기에, 미루어 짐작건대 그들 또한 사진에 찍힌 모습 그대로를 자신의 모습으로 받아들이길 원치 않을 것이다. 낡은 종이 상자 속에 차곡차곡 쌓여있는 빛바랜 사진처럼, 기억 속에 묻혀 있는 얼굴 하나. 이름조차 기억에 없는 그 아이는 중학교 2학년이 되면서 나와 같은 반이 되었다. 우리는 키가 큰 편이어서 맨 뒷줄에 앉는다는 공통점이 있긴 했지만, 그 외에는 어떤 비슷한 점이나 공통의 관심사가 없었던 걸로 기억된다. 말 그대로 그 아이는 나에게 보이지 않는 존재였다. 그런 그 아이가 수업시간에 힐끔힐끔 나를 본다는 느낌을 받았고, 어느 날부터인가 나에게 편지를 주기 시작했다. 편지를 직접 건네주는 것이 아니라 반 전체가 자리를 비운 체육시간에 내 책 속에 끼워 놓으면, 나는 그것을 집에 가서 발견하는 것이다. 어떤 건강상의 이유가 있는지는 몰라도 그 아이는 체육시간엔 항상 홀로 교실을 지키고 있었고, 어느 누구와도 이야기를 한다거나 같이 노는 모습을 보지 못했다. 집착에 가까워진 그 아이의 힐끗거림과 편지는 드디어 미행으로 발전했다. 어느 날 하굣길에 멀찍이서 나의 뒤를 따라온 것이다. 나에게 말을 걸지도 않고, 그렇다고 내가 말을 걸 수 있는 상황을 만들지도 않으며, 일정한 거리를 두고 바라보기만 하는 것이다. 그러던 어느 날 버스 안에서 여대생인 듯한 사람이 대뜸 나에게 자기 동생 친구 누구 아니냐고 물어 왔다. 소풍 가서 찍은 단체 사진에서 봐서 내 얼굴을 알아봤단다. 버스를 타고 가는 잠깐 동안 난 그 아이의 언니로부터 자기 동생과 친구가 되어 달라는 부탁과 함께 대강의 상황을 들었고, 그런 그 아이의 행동이 조금은 이해가 되었다. 그 사건이 있은 후 얼마 되지 않아 그 아이는 다른 학교로 전학을 갔다는 소문을 남기고 학교에서 모습을 감추었다. 일방적 바라보기의 대상이 된다는 것, 그 느낌은 어린 나이였지만 참으로 이상하고 불편하고 공포스럽기까지 한 것이었다. 40여 년이란 세월이 흘러 희미한 윤곽으로만 남은 그 아이의 얼굴과 조금은 미안한 마음과 함께 기억되는 그 아이의 시선은 긴 시간이 지난 만큼 이제는 더 이상 불편함이나 공포가 아닌 아련한 추억이 되었다. 그동안 나의 일방적 시선의 포로가 되었던 수많은 사진 속 얼굴들…. 반짝이는 비늘처럼 촉촉히 빛나는 시공간의 편린들이 세월의 흔적과 함께 켜켜이 쌓여 빛바랜 추억의 사진이 될 즈음, 영원히 그곳에 고정되어 그림자가 된 그들 또한 흘러간 시간을 도란도란 이야기해 주는 아련한 추억이 되리라. 깃털처럼 가볍고 포근하고 친근한 추억이….

마지막 축제

"베사메, 베사메, 베사메 무초."

음악이 빠른 템포의 곡으로 바뀌자 사람들의 어깨가 조금씩 들썩거리기 시작했다. 몇몇은 춤을 추자고 앞사람에게 손을 내밀며 채근하고 있었다. 용기 있는 사람 하나가 벌떡 일어나 테이블 사이를 오가며 몸을 흔들자 뒤이어 서너 명이 따라 일어났다. 춤판은 제법 왁자해졌다. 다른 사람들은 끈끈한 음악이나 요염한 몸놀림 따위는 아랑곳하지 않고 술을 마시는 데 열중했다. 널찍한 탁자에는 음식이 가득 차려져 있었다. 조문객들은 부지런히 술잔을 부딪치며 음식을 먹고 얘기를 나누었다. 잔칫날을 방불케 하는 흥겨움이 탁자 사이에 넘실거렸다.

그때 한 남자가 장례식장에 들어섰다. 사람들의 시선이 일제히 그에게로 쏠렸다. 흰 비단실로 만든 것처럼 머리카락이 새하얗고 호리호리한데다 부드러운 인상이었다. 그 역시 예고한 대로 검은색 옷을 입지 않았다. 베이지색 재킷에 진회색 바지를 받쳐 입은 말끔한 차림이었다. 남자가 식당 건너편에 마련된 빈소로 들어갈 때까지 모두의 눈은 그를 따라갔다.

영정 사진 속의 여자는 환하게 웃고 있었다. 바로 앞에 놓인 국화꽃보다 더 환한 웃음이었고 머리카락은 남자만큼은 아니지만 흰색이 더 많았다. 남자는 영정 앞에 국화꽃을 바치고 향을 피운 뒤 잠시 멈추어 서서 영정 속 여인을 바라보았다. 마치 짧은 대화를 나누는 듯한 모습이었다. 그러고 나서 절을 두 번 한 다음 상주로 보이는 중년 남자에게 절을 했다.

"평안하게 가셨는지요?"

"네. 아주 평안히 주무시듯 가셨습니다."

"고마운 일입니다."

두 사람은 아주 친밀한, 그러나 예의를 갖춘 말투로 인사를 나누었다. 남자는 영정 사진을 한 번 더 돌아보았다. 망자의 눈이 그를 마주보며 웃어 주는 것 같다고 생각한다. 상주는 남자를 음식이 차려진 식당의 구석 자리로 안내했다.

"소찬이지만 요기라도 좀 하시지요."

"참 행복한 사람입니다."

남자는 상주가 건네는 술잔을 받으며 말했다.

"네. 어머니께서도 가끔 그런 말씀을 하셨습니다. '내가 이 땅에 태어나서 이렇게 살고 있으니 참 행복하다.' 마지막까지 모두 행복한 얼굴로 만나길 바라셨습니다."

상주는 망자가 부탁한 장례 의식을 그대로 따랐다고 설명했다. 망자가 준 목록대로 음악을 틀었고 음식을 준비했으며 감사 메시지를 조문객에게 전했다. 망자는 죽어서까지 자신의 인생을 관장하고 싶어 했다. 그 절실하고 뜨거운 욕망이 망자의 삶을 이끌었음을 모두 알기에 수긍했다.

'나의 마지막 잔치에 와 주어서 고맙습니다. 맘껏 웃으며 즐기다

가십시오.'

축제가 되게 하라고 했다는 상주의 말을 들으며 남자는 술잔을 한입에 털어 넣었다. 그는 다시 채워지는 술잔을 들고 망자와의 마지막 만남을 떠올렸다. 그가 예순 번째 생일을 맞는 날이었다. 가족끼리 저녁식사를 마치고 집으로 돌아오자마자 망자는 큰 가방을 보여주었다. 자신의 짐은 그것뿐이라며 이제 집을 나가겠다고 했다. 그 말을 하는 망자의 얼굴은 예순두 살에 걸맞게 주름살로 뒤덮여 있었다. 그랬다. 망자는 어디에도 반겨줄 사람이 없는 늙고 가난한 작가였다. 그의 염려를 안다는 듯이 망자는 그에게 통장을 보여주었다. 그동안 한 푼도 쓰지 않고 모아둔 원고료라며 나머지 인생은 이 돈으로 살아보겠다고 했다. 남자는 그때서야 망자의 진심을 읽었다. 십오 년 전 두 사람이 결혼할 때 했던 약속이 있었다.

"둘 중 한 사람이 헤어지자고 할 때까지만 같이 살자."

그 약속에 발이 걸려 넘어진 거다. 두 사람 다 한 번씩 결혼을 했던 경험이 있고 사랑이나 결혼이 가져오는 파란에 대해 알만큼 알 나이였다. 둘 다 작가였기 때문에 서로 영감을 줄 수 없을 때 헤어지자는 속뜻을 담은 그 말은 자연스러운 다짐에 속했다. 지금 그는 예순 살이 되었고 옛 다짐 같은 건 잊은 지 오래였다. 한 마디로 헤어질 준비가 되어 있지 않았다. 그러나 망자는 완강했고, 그로서도 달리 설득할 방법이 없었다. 망자는 작은 방을 얻어서 집을 나갔다. 그리고 십오 년이 흐른 뒤 오늘이 된 것이다.

그렇다고 그것으로 두 사람의 관계가 끝난 것은 아니었다. 헤어진 뒤에도 이따금 만났고 밥과 술을 나누었으며 심지어 여행까지 갔었다. 전남편의 자식인 상주는 그 모든 과정을 다 알고 있으니 편안히 남자를 대할 수 있는 것이다. 남자 덕분에 어머니를 부양해야 하는 자신의 역할이 가벼워졌음을 늘 감사했다. 그것은 어머니 자신의 힘이었다는 것까지 알 나이는 아니었다.

집을 나간 망자는 마치 새로 태어난 듯, 아니 이제 막 등단한 듯 왕성하게 작품을 써 냈다. 그중 어떤 작품은 평론가의 환호를 받아 큰 상도 받았고, 또 어떤 작품은 대중의 열렬한 사랑을 받아서 베스트셀러가 되었다. 그때 망자의 초청으로 그는 유럽에 함께 다녀왔다. 망자가 들이댄 이유인즉슨 두 사람의 이별이 준 영감으로 쓴 소설이니 그에게 마땅히 그 정도의 권리는 있다는 것이었다.

십오 년은 후딱 지나갔다. 혼자 남겨진 그는 처음에는 우울하다가 자주 화가 나다가 마침내 서서히 평화를 찾아가면서 그 시기를 견뎠다. 나이를 먹지 않는 열정의 소유자였던 망자가 몇 번의 연애사건에 휘말리는 동안에도 그는 새로 쓰기 시작한 시에 몰두하느라 사람들에게 쓸 마음의 공백은 없었다. 그의 마음에 닥친 의문과 회한과 비탄을 소설로 표현하기에는 실물감이 느껴지지 않았다. 그는 시를 택했다. 시의 은유와 상징의 시계, 구체성이 배제된 그 세계 속에서 사는 것에 만족했다.

그는 평생 아마도 망자 한 사람만 사랑했을 것이다. 아니 그 이전에 몇 번의 연애를 했지만 망자를 만난 이후로는 누구와도 에로스적인 감정을 나누지 않았다. 심지어 헤어져 있는 동안에도 그에게는 망자가 전부였고 망자와 늘 함께였다. 그는 알고 있다. 오늘 망자가 이 세상을 떠나 그가 알 수 없는 곳으로 갔다 해도 그의 남은 인생 역시 망자와 함께하리라는 것을. 그를 아련한 눈길로 바라보는 망자의 아들도 그 마음을 안다는 듯 조용히 술잔을 채워주었다. 망자를 지독히 짝사랑했다는 점에서 두 사람은 닮았다. 상대를 많이 외롭게 하는 것이 어머니의 사랑의 방식이었음을 알지만 받아들일 수 없었다는 점까지.

"어머니를 아껴주셔서 항상 감사했습니다."

남자는 손을 뻗어 상주의 손등을 어루만졌다.

"감사야 내 몫이지. 한세상 금방 가 버렸네. 이제 아무것도 겁날 게 없는 나이가 됐으니."

소주 한 병이 빌 동안 그들이 나눈 대화는 띄엄띄엄 얼마 되지 않았지만 망자의 전 생애가 이 술자리를 훑고 지나갔음을 그는 보았다. 이것이 죽음이구나. 나의 죽음도 이러하겠구나. 죽음의 자리에서 삶의 전부가 한 덩어리로 모아져 활활 불태워지는 것! 불로 모든 것을 정화시키고 그 사람에게 날개를 달아 날아가게 하는 것! 그는 자신의 죽음이 그러하길 진심으로 바라며 자리에서 일어났다.

작가 소개

구자명 소설가

kjam03@hanmail.net
1997년 '작가세계'에 단편 '뿔'로 등단.
소설집 「건달」, 「날아라 선녀」, 산문집
「바늘구멍으로 걸어간 낙타」, 「던져진 돌
의 자유」, 2인미니픽션선집 「그녀의 꽃」
등이 있다. 한국가톨릭문학상, 한국소설
문학상 수상. 2012년 한국문학번역원
해외 레지던스 작가 체류(오하이오 주립대)

구준회 시인

junhoiku@hanmail.net
중앙대 문창과, 신방대학원 졸. 「순수문
학」을 통해 등단. 한국문협, 서울교원문
학회 회원, 미니픽션작가회 이사. 2008
KBS창작동요대회 노랫말부문 최우수
상, 2013 제3회 대한민국독도문예대전
시 최우수상 등 수상. 시집 「우산 하나의
행복」, 「사람 하나의 행복」 외 공저 다수.

김민효 소설가

fogvalley@hanmail.net
서울예술대학에서 문예창작을, 중앙대
대학원에서 문학예술을 전공. 「작가세
계」에 '그림자가 살았던 집'으로 등단.
소설집으로 「검은 수족관」, 같이 묶은
책으로 「미니픽션」이 있다.

김은경 수필가

haesim@hanmail.net
1999년 「수필문학」에 수필 '이 호젓한
충만감을'이 당선되어 등단. '자하 ㅅ골'
동인.

김의규 화가

euiqkim@hanmail.net
창작집 「양들의 낙원, 늑대 벌판 한가운
데 있다」, 「그러니까 아프지 마」, 「그녀의
꽃」이 있다.

김정묘 시인, 소설가

kkmyo@hanmail.net
「문학과비평」을 통해 시인 등단, 「한국소
설」을 통해 소설가로 등단. 시집 「그리움
은 약도 없다」, 「태극무극」, 동화집 「엄
마야 누나야 강변살자」, 산문집 「부처님
공부」, 미니픽션 동인지 「술집」, 「그길」
외 다수.

김정란 소설가

oleve11@hanmail.net
「내일을 여는 작가」에 단편소설로 등단.
경기문화재단출판지원금을 받았다.

김혁 소설가

kimhyok21@hanmail.net
1956년 충북 영동 출생. 경희대학교 한
의과대학 졸업. 1983년 한국일보 신춘
문예 소설 당선. 지역주간지 「영동신문」

창간 발행인 역임. 장편소설 「장미와 들
쥐」, 「지독한 사랑」 외 단편 수십여 편
발표.

김혜진 소설가

suspens77@naver.com
2012년 동아일보 신춘문예 '치킨런'이
당선되어 등단. 2012년 대산창작기금
수혜, 2013년 중앙장편문학상 수상, 고
려대 문창과 석사 과정 재학 중.

남명희 소설가, 사회복지사

nam3583@hanmail.net
종합무역상사, 은행, 증권사 등에서 40여
년 간 일했으며, 2014년 「문학나무」에 '이
콘을 찾아서'로 소설 등단. 2008년 「서
라벌문예」를 통해 수필 등단. 한국문협
회원. 사회복지사. 가톨릭 영 시니어 아
카데미 운영위원. 서울 성곽 문화해설자.

노길용 디지털콘텐츠 디자이너

roseix@naver.com
디지털컨텐츠 기획·디자이너. 미니픽션
미디어 연구소 수석연구원. 구상선생기
념사업회 사무차장. 월간지 「꼬꼬댁」 기
획 및 편집 디자인. 「삐뀨의 아침」, 「삐
뀨의 점심」, 「삐뀨의 한 낮」, 「토끼똥」 등
각종 Flash book(E-book) 제작. '구상
문학상' 수상자 영역 시집 인터뷰 영상
촬영·제작. 「구상 江 예술제」 행사 기획·
진행 및 각종 인쇄물 편집 디자인.

노순자 소설가

namu603@naver.com
1975년 현대문학 '실명' 추천 등단. 한국
가톨릭문학상 소설 부문 수상, 월간문
학 동리상 수상, 국제펜클럽 한국본부
펜문학상수상, 한국소설문학상 수상.

박명호 소설가

aremal@hanmail.net
1992년 부산일보 신춘문예 소설 당선.
부산작가상 수상. 작품집으로 「가롯의
창세기」, 「뻐꾸기뿔」 등이 있다.

박방희 동화작가

Pbh0407@hanmail.net
경북 성주 출생. 1985년 무크지 「일꾼의
땅1」과 「민의」, 1987년 「실천문학」 등
에 시를 발표하며 등단. 2001년 스포츠
투데이 신춘문예에 추리소설 당선, 「아
동문학평론」에 동화, 「아동문예」에 동시
당선. 푸른문학상, 방정환문학상, 우리
나라 좋은 동시문학상, 한국아동문학상
등을 수상. 시집 「불빛 하나」, 「세상은
잘도 간다」가 있고, 동시집 「참새의 한자
공부」, 「쩌렁쩌렁 청개구리」 등 다수, 시
조집 「너무 큰 의자」가 있다.

배명희 소설가

zhfk33@naver.com
2006년 중앙신인문학상으로 등단. 창
작집 「와인의 눈물」이 있다.

백경훈 시인, 여행작가

chodang711@naver.com

2003년 「문학나무」 시부문 신인상으로 등단, 2006년 「마지막 은둔의 땅, 무스탕을 가다」 출간, 2007년 「신의 뜻대로」 출간, 2014년 2월 현재 석 달 여정으로 인도 여행 중.

심아진 소설가

jaran72@naver.com

고려대학교 국문학과 석사 수료. 1999년 「21세기 문학」으로 등단. 소설집 「숨을 쉬다」(문광부 우수문학도서 선정), 「그만, 뛰어내리다」(문광부 우수문학도서 선정). 도서관 문학작가 파견 사업 강의.

유경숙 소설가

yksook424@hanmail.net

충남 논산 양촌 출생. 1997년 「창작수필」에 '기우도騎牛圖'로 신인상을 받았다. 2001 농민신문 신춘문예 단편소설 '적화摘花'로 등단. 소설집 「청어남자」, 미니픽션소설집 6권을 공저.

안영실 소설가

mypurplecat@hanmail.net

1996년 문화일보 중편 소설 「부엌으로 난 창」으로 등단. 창작집 「큰 놈이 나타났다」가 있고, 「이루어질 수 없는 사랑」을 프랑스 éditions Philippe Rey와 번역 계약. 인터파크 도서 북DB에 연재 중.

윤신숙 미니픽션운영위원, 한국산문이사

sabina45@hanmail.net

2004년 미니픽션 창단 운영위원. 2007년 한국산문 「클래식 기타와의 여행」으로 등단. 한국문인협회 회원, 양천문인협회 회원.

이명인 데레사 수녀

전교가르멜수녀회.

이진훈 시인, 구상선생기념사업회 사무총장

mokleeyd@nate.com

1956년 경기도 김포 출생. 중앙대학교 문예창작학과 졸업. 「시세계」 신인상 등단. 구상선생기념사업회 사무총장. 영동고등학교 재직 중.

이승하 시인, 소설가

shpoem418@hanmail.net

1984년 중앙일보 신춘문예 시 당선, 1989년 경향신문 신춘문예 소설 당선, 시집 「인간의 마을에 밤이 온다」, 「공포와 전율의 나날」, 소설집 「길 위에서의 죽음」.

이승헌 소설가

교사, 교육의장을 거쳐 현재 대구문인협회 회원. 소설 '눈물 꽃' 발표.

이하언 소설가

gktpq@hanmail.net

2007년 평화신문 신춘문예 소설 당선,
2007년 토지문학제 평사리 문학대상
수상, 공저 미니픽션 6집.

임나라 동화작가

limnara2@hanmail.net

서울신문 신춘문예 동화 당선, 대전일보
신춘문예 동화 당선, 동화집, 「하늘 마을
의 사랑」, 「무화과나무집」, 「사랑이 꽃피
는 나무」. 한국문인협회 회원, 한국가톨
릭문인회 회원, 한국아동문학인협회 회
원, 아동문학사상 편집위원.

임상태 미니픽션작가, 화가

jouet68@hanmail.net

중앙대학교 연극영화학과 졸업, 동 대학
원 연극학과에서 수학, 성균관대 대학원
공연예술학과에서 수학. 2011년 「문학
나무」 미니픽션 부문 등단. 제4회 기독
교 미술대전 입상. 2011년 갤러리 팔레
드 서울에서 전시, 2012년 양양 별과 그
림 갤러리 카페에서 전시.

정인명 미니픽션 운영위원

imchung60@gmail.com

전산으로 석사 과정을 마치고 현재 소
프트웨어 관련 일을 하고 있다.

정혜영 교사

dawon7181@hanmail.net

가구, 인테리어 관련 잡지 편집장 및 발
행인 역임. 현재 중학교 국어 교사.

최서윤 소설가

al3162@hanmail.net

1996년 「소설과 사상」으로 등단. 창작
집 「길」이 있다.

최옥정 소설가

ojchoi999@hanmail.net

2001년 「한국소설」에 '기억의 집'으로
등단. 허균문학상, 구상문학상, 젊은작
가상 수상. 저서로는 「식물의 내부」, 「스
물다섯 개의 포옹」, 「안녕, 추파춥스 키
드」, 「위험중독자들」, 「On the road」,
「소설수업」가 있고, 옮긴 책으로 「위대한
개츠비」가 있다.

한상준

duresesang@hanmail.net

1994년 「삶, 사회 그리고 문학」에 '해리
댁의 망제'를 발표하면서 작품 활동 시
작. 소설집 「오래된 잉태」, 「강진만」이 있
고, 교육 에세이 「다시, 학교를 디자인하
다」가 있다. 교육위원, 교육연구사, 교감,
교장을 거쳐 다시 교사로 발령받아 현
재 순천여자고등학교에서 아이들과 만
나고 있다.